U0677698

京城烟火味儿

徐定茂 杨庆徽 主编

北京出版集团
北京出版社

图书在版编目（CIP）数据

京城烟火味儿 / 徐定茂，杨庆徽主编 . — 北京：
北京出版社，2020.2
ISBN 978-7-200-15289-0

Ⅰ.①京… Ⅱ.①徐… ②杨… Ⅲ.①散文集—中国
—当代 Ⅳ.① I267

中国版本图书馆 CIP 数据核字（2020）第 021653 号

总 策 划：安 东　　高立志　　项目统筹：司徒剑萍
责任编辑：侯天保　　李更鑫　　责任印制：陈冬梅
装帧设计：金 山

京城烟火味儿
JINGCHENG YANHUO WEIR
徐定茂　杨庆徽　主编

出　　　版　北京出版集团
　　　　　　北京出版社
地　　　址　北京北三环中路 6 号
邮　　　编　100120
网　　　址　www.bph.com.cn
总 发 行　北京出版集团
印　　　刷　北京华联印刷有限公司
开　　　本　880 毫米 ×1230 毫米　1/32
印　　　张　13.5
字　　　数　248 千字
版　　　次　2020 年 2 月第 1 版
印　　　次　2020 年 2 月第 1 次印刷
书　　　号　ISBN 978-7-200-15289-0
定　　　价　88.00 元

如有印装质量问题，由本社负责调换
质量监督电话　010-58572393

目　录

3

4

话说京城

说说北京城与北京的四合院

杨庆徽

追溯北京的历史，不能不提到古都的演变。

北京，唐为幽州，辽为燕京，金代时叫中都城，元代改为大都，明时叫北京，清时则称为京师。先后有燕、前燕、大燕、辽、金、元、明、清八个朝代以北京为都城。各个朝代都大兴土木，建造了各具特色的古建筑。但最早对京城建筑产生影响的，应该还是元代的元大都。

元世祖忽必烈即位于开平府，到了1264年，元世祖诏令以燕京作为中都，后改为大都。元大都是从1267年开始兴建的，到了1285年才全部建成，历时十八年之久。元大都放弃了金代以前的都城旧址而重新修建了一个很规整的城市。金代的都城位于现在北京城西南方向的广安门一带，后被元大都完整拆迁了。新建的都城略呈长方形，北城墙的位置在今德胜门和安定门外北三环路以北的地段。现在那一带还存有断断续续的土丘，这就是元大都的北城墙。大都从里至外分别是宫城、皇城和大城。大城周长六十里，有十一座城门。

元代统治被推翻是在1368年。明太祖朱元璋在南京称帝，建立了明代。同时大将徐达率军攻克了元大都，并将其更名为北平府。此后明代统治者同样对元大都进行了毁灭性的改造，尤其是对元的宫殿尽行拆除，以消除前元王朝的"王气"，致使当年金铺朱户、丹楹藻绘的元代宫殿荡然无存。意大利旅行家马可·波罗记述的富丽堂皇的宫殿和景色优美的花圃便是元大都，如今是见不到了。三十年后，朱元璋"崩"，其孙建文帝继承皇位，而在明代统治集团内部又爆发了一场争夺皇位的战争。朱元璋的四子、燕王朱棣起兵北平，夺取皇位，即明成祖。后于1403年将北平改称北京。

明成祖朱棣即位后的第一件大事，就是把首都从南京迁到他的"龙兴之地"来。于是从1406年开始了营建北京的筹备工程。完工后，于1421年颁诏，正式迁都北京。

明代的北京是在元大都的基础上参照南京规制营建的。它的外城包着内城的南面，内城又裹着皇城，皇城又包着紫禁城。内城基本取元大都旧址，明初将北城墙向南移了五里，也就是今天的德胜门、安定门一线。后又将南城墙向南推移到今天的正阳门一线。内城共有九座城门，直至清代时，负责城防的官员仍称为九门提督，便是这个道理。

明、清两代的北京城是按照"城必有郭，城以卫民，郭以卫城"的规则分为外城、内城、皇城和紫禁城。全城平面呈现"凸"字形，由一条长达八公里的中轴线纵贯南北。外城南面正中的永定门是中轴线的起点，终点在皇城北门外的钟鼓楼。全城最宏大的建筑和空间都安排在这条轴线上，其他建筑物也都依这条轴线做有机的布置和配合，左右对称，形成一个完整和谐、前所未有的巨大建筑群。

中轴线的中段上坐落着皇城正门，这就是天安门。

天安门始建于1417年，当时称为承天门。建成时只是一座黄瓦飞檐的三层楼式的五座木牌坊。牌坊的匾额上书"承天之门"四个字，寓有"承天启运""受命于天"之意。清代顺治年间重建后更名为天安门。

清兵入关后，为了达到长期统治的目的，清代统治者特别注重"安"与"和"的策略，以求得"长治久安"。

天安门旧影

"承天门"改名为"天安门"既涵盖了"承天启运"的命名意旨，又纳入了"安邦治国""国泰民安"的思想。此外还有地安门、东安门、西安门三个皇城的门，突出"安"字，以示"外安内和"，天安门便为皇城的正门。同时，还兴建了大明门、端门、午门、太和门等建筑，以符合《礼记》所载的三朝五门之制。

大明门自然是始建于明代，清顺治年间改称大清门，辛亥革命后又改称中华门。在辛亥革命一周年庆典的前一天，即1912年的10月9日，政府官员曾将刻有"大清门"的旧匾额取了下来，当时准备翻过来再用。结果翻过来后才发现背面竟刻有"大明门"三个字，原来清代那次更名时用的就是旧牌匾。后来只好重新制做了"中华门"的新牌匾。

从大明门到承天门再到午门，就逐渐进入了皇宫的禁地。而大明门与正阳门之间这一段当初则是北京繁华的商业中心之一。此地近似今日的集贸市场，是商贾云集的地方，曾名"棋盘街"。

大明门在20世纪50年代初就被拆除了，原址在今毛主席纪念堂一带。正阳门俗称前门，是明、清两代北京内城的正南门。明、清时代，北京大大小小共有二十座城门，就是人们常说的"里九外七皇城四"。虽说都是城门，但称谓和通行的说辞各不相同。朝阳门指"迎宾日出"，走粮车；阜成门指"物阜民安"，走煤车；宣武门指"武烈宣扬"，走囚车；安定门和德胜门指"文臣翊赞太平交待而后享""武将疆场奏绩，得胜回朝凯旋"，清代用兵，发兵时走德胜门，取"得胜"之意，收兵时走安定门，取"安定"之意；崇文门取"文教宜尊"之意，大多走酒车；东直门和西直门取"民兴教化，东至东海，西至西陲"的含义，东直门走木材车、西直门走水车；正阳门居中，最为崇高，它的命名取"圣主当阳、日至中天、万国瞻仰"的意思。因皇帝和大臣出宫时往往经千步廊而出正阳门，所以正阳门走的是皇轿或宫车。

明末，李自成率领大顺军进入北京后，又在清兵的打击下不得不撤了出去。摄政王多尔衮进京后宣布"定鼎北京"。顺治年间出于安全的考虑，清政府在北京开始实行旗、民分城居住的政策："顺治五年八月谕户部等衙门：京城汉官、汉民，原与满洲共处。近闻争端日起，劫杀抢夺，而满、汉人等彼此推诿，竟无已时。似此何日清宁？此实参居杂处之所致也。朕反复思维，迁移虽劳一时，然满汉各安，不相扰害，实为永便。除八旗投充汉人不令迁移外，凡汉官及商民人等，尽徙城南居住。其原房或拆去另盖，或贸卖取价，各从其便。"

这种满汉分居实际上就是兵民分居。这是因为满族有其特殊性：满族原是一个由行政命令宣布成立的民族共同体。在天聪九年（1635）皇太极改诸申（女真旧名）名称，定族名为"满洲"。满洲八旗内有女真人，也有蒙古人、高丽人和汉人。满洲八旗，军政一体。在努尔哈赤

7

时就规定，所有满洲人必须编入八旗，"聚集之众多国人，皆均匀整齐点数"。八旗不仅是军事制度，而且包含了征赋金役、刑罚及管理等方面的职能，是一种特殊的组织形式。辛亥革命后，民国政府将"满洲族"简称为"满族"。

正是由于清政府的满汉分居政策，最终在北京城中形成了兵民分置、满汉分治的局面。这一措施使得北京城市的社会空间结构发生了重大变化。内城成为八旗驻防地，原有的城市机能大部分被摧毁。为了防止八旗的堕落，清廷又一再下令规定平民白日可以进入内城，但是到了晚上必须从内城离开，不得在内城过夜。同时还禁止在内城开设戏院、赌场等娱乐设施。然而这条禁令没多久就成了一纸空文，因为内城居住的旗人不是当官的就是当兵的，而内城的各项服务行业就需要平民去完成。例如挑水、拉货，还有零售日常用品等。在这种情况下，似乎很难要求在内城开个小卖部的杂货商每天傍晚就关了店门回外城过夜，然后第二天清晨再回来开店。不过随着大部分商人迁到外城，内城的商业发展还是受到了沉重打击。虽然后来有所恢复，但也就是些小铺面或入城贩卖者，无法与外城相比。而外城，沿大运河而来的商人大多聚集在了前门外；经涿州过卢沟桥进京赶考的读书人进广安门，大多落脚在宣武门外。一些商铺如"六必居"，饭店如"便宜坊"，戏楼如"三庆园"等，就都开设在了外城。而当时京城士文化的代表，就是宣武门外的琉璃厂。

辽、金时期的玻璃厂只是个村庄。明初定都北京时，在城南正阳门与宣武门间开设了一个琉璃厂，烧制琉璃砖瓦以供皇家建筑的需要，渐渐地就有一些流动摊贩开始在这里经营了。一直到了清乾隆年间，琉璃厂的窑户在掘土时发现了一座辽墓，墓志上记载这里原名叫作"海王村"。后来有人在琉璃厂的北面开放了一个宽敞的大院，内设古玩、书画、金石等，取名就是"海王村"。而到了每年正月初一至十五期间，又有许多商贩在此周围设摊，这也就形成了后来的厂甸庙会。

由于编修《四库全书》，全国文人聚集北京，琉璃厂更是兴盛起来。当时这里有许多书籍店铺，众多文人以到琉璃厂淘换书籍为一乐趣。

琉璃厂除了古旧书籍外，还有碑帖、古玩、字画等，同时还有经营纸张、笔墨、裱画的店铺，如"荣宝斋"。而琉璃厂的南侧就是《四库全书》的总编纂人纪晓岚的故居——"阅微草堂"旧址。为了保护院内前庭的紫藤，若干年前市政府在修建"两广路"时曾将故居前的道路向南推延了十米，使故居得到了很好的保护。

至于内城，则是由八旗分区驻防。当时的具体安排为：以今天的安定门内大街与鼓楼大街为界，其东为左翼，系安定门以南、崇文门以北、东直门和朝阳门以西；右翼，则系德胜门以南、宣武门以北、西直门和阜成门以

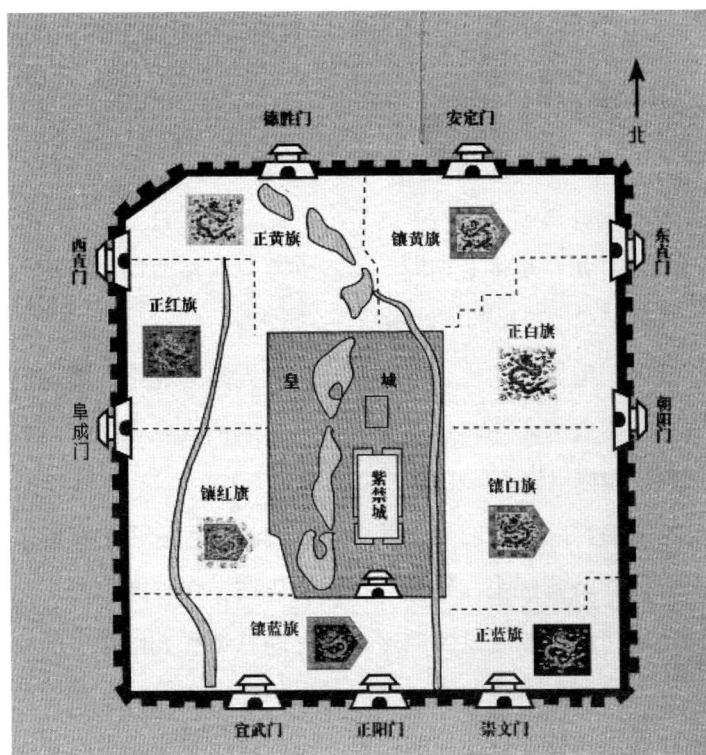

北京内城八旗方位图

东的区域。

左翼安排了镶黄旗、正白旗、镶白旗和正蓝旗。其中镶黄旗位于安定门城根至今之东直门内大街与府学胡同之间；其南是正白旗，至朝阳门内大街与报房胡同；再往南的镶白旗，至总布胡同和长安街以北；最南端是正蓝旗，至崇文门城根。

右翼就是正黄旗、正红旗、镶红旗与镶蓝旗了。正黄旗位于德胜门城根至今之西直门内大街与护国寺街之间；其南是正红旗，至阜成门内大街；再南是镶红旗，至复兴门内大街以北；最南端是镶蓝旗，位于复兴门内大街至宣武门城根之间。

这样一来，自北向南，两黄旗位正北，是取土胜水之意；两白旗位正东，取金胜木；两红旗位正西，取火胜金；两蓝旗为正南，取水胜火。贵族和满洲重臣的住所主要集中在东、西两个城区，众多的汉民则被迁往南城，而城市北部则大量聚集了城市贫民。故旧京流传的"东贵西富，北贫南贱"的说法，就是这个道理。

按照《八旗通志初集》里的记述，居住在内城的满族每家根据身份同时还获得了自己的房屋，"一品官，给房二十间。二品官，给房十五间。三品官，给房十二间。四品官，给房十间。五品官，给房七间。六品、七品官，给房四间。八品官，给房三间。护军、领催、甲兵，给房二间"。

王公宅第自然设置在内城了。如碧波绿浪的什刹海南岸，就有现存王府中保存相对完整的恭王府。

我国古典园林一般分为四大类型：帝王宫苑、宅第园林、寺庙和名胜。帝王宫苑，如颐和园；宅第园林，如苏州拙政园；寺庙，如卧佛寺；名胜，如庐山、杭州西湖等。皇家园林，面积庞大，气势恢宏，往往有政治中枢的功能。宅第园林则占地较小，诗情画意，精雕细琢。王府园林，则介于二者之间。

宗室分封，便要兴建新的府邸；但明清两代又不同。明代凡是皇子，皆为王；清代就要严谨许多。清代分十二等爵位：亲王、郡王、贝勒、贝子、镇国公等，具体爵位

宅第园林，诗情画意

由其生母的身世、地位高低来决定。同时皇子的分封也不是世袭的，而是代降一等。府主一旦荣升或降袭爵位，还要分府改建，甚至迁出原宅而另觅新址。

王府宅第就是比较特殊的四合院。院内有几进或几路四合院。四合院表示的是东、西、南、北四面"合"在一起的意思，就是由北房、南房、东房、西房四面围合，各房之间再用廊、墙连接起来形成的封闭院落。四合院里面的布局是按照南北中轴线对称进行布置房屋和空间。"四合院"是个泛称，由于建筑面积的大小及方位不同，又有大、小四合院之分。有的大四合院有两进、三进院落，被称为深宅大院，习惯上也有称其为"大宅门"的。

四合院通常只有一个大门通向外界。外墙一般都不开窗户，有的只在南墙上很高的地方开个小窗户，以便进点儿阳光。大门一关，四合院内便形成了一个封闭的小环境，陌生人不容易进来。北京历经兵荒马乱，住在这样的院子里会使人们多一点儿安全感。太平岁月，四合院则是北京人恬静舒坦的安乐窝。

四合院的院门很讲究。有的门较宽，还带屋顶的叫"广亮大门"，打开后可以进马车。"广亮"的原音是"广梁"，说的是其屋顶的大梁很宽广。而大部分四合院的院门是"如意门"，也有门廊和屋顶。更简单一点儿的是在墙上开门，再在门上加一个小屋顶而已。院门的大小和装饰标志着主人的身份及家境。

也就是说，北京四合院的院门大致可以分为两类，即屋宇式门和随墙式门。前者有门洞，门占一间房；而后者没有门洞，只是在墙上开门，院门也窄，顶多占半间房的宽度。但随墙门上通常也会加个小门楼，以便在风格上追求屋宇的效果。小门楼有极短的两堵山墙，有屋顶，上有正脊，两头翘起，檐上装饰花草砖。有的还用瓦片砌成铜钱串的式样，更是十分别致。

四合院的大门前都会摆放门墩。门墩，也叫门座，安放在大门的门轴处，其主要作用是乘托大门的转轴。每逢夏日，院内、院外一片火热，而过堂风又使得门道里十分凉快。人们常坐在门墩旁纳凉闲聊。"小小子儿，坐门墩儿，哭着喊着要媳妇儿……"就是老北京人哄小孩儿时经常唱的儿歌之一。

坐北朝南的四合院，大门一般开在东南角。按照传统说法，大门开在宅院东南方吉利。实际上北京冬天寒冷，常刮西北风，而门在东南角，就不容易"灌风"了。

进了四合院的大门，多在迎面有一砖雕影壁。影壁为方形，四周用砖雕装饰，中间的方块上有书法或绘画作品。影壁除了给庭院增加气氛、祈祷吉祥外，也挡住进门者的视线，使院里边的人听见来人后有时间稍加回避。

正规的四合院一般分为外院和内院。外院窄长，通常有连着院门的几间南房。挨着大门的往往作为门房，其余的作为客厅或仆人用房。南房正对着内院院落墙，墙正中设有垂花木雕的垂花门，檐柱不落地，装饰讲究。垂花门以内属于内宅，旧时的内宅非请莫入，大家闺秀也不轻易迈出内宅。这就是俗话中说的"大门不出，二门不迈"。

四合院的内院是由北屋正房及两侧耳房、东西厢房构成一个正方形院落。各房有廊檐相连，也就是"抄手游廊"，下雨时不用打伞就可以沿廊子走到各个房间。一套院落内是否拥有"抄手游廊"在当年通常是一个宅邸精细程度的标志。至于住房安排，则体现长幼尊卑的礼数。往往是北房住祖父、祖母或父母，儿孙住东西厢房。房屋中间是庭院，有用鹅卵石铺地的，也有用石板或青砖铺地的。但无论怎样铺地，院内还是要留出几块地方来种花、

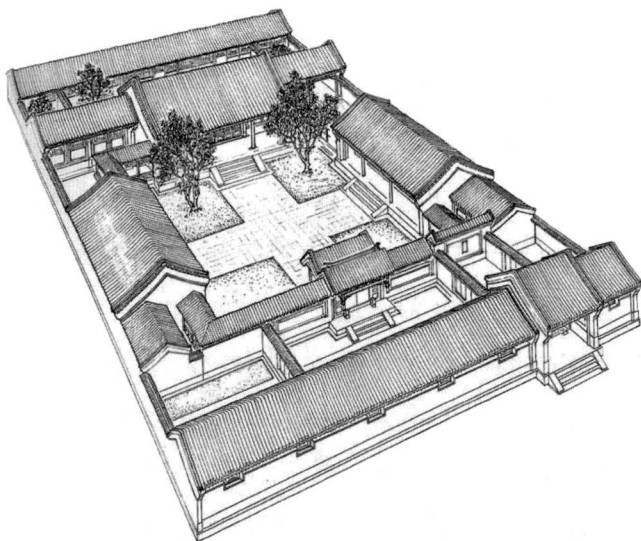

四合院

种草，作为庭院的点缀。庭院中植树栽花、备缸养鱼，是四合院布局的中心，也是人们穿行、采光、通风、纳凉、休息的场所。

老北京人是不会把松柏种进四合院的。通常人们把活人居住的院落称为"阳宅"，寓意活力和生命力；而把已去世的人的埋葬地点，也就是坟地，叫作"阴宅"。松柏一般是种植在阴宅的，象征死者的意念永存。俗话说，"桑松柏梨槐，不进府王宅"。桑树、梨树和槐树是因为其谐音不吉利，所以通常也不种植在四合院内。北京宅院内爱种的花草有丁香、海棠、山桃等。台阶前的花圃中一般种草茉莉、凤仙花、牵牛花及扁豆花等，形成四合院的家常美景。

树木多为枣树。北京四合院里的枣树基本上有两种，一种是酸枣，一种是牙枣。酸枣以小而精见长。虽叫酸枣，却以甜为主，以酸为辅，甜的杀口而酸的爽口。酸枣树的树干较细，一般只有茶杯口粗，树冠也只有展开的两三把伞那么大。但酸枣树几乎不分大小年，往往挂果居多，且结出莲子大小的枣光亮饱满。皮薄、核小、肉脆，嚼起来汁水四溅。与之相比，牙枣树则是以大见长。树干粗，树冠也大，可以从房后伸到屋前，甚至覆盖了几间房的房顶。牙枣是两头尖中间宽，大的有如鸽子蛋。牙枣生成时是青的，慢慢变成白色，成熟后则是紫红透亮。牙枣皮厚，吃起来却是酥脆的，而且脆中还透出一二分的软绵，甜度也适中。

北京城内名气比较大的两棵枣树，位于西城区阜成门内宫门口二条胡同的一个小院里。这是鲁迅先生在北京的第四处住房。先生在这里写下了《彷徨》《野草》《朝花夕拾》等作品。而在《野草》的首篇《秋夜》中一开始就写道："在我的后园，可以看见墙外有两株树，一株是枣树，还有一株也是枣树……"

由此可见，在北京城里的居民院内，的确是枣树多。

石榴也是老北京四合院内种植比较多的树种。石榴果红，象征着日子红红火火；石榴籽多，又象征多子多福。除了种植，也有盆栽石榴树的。用"春华秋实"来概括北京四合院中的花木，恐怕也不为过。

与盆栽石榴杂列在一起的还有鱼缸。当年四合院内长年摆放鱼缸，这些鱼缸内不仅饲养金鱼，有的还兼种荷花、睡莲及水草等。

北京城最早饲养金鱼是在金代。当时在城的东南方建有鱼藻池专门饲养金鱼以供统治者赏玩。后至明清，达数十亩地，这就是现在的金鱼池地区。四合院里养鱼的鱼缸大多为陶泥缸或瓦盆。陶制的鱼缸透气不漏水，有利于鱼的存活。鱼缸视四合院的大小和养鱼的多少而配备，一般要多准备几个，以备倒缸或金鱼甩子时打鱼子用。鱼缸的下面设有木架子或用砖垫高，以人的腰间为高度，这样方便喂食和观赏。北京市面上的金鱼品种较多，有龙睛、绒球等，当时胡同里常有卖金鱼的小贩走街串巷，"卖大小——小金鱼哟——"的吆喝声传遍四合院内外。

四合院还忌讳院内的地面比胡同或大街的路面低，这样一进院就如同跳进坑内。同样，出门又是从低处走向高处，如登山，明显不吉利。此外，院内房屋的建筑必须是单数。如北房，三间或五间。即便是有四间大小的空地也只能盖三间。两侧再各盖半间，这叫"四破五"。故而老北京有一句俗话，叫作"四六不成材"，指人不堪大用。东、西厢房也大多以三间为准。这样就在院中建筑组合里产生一条中轴线，使建筑布局对称、统一，体现人与环境的和谐共存。

北京小吃杂谈

杨庆徽

　　眼下有些饭铺注明经营的是"京味菜肴"。其实有"京味菜肴"吗？应该说是没有。早些年，北京的"八大楼"，如什么东兴楼、泰丰楼、正阳楼等，经营的都是鲁菜。

　　北京有特色的食品，还是小吃。

　　比如，灌肠儿。

　　灌肠儿是满族的特有食品了。早先满族人还在关外的故土狩猎，惯食鹿尾儿。入关初期，抽冷子还由关外送些鹿尾儿进京以供食用；后来逐年减少，慢慢地也就供应不上了。早先的鹿尾儿是切成薄片后用油煎，后来由于供应困难，便有人开始用血肠来替代，将就材料凑合着用。用猪血混加碎肉，灌入肠衣，压紧后切片过油。您甭说，不较真儿的话，还真和鹿尾儿的味道相差不大。后来到了晚清，满人生活水平日益下降，直至连血肠大肉也吃不起了，便用淀粉灌肠来蒙事儿。只是淀粉是灰白的而血是紫红的，怎么看也是差了壶了。又有聪明人想出个高招，往淀粉里掺和些红曲水，也就成了后来的北京风味小吃——灌肠儿。切成薄薄的片，大油煎透，用牙签挑着蘸蒜汁，真是外焦里嫩满口香。这里面，煎的关键在火候，煎老了太硬，嫩了又没嚼头。

炒肝儿也和早期满族的生活习惯有着密切的联系。满族的萨满教祭祀时省牲吃肉，残余的猪下水往往一概抛弃不用，整个儿全糟践了。满族入关后各家也常跳神，废弃的下脚料可就海了去了。祭神时灌血肠自然都选较好的部分，次品弃而不用。后就有小贩捡了去，洗干净后加少许的猪肝一锅烩了，添淀粉勾芡，加蒜末儿提味，便是炒肝儿。满族的用语词汇较少，将煎、炸、炒、烩一律称为"炒"。所以明明是烩肝儿，愣说是炒肝儿。

其实就老北京的小吃而言，豆汁儿才为北京人的专利。老舍先生曾说过，"不会喝豆汁儿的不算是地道的北京人"。何为北京人？据说就是"一口京腔、两句二黄、三餐豆汁、四季衣裳"。喝豆汁儿根本不分穷富、不分阶层，只要是真正的老北京，就好来上这么一口儿。

豆汁儿这玩意儿早期和炒肝儿一样，也不是有意精心研制的，它是用绿豆做粉丝、粉皮后剩下的下脚料做出来的。滤出的淀粉去做粉丝、粉皮，剩余下来稀汤寡水的下脚料经过发酵便是豆汁儿。生豆汁儿酸臭味儿很大，喝前要使其沉淀。就是要等青中带绿的下脚料发酵后再把上面的绿色清汤再见见开儿。待开锅后舀一勺沉淀物倒进去，见开儿再加，一次一勺。喝的就是这种"勾兑"出来的豆汁儿。酸中蕴香，不稠不稀。喝豆汁儿讲究在三伏天，一口热豆汁儿就一口辣咸菜丝儿，喝得汗流浃背才舒坦。

喝豆汁儿加一碟辣咸菜丝儿，得酸、辣、甜、咸四味之妙。此外，还要有焦圈儿。

焦圈儿是圆圈形的油炸食品，圈小如镯，讲究酥脆焦香。炸焦圈儿事先要用温水化碱，加盐、加矾，加水拌和面粉成团儿。然后把面团儿压扁，用刀切成小条，这叫作剂子。每两个剂子叠在一起，稍微连着一点。等到把油烧到五成热时将剂子的一头下锅，随即用筷子从中间撑开，呈手镯状后翻过来，炸至枣红色出锅控油。炸好的焦圈儿个个大小一样，讲究放在盘子里稍碰即碎，落地八瓣。

焦圈儿的制作比较麻烦，劳效低。目前有的小吃店不愿制作或请不到有手艺的师傅，做不了，故有时断档。更有的店干脆从外面直接购入焦圈儿以便搭着豆汁儿出售。但这样的焦圈儿摞的时间过长，皮了，也就没有口感了。

还有一种老北京的吃食叫面茶。面茶虽然叫茶，但它的主要成分是小米面或糜子面，和茶叶压根儿就八竿子打不着。做面茶时先要用擀面棍把芝麻碾碎，放入丁点儿的细盐，拌成芝麻盐儿。然后再往芝麻酱里倒入少许香油，这是因为芝麻酱往往比较干，加入香油不仅可以稀释，同时味道也更香浓了。接着，把小米面、糜子面的混合物用凉水调成糊状，上火熬。记住，熬时要不停地搅拌，防止粘锅。等快开锅时改为小火熬，时间可以稍长一些，但仍要不停地搅拌。当熬制的面茶已经很黏稠却又容易倾倒时，就可以关火了。出锅的面茶盛入小碗，再浇上一层调好的芝麻酱，撒上芝麻盐儿，就可以喝了。

吃面茶绝对不能搅和。老北京人吃时不仅不能搅和，甚至就连筷子、勺儿等都一概不用。就是端着碗转圈儿吸溜。每吸一口，表面的芝麻酱就会流过来把露出来的面糊盖住。这样即便喝到最后，也能保持面糊与芝麻酱相伴，不会"索然无味"。

大家可能在电视节目里看到过类似北京春节期间庙会上大铜壶冲茶的图像。大铜壶冲拌的不是面茶而是油茶，也是北京特色小吃中的滋补品。油茶是用面粉在锅内炒至颜色发黄，加入桂花和牛髓油，再加桃仁、白糖，用开水冲成糊状即可食用。吃油茶没有喝面茶那么多的规矩。

除去北京，恐怕还没有哪个地方的餐馆能做出麻豆腐来。麻豆腐也是北京的独特小吃，其他地方很难见到。碾绿豆时可以形成三种状态：细的浆水用于制作粉丝、粉皮；稀的就是刚才讲的豆汁儿；剩下的稠糊的、凝滞的豆渣，滤去水分就是麻豆腐。麻豆腐要炒过才能食用。用羊尾油配以葱、姜、青豆、辣椒以及雪里蕻上微火炒，关键是把其水分炒干，以去除其中的酸味，同时增加黏糯性。炒好的麻豆腐灰白、红绿相间，口感咸香、微辣，同时还散发着淡淡的羊油的香味。这是一种典型的老北京正餐前

麻豆腐

的开胃小菜。

　　说到开胃小菜，这里就再简单提一种——芥末堆儿。芥末堆儿是白菜心儿浇上黄芥末汁儿后腌制成的。芥末汁儿里要调入白糖和香醋，味道酸甜可口，是开胃醒神的最佳食品之一。

　　若论北京菜系，大概还是首提涮羊肉。

　　涮羊肉，也叫羊肉火锅。但老北京人只称之为"涮锅子"。据传，从忽必烈时就有"清水涮肉"一说，到了满族入关后，康熙、乾隆在举办规模宏大的"千叟宴"时，就有羊肉火锅。后流传市肆，由清真馆经营。

涮锅子的口味好坏，肉当然第一重要。

老北京涮锅子，用的羊肉必须是新鲜的。那日子口儿不兴用冰冻的羊肉。您自个儿琢磨一下，含口清水和嚼个冰坨子，那感觉能一样嘛。这和鲜豆腐、冻豆腐的口感差别是一样的。鲜羊肉经过冰冻，里面的水分就变成了一颗颗小冰粒，下到开水锅里马上融化开，羊肉片就会呈网状，吃到嘴里味道发"柴"，就不会有鲜香、细嫩的口感。然而目前很多的火锅店还是在使用切肉机刨出来的冻肉片。估计有这样几种考虑：一，冻羊肉方便运送及储存，切肉时也比手工便捷，降低了成本；二，用机器切出来的冻肉片显得整齐，摆盘漂亮，提高顾客食欲；三，机切的羊肉片较薄，半透明，分量轻，开锅后一蘸即熟，对味觉影响不大；四，目前的调料普遍味厚，口味一重，也就感觉不出应有的鲜香、细嫩了。

涮锅子除了羊肉外，调料也是不可轻视的。调料多样，一般包括醋、酱油、虾油、香油、蒜汁、辣油、芝麻酱、韭菜花、酱豆腐以及葱花、香菜末，缺一不可。这是多少年来已然形成的定型的复合口味。

老北京涮肉调料里用的辣油可不是在超市里购买的，一般都是自己炸，而且是用香油炸小秦椒而做出来的秦椒油。但配调料时还要注意辣的口味不能太重，因为"一辣遮百味"，辣的口味重了，肉的鲜味也就荡然无存了。

另一种也得用调料的食品是爆肚儿。

爆肚儿分芫爆、油爆和水爆三种。我们在这里讲的是水爆。爆肚儿使用的肚首先必须新鲜，爆肚儿是入水微爆牛羊肚的总称，其中牛肚分有肚仁、厚头、百叶、百叶尖四种；羊肚分有肚仁、散丹、肚领、肚芯、肚板、食信、葫芦、蘑菇和蘑菇头九种。据说这是多年来食用者喜嗜肚的不同部位而逐步形成的十三个不同品种。后来也有人指出，所谓的"爆肚儿十三吃"只不过就是晚清末年时的一批八旗皇胄子弟闲得没事干，愣凑出来的"十三吃"，其实有特点的也就是五六种而已。

制作爆肚儿一般分为选料、洗择、分割、切条、水爆、装盘等几个工序。其中洗和爆是最关键的。洗就不用说了，一定要洗净；爆，则要火力旺。水滚开时肚儿料下锅入汤，几秒即熟。时间略长一点，老了，嚼起来费劲儿。

爆肚儿

吃爆肚儿不能等菜齐了才下筷子，而是爆一盘、上一盘、吃一盘。吃爆肚儿讲究先香后脆。也就是先吃难嚼的肚仁等，咀嚼其香气，后吃百叶等脆的部位。店家上桌也是有规矩的，一盘端上来后，小伙计儿往往在外面看着，食者赶紧下筷子，就热胡噜。小伙计儿看着吃得差不多了，打个手势，下一盘肚儿料才下锅。肚爆的时间一定要恰到火候，否则很难获得美食的享受。

爆肚儿也应该算是老北京风味小吃中的名吃了。最早在乾隆年间就有，盛行于清末及民国年间。旧京时街头经营爆肚儿的店面很多，如天桥有"爆肚石"、东四有"爆肚满"、什刹海有"爆肚张"、大栅栏有"爆肚冯"等。"爆肚冯"店面在门框胡同里，是光绪年间开设的，后取店名"金生隆"，素以爆肚儿脆嫩、佐料爽口而为人称道。

北京还有一种特色食品，就是所谓的"清宫小吃"了。例如小窝头、豌豆黄等。

早在民国期间，一些原御膳房里的大师傅合伙在北海公园的北岸开了个茶社，取名"仿膳"，意为仿照御膳房的制作方法烹制食品，经营主要品种就是小窝头、豌豆黄等清宫小吃。直到20世纪60年代，小窝头等也只有在"仿膳"才能购到。

小窝头，传说是用栗子面做的，其实还是用玉米面经细罗筛过，加桂花、白糖而制成的。豌豆黄是选用京东的白豌豆，慢火煮烂，晒干，磨成粉，经罗筛过，再经炒制，冷却而成。制成的豌豆黄颜色金黄、香甜细腻、入口即化。

20世纪50年代时，"仿膳"由北海北岸迁到琼华岛漪澜堂等一组乾隆年间兴建的建筑群内，茶社也更名为"仿膳饭庄"。乾隆御书的"漪澜堂"高悬于门楣之上，而外面挂着的"仿膳饭庄"则是老舍先生的手书。

"仿膳"由茶社改为饭庄后即又在民间传出一个说法。说是饭庄可承制"满汉全席"，共有134道热菜、48道冷拼，含山八珍、海八珍、禽八珍、草八珍等材料，需分四至六餐来食用……

这肯定是误传了。事实上恐怕并没有"满汉全席"，那只不过是传统相声里的一个段子。就拿菜肴的选择上看，"有红丸子、白丸子、熘丸子、炸丸子、三鲜丸子、四喜丸子、氽丸子、饹馇丸子、豆腐丸子……"您瞅瞅，满汉全席南北大菜就上点儿饹馇、豆腐做的丸子，好像是差了点儿。还有"炸飞禽、炸葱、炸排骨、烩鸡肚肠子、烩南荠、盐水肘花儿、拌瓤子、炖吊子、锅烧猪蹄儿……"这就更不像话了。您说让慈禧老佛爷大宴群臣时啃猪蹄，文武百官一人一碗炖吊子，再挨着个儿地加韭菜花、酱豆腐卤……好嘛，透着热闹了。所以说，"满汉全席"不过是同《八扇屏》《地理图》等传统相声段子一样，表现了说、学、逗、唱中的贯口技术，现实中并没有什么"满汉全席"。

人们都知道，皇家御用品往往得有个吉利的名称才是。比如鱼翅，那得叫凤尾鱼翅，不能一句"鱼翅捞饭"就齐活儿的。要是一看菜谱：凤尾鱼翅、金蟾玉鲍、一品官燕、绣球干贝、如意海参、菊花鸡心、珊瑚白菜、龙井竹荪汤……这就有点儿独特而吉祥的意思了。

北京的小吃

韩 桐

我在这里提到的小吃，本身通常具备三个特点：一是不用较高的投资来购置各种设备，主要是靠手艺；二是价格便宜；三是大众化。虽然有的食品也可以作为正餐吃饱肚子，但一般还是作为早点或零食。比如下午时分，有点儿饿了，但距离用餐时间还有一个时辰，于是便用点儿小吃食品。

其实若提起我国的小吃来，种类繁多，北京的小吃自然也很著名，而且其中不少是清真小吃。小吃的制作包括了蒸、炸、煮、烙、烤、煎、烩、熬、冲等技法，都需要有精湛熟练的技艺。手艺是唯一能招揽顾客的手段。有的小吃食品也是进入了大饭庄的，比如烧麦、豌豆黄、糖卷馃、杏仁豆腐、奶油炸糕等，但多数还是在早点摊或自家小店里销售。早先这一类是坐商，也有行商小贩，或摆摊、挑担、推车甚至提篮叫卖，或赶庙会，或在街头巷尾有固定地点，定点经营。比如说爆米花，临近的儿童就会提前从家里盛上一小碗大米和一勺白糖在此等候。即便是

爆米花

沿街兜售，一般也有自己固定的路线，沿途居民知道大约是什么时间哪个卖小吃的商贩就要转到家门口了。就是不吆喝，居民也可以估计出来。小吃虽不是每天必买的物品，但也往往有不少熟主顾。一些行业里的佼佼者，虽是小商，但营业兴旺，亦可算为小康人家。摆摊、推车的小吃营业者算是个体劳动者。早先在旧社会时，基本上都是一两个人在外经营，家里却是全家劳动，做好后再推出去销售。为了保证风味、赢得顾客，就需要从原料加工到制成商品的整个儿过程都精工细作。如江米面要选上好糯米，自己磨面，那是为了比从碾房购来的江米面更细。豆腐脑儿也是自己用黄豆磨成豆浆后再点为豆腐脑儿。至于枣泥、豆沙馅等就更费时费事了。这里不仅仅有保证质量的问题，还有就是小吃食品都是薄利的，如果半成品都是购入的，那么自己能赚到的利润就更少了。

当年的小吃销售点尤其要突出清洁卫生来。即便是推车的商贩，不仅食品要干净漂亮，从业人员也得身着白围裙。围裙不见得讲究，但必须整洁干净。出售食品的车上，玻璃罩要擦得干净明亮。案子一般是用不加油饰的原木板，还要用竹炊帚蘸碱水刷得露出白茬儿。如经营茶汤，铜饰铜炊具也要擦得锃光瓦亮的，让人吃着放心。至于炸货基本要用植物油，以花生油为主。有的炸货离着很远就能闻见芝麻香油的味道，其实只是添加了少量香油，或在花生油内放了点芝麻来出味。如果完全用香油炸制，炸出来的食品发黑，既不美观，成本也高。

要说京味小吃中档次比较高的，自然还是要从饭店里经营供应的品种说起。这部分小吃主要是陪衬宴席的凉菜以及正餐之后的甜食等。例如糖卷馃，这是清真馆宴席中比较常用的甜点之一。糖卷馃又叫作枣儿扦子，原料主要是小枣、山药。红枣去核，用水泡发。山药去皮后拍碎，与枣加上蜜搅拌在一起，放在油皮儿上卷成长圆形的卷，油皮儿的边用淀粉粘住，上蒸笼蒸熟。待凉凉后切成厚段，用植物油煎一遍，然后在麦芽糖内加少量的清水熬成稠稠的糖汁，把已煎过的卷馃放入，裹满糖汁，就可以了。待端盘入席前，再放少许金糕、果料儿来点缀一下，最后再撒上点白糖。

糖卷馃有时也与肉卷馃同时上桌的。肉卷馃是用瘦牛肉馅，加五香粉、葱姜末，与经过处理的山药和在一起，用油皮儿卷起来，加入用菠萝、金糕切成的小丁儿，然后同样是上笼蒸。同时再炒几粒花椒，捞出来后用擀面杖擀碎了，加盐。蒸熟后的卷馃切成菱形块，也是需要再炸一遍。出锅后用花椒盐蘸食。两种卷馃被称为鸳鸯卷馃，一甜一咸，一素一荤。

藕丝糕是用江米面蒸制的食品。首先要把大藕去皮洗净，细磨成丝。加入江米面后蒸熟，再切成小块，上面撒果料儿、桂花以及白糖等。不过后来基本没有什么人再蒸藕丝糕了，而是做成江米藕。同样是把藕洗净，去节，然后把泡发过的江米塞入藕孔里面，蒸熟后切成厚片，其上加白糖、桂花等。相对藕丝糕来讲，江米藕保留了藕的外观形状，同时也更有嚼头。江米藕既有营养，口感也好，自己居家就可以制作。过去也曾有小商贩叫卖过。

山药卷通常是用于压桌的凉碟之一。山药需洗净后去皮，上屉蒸熟，然后碾成山药泥。凉凉后放在净布上拍成厚片。净布事先要过一下水，以防山药泥粘在上面。然后分别将豆沙馅和金糕泥从两头儿铺在山药泥的上面。由两头儿向中间对卷。卷好后翻过来，用净布捋成长条。切块，摆盘，再撒上切碎了的果料儿。因为山药泥本身十分洁白，所以在山药卷的制作过程中所使用的用具也必须十分清洁，否则会影响食品的效果。因为山药泥是比较软的，因而对制作者的手艺也是一个考验。类似山药卷的还有用芸豆做的芸豆卷等。这类食品还可以制成各种花样摆在盘中，拼出一些图案来，不仅美味，而且美观。

还有就是豌豆黄。早先市场上有一种豌豆黄，做法粗糙、简陋，是不入席的。这种豌豆黄的做法是把豌豆蒸成豆沙放在砂锅内，加入小枣，切着零售。如今根本就见不到了。现在日常说的豌豆黄即以"仿膳"为代表的传说为清宫御膳房的小吃，制作起来是很费工夫的。首先需要把白豌豆洗干净，加水放入盆内，用旺火蒸，得蒸到熟烂的程度。然后过细罗，去掉豌豆皮和残渣而留下豆沙。把白糖及洋粉（琼胶）分别加水熬化，也用细罗去掉杂物后，和豆沙放在一起搅匀，放在微火上熬成稠糊状后，倒在瓷

豌豆黄

33

盘中。凝固后切成四方块，就成了豌豆黄。早期在饭庄里，盘中还会加入少许的蜜山楂、青梅或罐头樱桃等。

这些小吃在饭庄中主要是用于压桌的凉碟。糖卷馃也可与茶菜同时上桌。茶菜现在也已然没有了，其实主要就是炸白薯片。把白薯去皮，切成薄片。放入油锅内炸挺实了，捞出后控油，再炸成金黄色。另用糖加水熬开后，放入薯片炒匀。捞出装盘，再撒上青红丝、金糕条和白糖。这主要是为了招待客人时一边喝茶一边闲吃的食品，所以简称茶菜。目前基本上被炸薯条或炸薯片替代了。

至于推车、出摊在街头零售的食品中，主要还是以江米为主。比如切糕。早先还有用黄米面做的，和江米面和起来叫黄白黏糕。或加枣，或加豆沙馅，售卖时切成大片，撒白糖。

典型的用江米制作的食品还有艾窝窝。江米蒸熟揉匀，搓成长条后再揪成小剂，大米面蒸熟后再擀成细面儿，作为干面使用。把剂子按扁后包上馅，蘸上熟大米面儿，就是艾窝窝。最常用的馅是芝麻白糖馅，有的还加入一些瓜子仁、桃仁以及青梅等，其他也有做成豆沙馅或山楂馅的。过去艾窝窝只是在春暖以后才经营，现在变成日常的饭店小吃了，四季供应。

豆面糕也是用江米面来制作。先把黄豆炒后压成豆面粉。另外把和好的熟江米面擀平，铺上红糖和熟豆面粉，卷成卷，切成块，外面再滚上一层豆面粉。这种豆面糕俗称就是"驴打滚"。

小吃里"冲"的技术主要体现在茶汤上。茶汤是用糜子面做的。首先要用一点温水把糜子面和匀了，再用滚开的水冲熟，最后撒上红糖。水必须要滚开"冲"，就是要把水处于高处而往下"冲"。加上冲的力量，急速搅匀，效果才好。当年卖茶汤的都是一手拿碗，一手扳壶，高处倒出开水而低处去接。滚水砸入茶汤面，面在碗内翻滚冲熟而不四溅，手法干净利索。

现在早点铺、小吃店里的流食通常是供应豆粥，而当年的荷叶粥已然不见了。可能是因为眼下荷叶短缺的缘故吧。荷叶粥制法简单，只是把新鲜的大荷叶洗干净，当大米粥熬熟而关火后，把大荷叶铺在上面当锅盖就可以了。或者把鲜荷叶铺在盆底，把熬好的大米粥倒在上面，再盖上一张荷叶就可以了。待粥凉凉了后盛出，粥呈淡绿色，有荷叶的清香。加入白糖、桂花，则是夏日的美食了。因为荷叶本身具有清暑化湿、升发清阳、凉血止血的作用，因此对于中暑、腹泻的人来讲，喝点儿荷叶粥还会有着一定的辅助作用。

早先还有一种炸食，现在也找不到了。用滚桶摇元宵时，把元宵摇好取出来后，滚桶的底部通常会沉淀一些江米粉汁。把这些江米粉汁舀出来，控水后揪块儿放入油锅炸透，蘸白糖吃。因为炸这些剩下的江米粉汁比炸年糕要松软，而且黏度大，是很好吃的。

最后再说说豆汁儿。

豆汁儿绝对是京城独家所有的。一旦离开四九城，别处绝对没有，即便有，也卖不出去。因为除了北京人以外，其他地方人士享不了这口福。郭德纲有段相声里面提到过豆汁儿和北京人的关系："……人躺下了，'咚咚咚'灌一碗豆汁儿，站起来骂街的，是外地人。'咚咚咚'灌一碗豆汁儿，站起来说，焦圈儿呢？甭问，北京人。"

过去卖豆汁儿的无论是门脸还是设摊，都是一边是火炉和锅，另一边是桌椅板凳。上有瓷盘，盛满了辣咸菜丝儿。原先是每年8月才开始卖豆汁儿，分生、熟两种。卖生豆汁儿的小贩通常还兼售麻豆腐及青豆、黄豆等。熟豆汁儿应该滚烫着喝，就着辣咸菜丝儿。不然豆汁儿若放

豆汁儿、焦圈儿

36

凉了，就会有一种泔水味。所以豆汁儿要趁热喝，甜中带酸，酸中有涩，滋味独特。再就一口辣咸菜丝儿和焦圈儿，则更有味道了。

用绿豆做粉丝剩下的渣滓经过沉淀发酵以后，稀的就是豆汁儿。不过这是生豆汁儿，是不能直接入口的。要把生豆汁儿放入锅里熬一下，煮沸后才可以食用。做豆汁儿的手艺活儿就在熬上，因为并不是简单地把豆汁儿煮开了就行了的。这样熬出来的豆汁儿上面往往还有水分，下面才是豆汁儿。喝起来汤汤水水的，没有豆汁儿应有的黏稠利口的感觉。正确的做法是应该先在锅里放上一勺豆汁儿，煮开后再舀一勺放进去，如此反复进行。同时锅里的豆汁儿要一直处于沸煮状态，这样煮熟的豆汁儿的黏稠度适中，口感才会好。

小贩、杂货铺、庙会及其他

吴京全

这里提到的小贩、杂货铺等各种业态的商业，指的是20世纪40年代及之前的状况。在此追述，以供参阅。

所谓小贩，是指那些基本上有固定区域、固定时间、固定经营对象的商贩。他们的商业行为有几个特点，例如时间段。

清晨，在人们上班、上学前是为卖早点的时段。除去坐地固定的摊商有炸油饼、煮馄饨、蒸包子、烙烧饼之外，还有支炉子烤白薯的。同时有走胡同挎篮卖糖三角、枣饼、花卷、豆包以及麻花的。挑担子的也有卖馄饨、面茶、杏仁茶的。总之当年公共交通不发达，人们外出大多都是步行。这样可以让你在家门口，或者就在胡同里、沿路途中，随时随地都可以买到早点。

午间时段是住家买菜的时段。主要是挑担、推车到门口或摆摊到胡同口的时段。不过这些小贩们只经营菜蔬而没有经营生肉的。一直到了下午时段，也就是晚饭饭口时，才会有小贩挎着食盒、提着马灯，走街串巷地卖熏鱼

烤白薯

儿、猪头肉、口条、蹄筋、酱肚、烧鸡以及烧饼夹碎酱肉之类的食品，一般吆喝声为"肥卤鸡——"。

下午串胡同的还有修理服务业的小商贩们。如锔盆锔碗的、焊洋铁壶的、补锅的、修理雨伞的等。而更常见的是磨剪子戗菜刀的，偶尔还会有修理搓板的、修理桌椅板凳的。凡是居家用品坏了的都有修理的。这样的商贩通常都是自带坐凳、自带工具及用品等。

由于当时北京城区里的居民大多居住在三合院或四合院中，因此小商贩们在走街串巷时除去吆喝外，还要使用一种特色的响器，以通报自己的到来，提醒顾客出来购货。这就是常说的市声，即俗称的叫卖声，也就是吆喝或响器的由来。

使用的响器也分为与所经营项目有关或无关的两类。例如，与其经营项目无关的，有剃头使用的"唤头"。用一短铁棍快速划开一把大铁镊子，靠铁镊子尖头部的颤动震响而向大院里的居民发出信息。当年剃头的就是挑着挑子走街串巷。因为有的顾客在剃头的同时还要刮脸，这就需用热水。所以挑子的一头是各种家伙什儿及座位凳子，另一头是烧热水用的小火炉，上面放一黄铜盆，泡有毛巾。过去有一句歇后语，叫作"剃头挑子——一头热"就是这个道理。锔盆锔碗的也是挑一个挑子，前后两个长方形的木箱，挑子一头挂有铜锣，旁边有两个小锤儿。随着挑子的晃动，发出叮叮当当的敲锣声。锔盆锔碗的主要是修补摔碎了的器皿，比如裂成两瓣的瓷碗。要先把破碴处用刷子蘸清水刷干净了，对好破碴口，用细麻绳捆牢。锔碗的专用工具是一个竹管，竹管前头装有金刚钻，竹管中间是用线绳缠绕的，线绳两头连在一个小竹弓上。当来回拉动竹弓时竹管就会快速旋转，这样金刚钻就会在瓷碗上钻出一个小眼来。当在破损的瓷碗两边都打上小眼后就把锔子钉入眼内，用小锤子打牢，最后要抹上一层油腻子。待油腻子晾干后，瓷碗就又可以照常使用了。因此也就有一句歇后语，叫作"锔碗的戴眼镜——没碴找碴"。此外还有磨剪子戗菜刀的，通常是吹一种嘶哑的小号或甩动一

锅盆锅碗的

串铁片以击打发声，其中也有带吆喝的；卖油的，是敲大
木梆子；卖线、卖布的，是摇动一个大拨浪鼓。这些都属
于额外标志，响器与经营业务无关，与所销售的商品无
关。还有一种是与销售商品有关的，例如弹棉花的，就是
拉响弹棉花弓子。卖蝈蝈、卖出壳不久的小鸡的，靠鸣叫
声来吸引顾客。还有锅、焊洋铁壶的，通常就击打锅底
壶底。

　　单靠吆喝的基本上是单一的吆喝商品，也就是卖什
么吆喝什么。例如卖菜的、卖水果的，还有挑挑子卖金鱼
的，一吆喝就是"卖大小——小金鱼哟——"。

　　也有既没有响器也不吆喝的。例如捏面人、吹糖人、缝穷的等，都不吆喝。像捏面人的，担子头上插着一个做好的面人，既可供欣赏又起到了招牌幌子的作用。过去还有缝穷的，多为中老年妇女，主要是给在北京干粗活的外地人缝缝补补。缝穷的一般是午饭后至天黑前这个时段出摊。拿个包袱皮，带上小筐箩，里面装的都是针头线脑，包袱皮里有各类的碎布头。在临近小客栈的街头巷尾席地而坐，把小筐箩放在旁边，就起到了招牌幌子的作用。缝穷的一般工作地点相对固定，知道的就会找来。

一般在胡同口摆地摊的大多是卖香烟的。不仅卖整盒的，同时还卖零根。随带还卖糖豆、瓜子、铁蚕豆等。此外就是供儿童选择的画片、玻璃球，还有一些泥塑的玩具，五颜六色的，艳丽无比。有小泥人，更多的是泥捏的小鸡、小狗、小猴等，乡土气息很浓。而且这些泥塑玩具的底部通常带有铁皮哨，拿着玩具还可以一路走一路吹，对孩子们的诱惑极大。这些货物一般也就几分钱，倘无现钱，也可以用家里的"破烂"来换，如废旧的铜芯电线头、折了把的铁壶或掉了底的钢种锅，甚至牙膏皮都可以。到了夏季，摊上还会有用废旧自行车内胎熬制的胶，供粘知了、粘蜻蜓用。小孩们往往是买一分钱或二分钱的，摊商从旧报纸上撕下一角，用竹签从小铁桶里蘸上一点，用报纸角一撸，就成交了。

盛夏时分，靠近小学校的地摊上还有一种"冷饮"，当时取名为"雪花酪"。制作简单，用铁桶摩擦冰块，在磨下的冰屑上洒点糖水，也是很吸引人的。不过这种"雪花酪"的卫生条件是极差的，因为当时还没有人造冰，所以其使用的冰块都是天然冰。当冬季结冰后，工人们要把冰凿成长方体，差不多一块重百斤。拉到挖出的冰窖里，一层一层地码放整齐，层间要铺上稻草，以免上下粘连。最上层还要覆盖上一米多厚的黄土再夯实，以备来年夏季启用。到了夏天，工人们用带钩子的铁矛把冰块拉出，用马车送往客户家销售……"雪花酪"就是用这样的冰块打磨出来的，尽管冰屑雪白晶亮，但其清洁度无疑是很糟糕的。

过去还有一种游商，他们不是卖货而是收货，俗称"打小鼓的"。这类买卖人既有响器也吆喝。响器就是摇动的小鼓，同时吆喝，"破烂——我买——"。而"打小鼓的"由于经营重点的不同又分为两种：打硬鼓的，一般是担一副挑筐，里面还有几条麻袋，专收大件或较便宜的"破烂"物品；打软鼓的，通常背一个包袱，内包几块包袱皮，只收皮货、珠宝、钟表、字画、古玩等轻巧便捷但较为值钱的物品。

到了晚间时段出现的市场俗称"鬼市"，"打小鼓的"出货往往就是在鬼市上。旧社会时有鬼市，在午夜一过的凌晨开市，天亮前即收市。例如当年德胜门附近就有一处鬼市。鬼市往往摊位不多，各摊位间隔也大，通常有近两米的范围。摊位中间放一盏烧煤油的马灯，昏暗的灯火只能照在物品上而看不清人面，这样便于保护出售人的隐私。如某一大家族日趋衰落，为了维护开支不得不出售一些物品，但又防止被他人知道，就可能通过"打小鼓的"来出售。也有的可能是某一偏房的姨太太偷偷拿出物品来销赃。反正彼此都看不见脸面，交谈也简略，谁都记不住谁，宁可少卖几个钱，只求交易安稳。当然，这里面也有花冤枉钱买了假货的，或者是买了赃物的，但也都是个别的。

当年相对正规的出售自家物品的是当铺。当铺一般门脸挺大，西城区早先在新街口的东面就有一家三间门脸的当铺。门前挂有直径一米左右的木牌，上书楷书"當"字，作为招牌。里面的柜台很高，一般都和来人的下巴颏儿相齐。为了安全起见，柜台的窗口还都设有粗实的铜栅栏。来典当的人都要仰视办理，这在气势上就要压人一头。不过来者若是衣着不俗，小伙计们也会赶紧出门迎客，请到里屋单独办理。

来当铺的对象基本分为三类：一类是急需用钱的，拿来一些比较值钱的贵重之物，如珠宝首饰、名人字画等做当，一旦缓解，周转过来后就赎回去；另一类是当夏衣时而赎冬衣，到了当冬衣时又赎夏衣，少当点钱但落了个不占地方存放，也不操心保管；再一类的大多数是自知无力赎回，当时压根儿也没打算赎回，任凭成为死当。

典当时间一般是三年不赎即为死当，任由当铺处置了。所以当年还有把当票送到名为"小押"的人手中，再押点儿钱出来的。"小押"是当铺的衍生物，专门收买当票后再赎出东西来，拿到鬼市等地方出售，从中受益。

当票上的字体极难辨认，可以说比眼下医生的处方都难识别。其用语、品名等自成一家，全是行话，不是业内人士根本就看不懂。对物品的描述也通常为贬义用词，如上好的皮毛也要写上"虫吃鼠咬、光板无毛"的字样，以防赎当时引起争议。

旧社会的当铺往往是由一些有着官方背景的人员出资开办。如电视剧《雍正王朝》里面的当铺就是皇贝子允禵开设经营的。还有小说《金瓶梅》里的西门庆，除了垄断

当铺

了清河县的药材和纺织品销售外，还经营典当行和放高利贷。所以当年的当铺往往开在大街上，气派非凡。而通常开在胡同里的，都是一些小杂货铺。

过去人们也管这些杂货铺叫油盐店，其服务对象也就是临近一两条胡同里的街坊邻居。这种小铺薄利微销，但也能满足街邻的需求，方便快捷。一般是两三条胡同间就会有一家杂货铺。小铺基本上也就是一间门脸，一至二人轮流盯在前柜上，从早到晚，风雨无阻。夜间即便是打烊了，敲敲门板也可以随时购物。这样的小店凡举家过日子的必需日常用品几乎无不具备。常言道："开门七件事，柴米油盐酱醋茶。"当年柴是归到煤铺专营的。煤铺一般较大，除去木柴外主要经营原煤。米是归到粮店经营的，杂货铺里也就是备有少量的挂面。食用油是零打的，按两出售。盐则分为粗盐与细盐。粗盐是大盐粒，既可熬菜也可腌菜，现称现卖；细盐是装在密封的纸袋中，为了防潮，只整袋销售。酱只有干黄酱，盛在大瓷缸里；像芝麻酱、甜面酱等均为细物，就不是小铺经营的物品了。至于茶，也是小包装好的茶叶末，价格低廉。小铺里还有零打的酱油、醋、白酒、煤油，论块儿卖的酱豆腐，论个儿卖的酱菜疙瘩等。鸡蛋是放在木板箱里，里面铺有一层层的稻草。此外，还有家里日常需要的洋火（火柴）、蜡烛、胰子（当年没有肥皂、香皂，洗手用猪胰制成的猪胰子皂）、牙粉、牙刷（为骨柄加鬃毛制成）、针头线脑、顶针扣子、菜刀剪子，以及脸盆、毛巾、搪瓷水杯、陶瓷饭碗、青蓝染料，等等，应有尽有。旁边小橱窗里往往还设有铅笔、橡皮以及为夏日专备的人丹、花露水、避瘟散和冷布等。小铺的屋角旮旯处还会放有用牛皮纸袋装的"六六六粉"（一种农药，白色粉末。在屋檐下往往会有马蜂窝，一般可以点燃六六六粉，把马蜂熏走）和瓶装"滴滴涕"（低毒农药，液体，装在薄洋铁皮打制的喷壶内，以驱除蚊蝇及臭虫）。这样的胡同小铺就是货物齐全，价格便宜，买卖方便。

各种庙会，确属北京一景。自打明清以来，内外城就形成了护国寺、白塔寺、隆福寺等各大庙会。庙会一般是按日期营业的，如每月逢某日举办；也有是按年定期开放的，如厂甸庙会、白云观庙会等。据20世纪30年代的统计，当时在北平（北京）各大庙会中共有商摊四千家之多。

当时的一些寺庙较为空旷，空地多，摊位的租金较低，因此出摊的商贩也多。比如那时候的护国寺的庙会，北门只剩下门架和两截露砖的院墙，一些卖吃食的就集中在院内。有灌肠儿、炸糕等，还有煮元宵的。夏时节就多为卖凉粉、扒糕的。当时在土台子上码好一溜儿炕桌，人们就坐在土台子上进食。再往里走是卖日用百货、土产杂货、鞋帽布匹、丝绒棉线以及儿童玩具、花鸟鱼虫的，无不具备。摆地摊的还有卖耗子药、自制膏药的。最里面搭有布棚，有在里面变戏法或唱蹦蹦戏、唱落子戏、演木偶戏的，外面还有拉洋片的。

　　春节期间的厂甸庙会，给人留下印象最深的就是人挤人。当年有卖氢气球的，线绳捏在手里，气球飘在空中，感觉很是有趣。还有卖单头、双头的空竹，卖硬翅、软翅的风筝的。除了扛在肩上售卖的大冰糖葫芦，还有挂在脖子上穿成串儿的山里红，通常一串儿也不过是几分钱。此外还有卖风车的。春节时期买回家，到了晚上，家中院子里插着的风车在西北风的吹动下敲动鼓点，昭示出过年的喜庆，人们便在这鼓点声中安然入梦了……

木偶戏

正月里来

秦祖亭

中华民族历来把农历一月称为正月。正月初一，现在叫作"春节"。而在辛亥革命前我们还管这一天称为"元旦"。

"元旦"是个合成词。元，即为开始之意。见《说文解字》，"元，始也，从一从兀"。旦的原意为早晨，从出土殷商的青铜器铸铭中可以看到，圆圆的太阳为日，下一横线为地平线，示为太阳从地面升起。《辞源》里提到，南朝文史家萧子云所写的《介雅》乐府诗中有一句是"四气新元旦，万寿初今朝"，从而将"元"和"旦"合为一词，借此称呼新年的第一天。

其实历代元旦的日期并不都一致。史载，夏代元旦为正月初一，殷商时定在了十二月初一，周又提前到十一月初一了。秦始皇一统天下，又将元旦提前到了十月初一。后至两汉，汉武帝改革历法，才恢复夏代时制，以正月初一为元旦，这样一直保持到清朝末年，故而这个历法也曾被称为夏历。夏历是古代汉族历法之一，但严格来讲现在使用的这部传统历法其基本规则是沿用汉代制定的历法，所以还是应该叫汉历，又俗称农历或阴历、旧历等。辛亥革命后孙中山宣布废除旧历而改为公历，也就是阳历。而将新年，也就是1月1日称为"元旦"，这是1912年的事。

但民间百姓仍习惯沿用夏历来过传统意义上的新年。于是到了第二年，当时的民国政府内务总长朱启钤便提出了四时节假的建议，"我国旧俗，每于四时令节……即应明白规定……拟请定阴历元旦为春节、端午为夏节、中秋为秋节、冬至为冬节，凡我国民均得休息，在公人员，亦准给假一日"。但当时任大总统的袁世凯只批准了以正月初一为春节这一项。自此，夏历岁首，正月初一便为春节，作为中华民族传统的、最重大的节日一直相沿至今。

正月里除了春节，还有十五的元宵节。

元宵节起源于秦汉年间。据传，秦末就有正月十五燃灯祭祀道教太乙神之说，可见元宵节是从"敬神送年"演变而来的。后至汉，刘恒平息吕氏家族的叛乱，恰巧是在正月十五这一日。为了庆祝胜利，便把这一天定为"元宵节"，令各家各户吃一种用糯米做成的带馅儿的球形汤团，以象征团圆，表示庆贺，同时还要张灯结彩。所以过去也将正月十五称为"灯节"。民谣中就有"正月里来正月正，我和小妹看花灯"的说法。唐时，宫中还会扎起灯楼。明朝朱元璋建都南京，规定正月初八挂灯，正月十七收灯，在秦淮河上高搭新棚。后来朱棣迁都北京，是在东华门外设立灯市。到了清朝时，花灯更是盛极一时了。由于正月为元月，古人亦称夜为宵。元月十五是一年中的第一个月圆之夜，所以称正月十五为元宵节。民间传统，一元复始，大地回春，天上明月，地下彩灯，其乐融融。

元宵是一种含馅儿的食品，还有一个带馅儿的便是饺子。吃饺子也是春节中一项主要的活动。民间讲究的就是"初一饺子初二面"。饺子的由来流传甚广。相传是东汉末年，历史上著名的医生张仲景辞官还乡，正赶上冬至日。当时伤寒流行，许多百姓饥寒交迫，同时又有不同程度的冻伤。张仲景总结临床实践，便在当地搭了一个大棚，支起锅来熬煮羊肉、辣椒和驱寒提热的药材，拿面片包成耳朵形状，煮熟后连汤带食分赠百姓。从冬至直到除夕，既抵御了伤寒又医好了冻伤。后人模仿制作，称之为"饺子"，渐渐也就形成了习俗。逢年，没有饺子吃可是万万不行的。按老理儿，正月初一至初五，百姓家一般不做饭，只用年前就预备下的菜肴，如酥鱼、四喜丸子等，以示年年有余。通常三十儿夜各家包完饺子，菜刀就入了橱柜，破五儿后方可再用刀。大多数人家是在这一天再吃一顿饺子以示庆贺，求得一年吉祥如意。

由入药始，而后转入传统食品的，除了饺子外，还有一样就是冰糖葫芦。

关于冰糖葫芦的起源也有众多的传说。其一是讲在南宋绍熙年间，有一个光宗皇帝所宠爱的贵妃面黄肌瘦，不思饮食。御医用了许多贵重药品均不见效，无奈张榜招医。后有一江湖郎中进宫为贵妃诊脉后提出，要将山楂与红糖煎熬，每饭后服五至十枚，半月后必然病愈。贵妃按此服后，果然如期痊愈了。其后就有了用细棍穿起山楂蘸糖的食俗。还有一种说法是唐代黄巢揭竿而起，攻州占郡，打下潼关后做了皇帝。为了庆祝，就把红果穿在枝条上，蘸上蔗糖，以南糖北果穿在一起来象征南北统一，之后也就渐渐流传了下来。

冰糖葫芦是北方冬季特有的传统小食品。正月北京厂甸庙会上便有一米以上的大糖葫芦。大糖葫芦由于是用糖稀蘸的，表面看上去呈灰白色，不像冰糖葫芦那么晶莹透亮。有的大糖葫芦的顶端上还支支棱棱地插着一面小纸旗，三角形，大多为红色。当年我一直想要一串厂甸的大糖葫芦，但每年随家里去厂甸逛庙会时"大人们"总是反对：大糖葫芦都是在作坊里早就蘸好的，再拿到摊位上露天销售，小风一吹就是一层土，不卫生；大糖葫芦的山楂不去核，没准里面还有虫屎；同时又是用糖稀蘸的，眼看上去就是灰蒙蒙的，肯定不甜，弄不好山楂果还是苦的；满大街扛着大糖葫芦的基本上都是男孩，小女孩穿着新花衣，头上系着蝴蝶结，却扛着一支大糖葫芦，没规矩、不像样；厂甸庙会在和平门外，当年我家是在阜成门外的百万庄，步行就有点儿远，而举着这么长的糖葫芦也不好乘公交车……"大人"的理由似乎很充分，自己断无反驳的一丝可能。所以时至今日我仍觉得，厂甸的大糖葫芦肯定"不好吃"。

当时的冰糖葫芦一般讲究山楂果等须直径一寸以上，清洗后割开把核去掉。还有填入豆沙馅儿的，更讲究的还将瓜子仁贴在豆馅儿上面。做冰糖葫芦蘸糖是关键，要求一斤糖蘸二十五串。糖皮要薄而且脆，看上去晶莹透明，摸上去不能粘手。还有一种说法是即使掉在地上也都不能沾土。这话似乎有些夸张了，主要意思是讲熬糖的火候要到位。记得我小时候在西单商场里还见过橱窗里插着的样品，是用白净的山药加京糕丝和豆沙，制成了刘备、关羽、张飞等简易形象，穿签蘸糖，陈于货架之上，简直就是一组工艺品。

大糖葫芦

当年厂甸庙会是从和平门外开始，在街道两旁用搭脚手架的杉篙支起个棚子，盖上苫布，地下铺竹席，摆上柜台就行了。全市商铺都可以在此挂牌经营。我就曾在厂甸庙会上看到过我家楼下附近的一个食品商店的摊位。其实当年的庙会上很少有卖小吃的，食品店也都是糖果、香烟等带包装的食品。即便是糕点，也都是在商店里就包装好的整盒物品。

北京特色糕点就是"大八件"。但当年的"大八件"里和眼下北京稻香村里销售的还不一样，当年"大八件"不含萨其马。所谓"大八件"有蝙蝠饼（象征"福"）、禄字饼、太师饼、寿桃饼、喜字饼、银锭饼（以上多为椒盐咸酥馅的）、卷酥饼（像一卷书）、枣花饼。"大八件"是既文雅又形象地把当时人们日常生活中的福、禄、寿、喜、财等八件喜庆的事展现了出来。"大八件"讲究八块重一斤。为了保护糕点的形状，一般要装在点心匣子内。点心匣子是用马粪纸做的，呈长方形，一盒可装四斤。装点心时要先在四周铺上包装纸，然后小心码放。码放时也有讲究，八种点心每种都要有一样摆在最上层，这可不能含糊。点心匣子上还会附上点心铺的"门票"。门票通常为红色，上面印着点心铺的字号、地址、电话等，也算是早期年代的一种广告吧。

不过当年装点心匣子就是为了过年、过节的时候送人，如再加上个水果蒲包或一斤花茶，一般就可以拿出手了。不过送点心有个规矩，除了看病人外，一般只能送给长辈。同时自家买糕点也不必装匣子，打个纸包就可以了。

不过那时候各家生活都不是很富裕，正如有一段相声里说的那样，点心匣子是转着圈地送，最后又给自己个儿送回来了。所以其实点心匣子里的糕点真正到了吃的时候，往往就不新鲜了，有的甚至还有哈喇味。

当年厂甸庙会上有特色的商品除了大糖葫芦外，还有就是风筝了。

按老北京民俗，百姓们平日里不放风筝。只有到了正月十五的元宵节以后才开始放，一直放到开春的清明。古诗云："草长莺飞二月天，拂堤杨柳醉春烟。儿童散学归来早，忙趁东风放纸鸢。"

北京的风筝以精巧、绚丽著称。造型大体有五种形式：硬翅，如金鱼、沙燕；软翅，如蜻蜓；长串，如蜈蚣；拍子，如花篮；桶形，如宫灯。

风筝讲究的是扎、糊、绘、放。北京的风筝一般采用高级的丝绸制作，选材严谨，骨架坚固平整，画工精细生动。制作风筝的工匠一年就指望着大年三十到正月十五这十几天的买卖。

放风筝一般要求有比较空旷的空间。所以北京城里的人们基本上都是在广场上放风筝。20世纪60年代中期，我上学的学校在东郊定福庄，每逢周六下午从学校回家及周日晚饭后回校上晚自习课，都要乘坐1路公交车。而春季路过天安门时就会看到广场上众多放风筝的人。

因为我家在百万庄，所以有时会到离家较近的原苏联展览馆（今北京展览馆）前的广场上看人们放风筝。

展览馆在西直门外。西侧紧邻北京动物园，当年坐在展览馆外面茶座上静静地喝上一瓶北冰洋汽水，就能隔着围墙看到园内的狮虎山。展览馆的后面，也就是北侧，就是高梁河。那时候河水荡漾，岸边还长满芦苇。而展览馆广场和动物园门外就是西直门通往颐和园的公路了。我上小学时动物园附近除去少数房屋外，大多还是庄稼地，没有什么人居住，更没有商店，只有一条从西直门开往颐和园的公交车。

苏联的全称是"苏维埃社会主义共和国联盟"，一共由十六个加盟共和国组成。广场周边的大门两侧就是由十八根雕花立柱组成半圆形的廊子，每对立柱间高悬着一个加盟共和国的国徽。大门上方则镶嵌着苏联的国徽。苏联展览馆建成开幕时我刚上小学，记得当时大家都急切希望到展览馆去看看。那时候有句很流行的口号，叫作"苏联的今天就是我们的明天"，所以大家都想去看看我们即将生活的"明天"是什么样。

展览馆开展时在小卖部里可以买到一种"夹心水果糖"。水果糖块装在一个模仿吉普车样子的玻璃瓶内，在汽车尾部悬挂备用轮胎的地方是涂着红漆的瓶盖。水果糖块较小，是夹有果酱心的，这在当年的市场上可是很新颖的食品。尤其是少年儿童们，即便糖块吃完后还会把玻璃瓶刷干净了，往里面装点橡皮头、曲别针什么的，带到学校去，放在课桌上，以表示自己去过苏联展览馆。

除去厂甸庙会，当年北京春节庙会开放时间较长的还有白云观的庙会。每年正月初一至十九举办，为期十九天。这些天的庙会结合道教节日祭祀进行：正月初八朝拜星神，初九庆祝玉皇大帝诞辰，十三至十七举办上元灯节，十八至十九的凌晨有"会神仙"之举。相传丘真人于是日得道羽化为神仙，此夜仙人下界，重游故地，超度有缘者。因此京城百姓云集白云观，焚香祈福，期待与神仙结缘。正月十九的上午会举办盛大法会。

其实早期的庙会仅是一种隆重的祭祀活动，随着经济的发展和人们交流的需要，庙会在保持祭祀活动的同时，逐渐融入集市交易活动。

早年人们逛白云观只能西出阜成门或南出宣武门。正月初一开庙，初八顺星和十八"会神仙"是两大高潮。当时可没有二环路可通。进入正月后，宣武门门洞旁便有来自农村赶毛驴的，人们在此租上一头驴，沿护城河西行出西便门，便到了白云观。

白云观活动有向诸神灵敬香、礼拜、摸石猴、打金钱眼等，还有就是根据自己的出生年月去找守护神。

民谣云，"铁打白云观，三猴不见面"。在白云观建筑群中据说隐藏着三只石雕的猴子，大的有一尺多高，小的不过巴掌大。因为分别雕刻在观内不同的几处建筑物上，故有"不见面"之讲。据说用手摸一摸石猴便可使人免灾祛邪、吉祥如意，所以到白云观来的游人总要把摸石猴作为一项活动。其中刻在观前山门石拱门上的猴子最容易被人发现，因此这只猴子早已被摸得通体光亮。而大年初一时，仍会有上千人在那里等候，山门上的石猴成了游人排队前来抚摸的宝贝，以祛病、辟邪、求福。但找到另外两只石猴就有点难了。20世纪60年代初我还上初中时就曾认真地找过，最后也没搞明白究竟是在什么地方。前段时候听一朋友讲，现在春节期间观内已将石猴的地点明显标出，并拉起了护栏。我想，这样也许方便了想"摸摸"的游客吧，但却又失去了满园寻找的乐趣。

闲谈商家的牌匾

徐定茂

　　北京是一座历史悠久的文化名城。在几百年的发展中出现了一批商家的"老字号"。这些店铺以"诚信为本、质量上乘"为准则，数年来深受广大顾客的喜爱。如今每当你漫步徜徉于王府井、大栅栏、琉璃厂、菜市口、新街口等商业文化繁华之地的时候，看到老字号门楣上那一方方各具风采、古色古香的牌匾，其字体或端庄饱满，或清秀俊雅，或古朴拙正，或洒脱飘逸，无不令人驻足欣赏。它既是一幅赏心悦目的书法作品，更是一个展示老北京深厚商业文化的标志性符号。

　　老字号历来与牌匾有着天然的不解之缘，匾额是商家的门脸儿。大多商号店铺多请名人、书法家题写牌匾，也不知道是老字号提升了牌匾书写者的名气，还是牌匾抬高了老字号的身价，总之这些悠久深厚的牌匾文化促进了京城商业的繁荣与发展。其实字号牌匾上的字也是很讲究的。通常商家店铺牌匾都是采用楷书，这是因为楷书端庄，容易辨认，而且笔画饱满润厚，有物阜年丰、财源茂盛之意。若是草书，龙飞凤舞，不容易识别。但若干瘪枯瘦，如瘦金体，尽管是宋朝皇帝赵佶所创的一种字体，也是很少有用于匾额的。

早年求得名人来题写牌匾是很不容易的事情。因为大家知道，字一旦挂出去，就是自己的脸面，所以很重视效果，不会轻易把书法作品外传。北京有个"天源酱园"，当年坐落在西单十字路口的东南角。"天源酱园"是清同治八年（1869）开业的，有个开当铺的刘姓老板一心想接触上层社会，于是用数百两白银盘下了一个即将倒闭的油盐店而开办了天源酱菜，同时又专门请来酱菜师傅引进清宫御膳房的技术，前店后厂，自产自销。到了光绪年间，天源酱菜的老板就想求陆润庠题写店面，却一直没有得到允可。后来还是因为慈禧太后对天源酱制的桂花糖熟芥大加赞赏，消息传出后，酱园店的老板赶紧在店内立起一个涂满红漆的木架，上放盛满糖熟芥的瓷坛，标明"上用糖熟芥"的字样，同时又派专人给陆翰林送去几坛子，这才借此求得陆润庠题写的"天源号京酱园"大字牌匾。随后又请清末翰林王垿写了"天高地厚千年业，源远流长万载基，酱佐盐梅调鼎鼐，园临长安胜蓬莱"的藏头诗，高悬在店堂四柱上。

北京老字号匾额多出于陆润庠、寿石工、王垿之笔。尤其是有着家族"一门三翰林，父子九登科"赞誉的王垿，题过的牌匾较多。据传当年即有"学唱无腔不是谭，题匾无字不是垿"的说法。

现在保存下来有名的老字号牌匾中，"都一处"系乾隆皇帝题写的，现在悬挂着的是后来郭沫若书写的一块。"张一元"的匾额书写人是冯公度，"破四旧"期间被毁，现为董石良所书。"荣宝斋"为陆润庠所书，后来徐悲鸿、郭沫若、董寿平、启功也有所书。"来今雨轩""戴月轩""静文斋"是徐世昌书写的。"内联升"为王垿所书。"一得阁"是清代书法家谢松岱书写的，取自"一艺足供天下用，得法多自古人书"对联的首字。"清秘阁"是画家吴昌硕所书。"宝古斋""尊汉阁""茹古斋""赏奇斋""秀文斋""天福号"等均为翁同龢所书。老舍书写了"仿膳"，其夫人胡絜青书写了"柳泉居"。"同和居""烤肉季""成文厚"为溥杰所书，"狗不理"是溥任书写的。"鸿兴楼"为李苦禅所书。"鸿运楼""同春楼""又一顺"都是许德珩书写的。

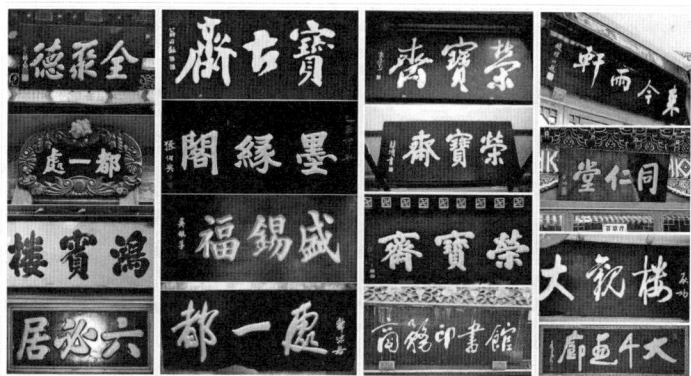

老字号牌匾

"同仁堂"的牌匾是康熙壬戌科的进士孙岳颁书写的，庚子年间大栅栏遭大火焚烧时，该匾被当时留守店堂的一位张姓员工救出。后店铺筹措资金重修了铺面，匾额又重新挂在了堂前，同时两旁又增加了清朝的克勤郡王寿岂公题写的两块副匾，左是"琼藻新栽"，右是"灵兰秘授"，为草书。但这几块匾同样毁于1966年的8月间，目前的牌匾是启功题写的。"稻香村南货店"为寿石工所书。"商务印书馆"为郑孝胥所书。"松筠阁"为邓拓所书。"吴裕泰"为冯亦吾所书。而"永安茶庄"则是于右任书写的。

据说于右任在台北时曾见到和平东路街头有一家商店的招牌假冒了他的字，仅神似，但力度不够。于是于右任立即亲自重新题写了一幅给店家送去，同时向店家说明，让店家把原来的假冒牌匾摘了下来。店家实在过意不去，特送上一大笔润金，而于右任拒而不受。

若说北京城内名气最大的牌匾还是当数前门外的"都一处"了。因为"都一处"三个字居然是乾隆皇帝题写的。传说是三百年前，一天乾隆爷去南苑微服私访，一直到了夜间才溜达回来，走得是又饥又渴。前门大街所有的店铺均已打烊了，只有路东靠近鲜鱼口的地方有一个用席棚子搭的小酒摊还在掌灯营业。乾隆爷进此稍歇，用了些煮花生、玫瑰枣、马莲肉后，甚感满意。问其店名，方知这是一个王姓的山西人在此经营，因铺面小，所以也没有什么字号，大家只是称呼其为"王记酒铺"而已。乾隆听后提出，夜半更深时，京都只有你一家还在营业，以解来往宾客之需，就叫"都一处"吧，随后留下了点儿散银就走了。几天后，太监送去一块蝠头匾，上题"都一处"三个大字。王老板方知几天前夜里来的便是当今皇上。自此"都一处"也就名声大震，生意兴隆，几年后盖起个小楼，经营各色食品。到了同治年间，"都一处"又新添北方特色食品烧麦作为店内主打的产品之一。现其经营的烧麦在京城堪称一绝，尤其是三鲜烧麦最为叫座，用猪肉、海参、鲜虾仁、荸荠、大葱做馅，真材实料。皮薄馅大味道鲜美，不仅制作考究，而且应时当令，春夏秋冬不同馅料，来客可以品尝到不同口味的烧麦。"都一处"的烧麦曾获国家商务部颁发的餐饮企业最高奖项"金鼎奖"和"中华名小吃"，该店现亦为"中华老字号"。

　　"来今雨轩"的牌匾是第五任民国大总统徐世昌所题。《北京晚报》曾刊登的一篇关于"来今雨轩"往事的文章里提到，"北京城区内第一个公共性质的近代公园成立了，这就是当时的中央公园，如今的北京中山公园。从那时开始，中央公园和里面的'来今雨轩'就成为当时民国文人最著名的社交场所"。"来今雨轩"建于1915年，据《北京党建》记载："'来今雨轩'的旧匾系民国时期总统徐世昌所书，现仍悬挂在店堂的二门上，大门上高悬的新匾为赵朴初所题。"

　　这段文字记述其实并不准确。"来今雨轩"至今共有三块匾，第一块系徐世昌所题，署名为"水竹邨人"。这是因为徐世昌的籍贯是天津，当时的天津书法界似有门户之见，而徐世昌又因位居当朝，不愿与他人在书坛上争之高下，故以自号"水竹邨人"行世，很少署其真实姓名。至于"来今雨"一词至今亦有两种说法：一是认为其意取自杜甫的一首小诗里的序："秋，杜子卧病长安旅次，多雨生鱼，青苔及榻。常时车马之客，旧雨来，今，雨不来。"另一种意见认为杜甫的词意悲凄哀苦，不符合"轩"吉祥发达的本意，认为该典出自屈原的《山鬼》"东风飘兮神灵雨"之句。

但这块匾也是于1966年夏的"破四旧"时即被摘了下来，送到后厨当作码放米面的垫板使用了。1972年美国的黑格将军访华，曾到中山公园游览时提出，"是为著名景点，为何无匾？"但经多方查找，徐世昌题写的原匾竟然无影无踪。于是又在周恩来总理的提议下，由郭风惠先生几易其稿，题写了第二块匾。

郭风惠，河北河间人，又名贵瑄，字麾霆，晚年自号不息翁，在我国近代也是极具有传奇色彩，是位被湮没很久的学者、教育家、书画大师。郭风惠六岁习书，八岁写诗，民国初已成名，为津门严范孙分外垂青。早年毕业于北京大学法学系，学贯中西。其书法当时被世人称为"活颜真卿""活何绍基"。1919年至1926年期间郭风惠曾在国立北京艺专、汇文、四存、畿辅等校任教，李苦禅、王雪涛、王昆仑等都曾经是他的学生。

1971年底，郭风惠不顾肠癌、眼疾等病痛，按总理嘱托，在中山公园的水榭题写了"来今雨轩"。这就是第二块匾，也是郭风惠的榜书绝笔。两年后，先生辞世。在当时的政治环境背景下，这块匾是没有题款的，目前还保存在饭庄内。现在大门外悬挂的匾是1983年初特请赵朴初先生书写的。《北京党建》中提到"现仍悬挂在店堂的二门上"的牌匾则可能即为郭风惠题写的第二块匾。

目前北京城内还有两块牌匾没有题款。一块是"六必居"酱菜园的牌匾，还有一块挂在"鹤年堂"中药店内。这两块匾据说为明朝大奸臣严嵩、严世蕃父子所书写。由于是奸臣，所以后来把匾额上的题款去掉了。"六必居"是北京著名的老酱园之一，原址就在前门外大栅栏东口的粮食店街上，最初传为六个人所开办，起名"六心居"并请严嵩题匾。严嵩觉得六人不可能同心合作，便又在"心"字上添了一撇，成为"六必居"。清代时有一部笔记《朝市丛载》也写明"六必居"为严嵩所写。但其他野史笔记均不见记载，是为孤证。后来到了民国时期，有蒋芷侪先生的《都门识小录摘录》中说，"都中名人所书市招匾对，庚子拳乱，毁于兵燹，而严嵩所书之'六必居'三字，严世蕃所书之'鹤年堂'三字，巍然独存"。但估计是参考了前朝的野史丛书，内容并不可靠。

有关资料记载，20世纪60年代中邓拓先生曾来到位于前门外的"六必居"酱园支店"六珍号",从这里借走了当年"六必居"的房契与账本,并从中考据出"六必居"不是创建于明嘉靖年间而是创建于清康熙十九年到五十九年之间。雍正六年时账本上记载这家酱园的名字是"源升号",一直到了乾隆六年(1741)账本上才第一次出现"六必居"的名字。明嘉靖即有"六必居"的说法看来源于店家填报的"虚假履历"。既然至清中叶才开业,当然它的匾也就不会是严嵩题写的。而传出"六必居"是为上一个朝代的名奸手笔,恐怕也是出自一种借知名贪官的负面影响而增加企业宣传力度的经营理念。

"鹤年堂"中药铺创建于明永乐三年(1405),原址在菜市口大街铁门胡同附近,在民间素有"丸散膏丹同仁堂,汤剂饮片鹤年堂"的美誉。"鹤年堂"的牌匾字体苍劲、笔锋端正。尤其是"鹤"字,笔画多而不杂乱,布局合理,实属难得的佳作。

令人不解的是在"鹤年堂"柜堂两根抱柱上另外还悬挂着的两块竖匾,"欲求养性延年物,须向兼收并蓄家"是为明代嘉靖年间的谏臣杨继盛所书。其字行笔如吞云吐月,刚劲有力。杨继盛,字仲芳,号椒山。直隶容城人。是明朝嘉靖年间有名的谏臣。先因上疏弹劾严嵩的死党仇鸾而被贬职,后再次上疏力劾严嵩"五奸十大罪"而遭诬陷下狱,在狱中备经拷打遇害。直至明穆宗即位后,以杨继盛为直谏诸臣之首,追赠太常少卿,谥号"忠愍"。杨继盛在宣武门外达智桥胡同12号的故居也随之几经变迁，开始是城隍庙，后又改称松筠庵。清道光、光绪、宣统年间屡屡扩建。当时的士大夫常聚在此院作赋吟诗，议论时政。一些名人学者也争相题诗作赋，称颂杨继盛的品德、风格。清乾隆年间将他的故居松筠庵改为祠堂，正门有石刻匾额"杨椒山祠"，现为市级文保单位。

按理说，杨继盛与严嵩是"死对头"，最后就是遭受严嵩的迫害而死。而如今忠臣杨继盛和奸相严嵩之子严世蕃题写的匾额居然同时悬于一室，似乎也是件令人生疑的事情。

于是也就有了另一种说法："鹤年堂"匾当时是悬挂在严府后花园中的一个厅堂上，为堂名，故而没有落款。后来严家落败，这块匾额流落民间，辗转流传到了当时的诗人、养生名家丁鹤年手中，因有"鹤年"二字，正合药店店主的本名，即被当作了店铺的牌匾。因无款，所以店家也不知道此匾究竟出于何人之手。

史载，"鹤年堂"是于永乐三年开业的。由于创建人丁鹤年是回族人，故他历游北京时在回族人聚居地牛街附近的菜市口创建了以自己的名字命名的"鹤年堂"。其中亦含《淮南子·说林训》里"鹤寿千岁，以极其游"的意思，同时也有汉族民俗中的"松鹤延年"之意，表明了他开办医药铺的目的就是要让人们健康长寿。这和严嵩、严世蕃根本就不在同一个年代。此外，严氏父子被定为奸臣而被处决后，"鹤年堂"竟然还把罪臣的匾额悬挂于外，也是不可思议的事情，这样做绝对不符合商家谨小慎微的普遍心理。所以我们也可以基本认定，与"六必居"一样，"鹤年堂"的牌匾也同样不会是由严嵩或严世蕃题写的。

鹤年堂

北京的饮水

徐　骊

一直到了宣统年间，北京城内才有了自来水。在此之前，除去皇家每天都从玉泉山拉水进城外，居民们都用井水。

北京地区原是个平原，沼泽、湖泊很多，水皮浅，很容易就能打井出水。但这些井水是苦的，苦水水质很差，含碱度大，谓之为水硬，水壶用不了几天就结一层厚厚的水碱，洗衣服用再多肥皂也不起沫，喝起来苦涩不堪。老话讲"苦海幽州"，"幽州"是北京旧称，"苦海"是说古时候幽州是孽龙占据的一片苦海。一次哪吒云游经过这里，把孽龙锁在北海白塔下和玉泉山脚下的海眼里了。直到刘伯温要建北京城，不甘心的孽龙要把北京所有的水全卷跑，于是就变成一个老汉推着车往西山走。车上装有两个鱼篓，里面分别装着北京的苦、甜两种水。刘伯温派高亮追赶，高亮赶上用枪刺破一个鱼篓后回身就跑，等奔到了西直门外忍不住回头一望，不幸被淹没在波涛中了。后人为纪念他而把西直门外的这个地方命名为"高粱（亮）

桥"。但因为高亮戳破的鱼篓偏偏是苦水篓，所以北京尽是苦水。传说是传说，其实人们只要找准水道打一眼较深的井，就能汲甜水出来。

苦水井很多，都是公用的，可以随便打水。而甜水井则有井主，人们不得自汲，是由井主分别向附近居民送水。

送水用水车，通常每天一大早水车就上路了，按规定路线把水送到主顾家中。水车上是一个大木桶，下面有一个包着布的木头塞子，送水到用户门前，拔塞流水入桶。待装满水桶后堵上塞头，挑水入户，替主顾倒入缸内。

送水也有包月及零挑两种。商铺及一些大户人家大多为包月，即事先预定好价钱、挑数及送水的间隔期，比方说是一天一送还是隔天一送。一般住户则根据实际情况去购买零挑的甜水。

由于水井多，所以北京城内也就出现了许多以"井"来命名的地区，其中最著名的自然就是王府井了。据说此地原名叫作王府街，而因在街的西侧打出了一口优质的甜水井，王府井的地名也就由此而来。此外，仅东城区内还有大甜水井胡同、东水井胡同、西水井胡同、沙井胡同等，西城区内就还有井楼胡同、大井胡同、铜井大院、龙头井街、大铜井胡同、石红井胡同等，原崇文区有板井胡同，而原宣武区更有姚家井、琉璃井、三井胡同、七井胡同、湿井胡同、甘井胡同、金井胡同……还有的是为了减少重名而另起了新的名字，如新街口的景儿胡同就是井儿胡同的谐音，阜成门内的福绥境胡同过去叫苦水井胡同，菜市口的天景胡同过去叫大井胡同。

提到胡同，曾有专家提出，"胡同本元人语"。也就是说"胡同"这个说法不是汉语而是蒙古话。据专家考证，蒙古语中"水井"的发音就是"胡同"。由于蒙古大漠缺水，于是蒙古人就通常在有水源的地方安居，久而久之成为一种习俗。元朝时的蒙古人仿造汉族人的生活方式建城定居，进行城市建设时蒙古人仍沿袭了过去的生活习惯，基本上都是先挖好水井后再修建房屋，而由房屋再形成街道。所以元大都时各街巷间都会有水井，按蒙古语的发音即为胡同。

但后又有人提出异议，其理由就是仅"王府井"这个地名就可以证明胡同不是水井的意思。因为如果水井的发音就是胡同的话，那么为什么仍被称为"王府井"而不是"王府大胡同"呢？由此可见，水井还是水井，而胡同还是胡同，完全是两码子事。

要说皇宫里自然会有自备的水井了，但这些水井里的水不是为了饮用而主要是用于消防或是浇花洗衣、冲洗地面等。自打明朝始，皇宫饮用的就是玉泉山的泉水。有资料上说，在乾隆皇帝时，曾"尝制一银斗，以品天下之水"。称各处水，扬子泉，一两三；虎跑泉，一两四；珍珠泉，一两二；玉泉山，一两，而在此之前仅为"世以扬子江之中泠水为天下第一"。结果经乾隆的实验证明玉泉山的水最轻，说明最清洁、最纯净，评为第一。由此乾隆御笔题写"玉泉趵突"，更是要天天拉水入城，甚至就连乾隆下江南时都要带上玉泉山的水。不过一旦时间长了水质也就不新鲜了，当时的处理方法叫作"以水洗水"，据《庸闲斋笔记》里记载："其法以大器储水，刻以分寸，而入他水搅之，搅定，则污浊皆储于下，而上面之水清澈矣。"

直到光绪三十三年（1907）时，清政府才认真考虑在北京建立自来水厂的事。其实在此之前，众多受洋务运动影响的人士亦曾提过为了解决京城饮水问题而建立自来水厂的建议，但均未受到重视。据说还是在这一年的秋天，慈禧在颐和园内召见袁世凯。袁世凯刚到不久就有一小太监匆匆来报，说宫廷某处走水（避讳语，指失火）了。后又报，已然扑灭，但因用水跟不上，还是烧坏了几处。慈禧闻言，便问袁世凯有何良策用以应对？袁答，自来水。

因为天津早在1903年就已经有了自来水，所以袁世凯深知自来水的种种便利，故向慈禧推荐。据有关资料记载，光绪三十四年（1908）时有农工商部向慈禧太后和光绪皇帝上奏折，内称："京师自来水一事，于卫生、消防关系最重，迭经商民在臣部禀请承办……为京师地方切要之图，亟宜设法筹办。"几天之后，慈禧太后和光绪皇帝就批准了这项奏议，下达圣旨，设立"京师自来水公司"，并开始招商集股、购置设备、铺设水管……

然而临近年底时，光绪皇帝和慈禧太后相继去世，京师自来水公司又忙将出殡线路，也就是地安门、西四、阜成门沿线正在埋设水管的道路立即回填，后至次年二月底出殡后才重新挖沟施工。

一直到了宣统二年（1910）年初，水塔落成，可以正式向北京城内供水了。但在供水之初，自来水并不受欢迎。首先有价格问题。尽管自来水的水费不高，但安装自来水管线尚需要交纳一定的费用。此外就是自来水流出后因为压力会产生一些小水泡，当时被传言是洋人下的毒，饮用后会中毒的。还有民间传言，因为水管皆埋在地下，不见阳光，故而喝了会让"阴气入体"。后来京师自来水公司通过报纸来大量宣传，主动在街旁巷内安装了公用水龙头，派专人看管。对大户人家则把自来水管直接引入四合院中，安装专用水表计量等。种种手段，才消除人们的顾虑，推广了自来水。

我小时候家在幸福大街的幸福北里。记得我们胡同里的自来水管就立在我家的院门口。

自来水管靠墙而立，地上部分大多都是被包着的，只露出了水龙头。下水道口处立有两尺多高的水泥池。这样一是防止四处流水，二是人们如洗菜、淘米或漂洗衣服时可以把容器放在上面。

自来水管的位置往往比周围地段要略高一点，而且四周为了防止流水又大多铺上石板。每逢冬日，溅出的水就会在水管四周的石板地面上冻成一层薄冰，在阳光下反射出五颜六色的光芒。那时候人们大多穿棉鞋，北京话叫作毛窝。这种棉鞋通常是高靿的，灯芯绒的鞋面，布里，白塑料的鞋底。腊月严寒，塑料底冻得梆梆硬。走到临近水管子处，真是一步一出溜。有时提着钢种（铝）壶去打水，都得蜷着脚指头，既小心又使劲地慢慢地蹭着走，否则踏在滑坡的冰面上，一不小心就是一个"老头儿钻被窝"。

当气温达到冰点时，白日里由于经常取水，自来水管内还不会马上结冰，但到了夜间就必须采取防冻措施了。当年通常采用的方法有两种，一是"放小流"，就是微调自来水龙头，让水不断地以最细小的形式流出，以防静止的水在管内结冰。二是干脆把自来水闸门关闭，再将管内的水放净，自来水管里没有水，自然就结不了冰了。

因为"放小流"终有浪费之嫌，此外"小流"也不容易控制，故而大多的住户还是采用关闸门放空的方式来防冻。当年我们院内由各家各户轮流值班负责夜间关闸门，到了次日清晨再开闸门。记得当时轮到某户值班，该家的"大妈"总要到前、后院喊一声，招呼大家该打水的赶快去打水，随后再去关闸门。

偶尔也还有水管被冻上的可能。于是大家就忙着从自己家里提一壶开水出来，从水龙头开始往自来水管上浇，用以化冻。这时候可不能用砖头或榔头去敲打水管，因为冰的密度要比水小，所以管子里一定质量的水凝固成冰后体积自然就要变大。当年的自来水管都是镀锌焊管，若再有外力击打管壁，水管或水管与水龙头的接口部分就可能产生裂缝。如果水管真的被冻裂了，那麻烦可就大了。

当时家里往往还要灌满一壶凉水来备用，在洗漱、擦抹家具时同热水混合到适温的程度。用老人的话讲，就是新打回的水也还要"沉沉"，估计是沉淀一下的意思。不过，寒冬腊月，新打回来的自来水也是冰得刺手。此时让

水管化冻

凉水"沉沉"，待达到临近室温时使用，也近合理。

　　然而冰凉的自来水也还有一个好处。当入冬时京城街头就有卖柿子的，买回家后码放在背阴的自家窗台上，待到三九天柿子冻得梆硬时，把冻透了的柿子放在凉水里，不一会儿即已泡软了。这时把皮咬破，吸上一口，黏黏的汁水带着细细的冰渣，又凉又甜……借用20世纪80年代初时某"速溶咖啡"的一句广告词，真是——"味道好极了"。

京城西翼　宣南文脉

李慧娟

　　宣南地区是北京建城、建都的肇始之地，汇集、融合、沉淀了全国各地文化精华，形成了独具特色的京味文化，是一条绵延了三千多年的文脉。

　　宣南文化可以说是北京历史文化的精华，既有皇室文化，又有平民文化和士大夫文化；既有先贤文化，又有宗教文化；既有民俗文化，又有戏曲文化；既有饮食文化，又有传统商业文化；既有汉族文化，又有少数民族文化；既有京味文化，又有外来文化。这些文化相互关联，多元并存。

　　近些年来，弘扬优秀传统文化蔚然成风。习近平总书记在党的"十九大"报告中指出："深入挖掘中华优秀传统文化蕴含的思想观念、人文精神、道德规范，结合时代要求继承创新，让中华文化展现出永久魅力和时代风采。"如何继承和发扬中华传统文化值得我们深思。历史教育更应发挥人文学科的优势，引领优秀传统文化继承的时代大潮。现在，高中历史学科教学中已经体现了很多中华传统文化的内容，教师作为课程的实施者，不仅仅止步于把课程内容介绍给学生，更应借助北京的地域优势，利用北京的丰富历史遗存为学生构建起一幅生动的历史画卷。宣南丰厚的文化遗存为此提供了有利条件。

大栅栏：京味商业文明的缩影

"头戴马聚源，脚踩内联升，身穿瑞蚨祥"是老北京传世的名句，这几家老字号名店都与大栅栏密切相关。大栅栏由明代的廊房四条发展而来，在明成祖迁都北京之后，承载起北京的商业功能，店铺林立，商贾云集。明孝宗时期，由商贾集资在廊房四条门口设置木栅栏来维护社会治安，由于栅栏

大栅栏

的规模较其他街区的大很多，便得名"大栅栏"，久而久之取代廊房四条成为了这条街的正式名称。

从明至清，虽经历了朝代的更迭，但首都未变，大栅栏的街区设置和功能也未改变。由于清朝满汉分城而居的

政策，汉官、商民及相关的商业店铺均迁入大栅栏地区，使之成为北京最繁华的商业中心。近百年来，相继开设了近百家老字号名店：六必居酱园、同仁堂药铺、马聚源帽店、内联升鞋店、瑞蚨祥绸缎皮货店、张一元茶庄等。晚清时期，随着清末新政改良市政设施，在前门外修建了京奉、京汉火车站，更促进了大栅栏的商业发展。

清末，历经庚子之变，面对民族的生存危机，人们怀着朴素的爱国激情，兴起义和团运动。他们以"扶清灭洋"为口号，拔电杆、毁铁路、烧教堂、杀洋人和教民，反对帝国主义的侵略，势力迅速遍及京津地区。大栅栏遭遇火烧，千余家商铺民宅被烧毁，木质栅栏也全部烧毁，从此大栅栏只存其名，再无栅栏。随后又惨遭八国联军洗劫，大栅栏的商业走向衰落。之后，大栅栏重建，原有的商业店铺也重新开张，逐渐恢复以往的繁荣。

民国时期，袁世凯继任民国大总统，就在袁世凯准备南下南京就职之时，北京发生兵变。兵变的结果是四千余家商民遭抢劫，京奉、京汉铁路局和大清、交通、直隶三银行及制币厂亦遭劫掠，大栅栏地区商铺被洗劫一空。民国政府南迁后，该区商家大多随之南迁，致使此地商业逐渐衰落。

1949年新中国成立后，对大栅栏地区进行整治，大栅栏逐渐又繁华起来。但随着北京整体商业发展和城市规划，大栅栏地区的传统商业落后于现代商业，商业中心旁

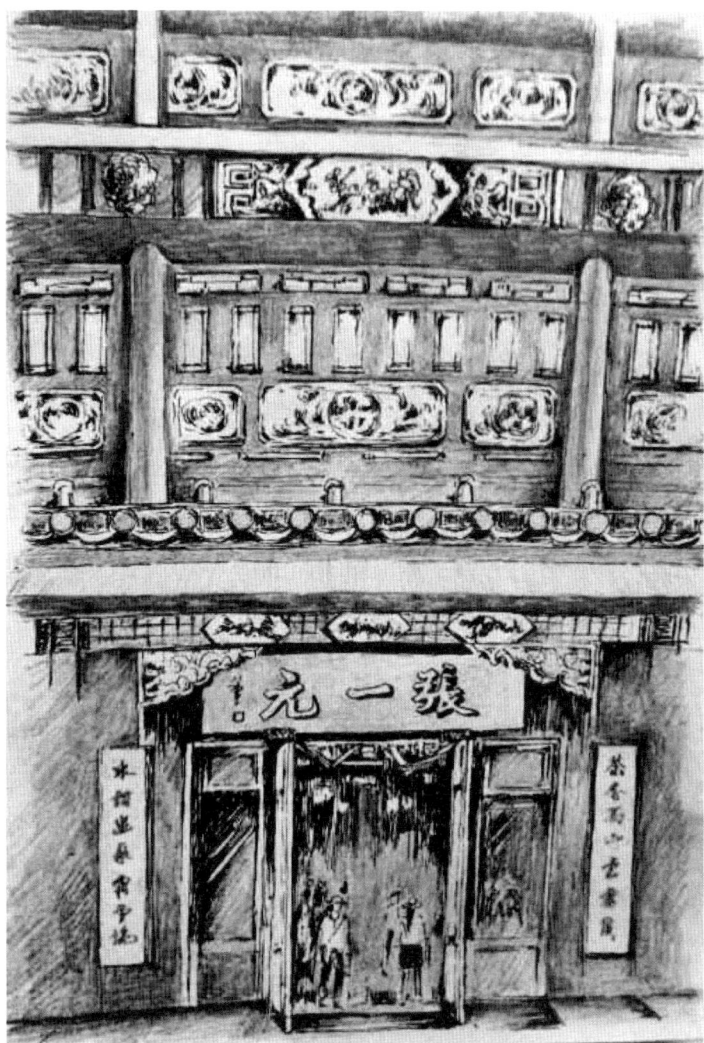

张一元茶庄

落，退化成普通的商业聚集区，逐渐向文化意义转型。

1983年北京确立第一批历史文化街区，大栅栏也在其中。2002年以后各界加强了对大栅栏历史街区的保护。2007年对大栅栏地区进行了整体改造，大栅栏逐步恢复了原有的传统街区风貌。拥有百年历史的瑞蚨祥保留了外部建筑的西洋巴洛克风格，恢复了店内旧时的装饰与格局，黑地金字的牌匾熠熠生辉，仿佛从未经历过战乱与纷争。同仁堂、张一元、内联升、瑞蚨祥、步瀛斋、大观楼、狗不理、张小泉这八家老字号全部回归。融入众多文化元素的大栅栏，展现出浓郁的老北京情怀，成为中国古代商业文明的缩影。

无论是古代的商业和城市、近代的新经济因素、鸦片战争后中国传统经济结构的逐步瓦解，还是近代以来民族工业的艰难发展、新潮冲击下人们的社会生活，或是新中国成立之后对经济领域的改造、十一届三中全会的改革开放，都可以在大栅栏街区六百年历史舞台中找到位置。走入大栅栏，可以通过实践探究，让人们身临其境地感受京味商业文明。

琉璃厂：老北京的文化圣地

坐落于和平门外的琉璃厂，经营古玩字画、书籍碑帖、笔墨纸砚的商铺鳞次栉比，是北京著名的传统文化街。

琉璃厂得名于始建于元代的烧制琉璃的窑厂，嘉庆年间窑厂迁至门头沟，但琉璃厂的名字流传了下来。

琉璃厂何时成为

荣宝斋

书籍、古玩聚集地已无从考证，但琉璃厂成为读书人的圣地，是从乾隆年间开始的。1773年至1782年，乾隆颁旨编纂《四库全书》，全国各地文人学士群贤毕至。乾隆年间内阁大学士翁方纲在《复初斋诗注》中记载，纂修《四库全书》的官员"午后归寓，各以所校阅某书应考某典，详列书目，至琉璃厂书肆访查之"。除各地文人所携书籍之外，大量的古籍典章被书商陆续汇集至琉璃厂，琉璃厂成为当时最大的图书馆。可见《四库全书》的编纂直接促进了琉璃厂地区的繁荣。

当时许多文人学者也居住在琉璃厂附近，《四库全书》的总编纂官纪晓岚所居住的阅微草堂就在离琉璃厂不远的虎坊桥。由于琉璃厂交通便利，许多进京的官员、商帮也把会馆修建在此处，因此琉璃厂成为众多进京赶考举子的聚集地。为满足举子们的需求，琉璃厂又出现了大量提供笔墨纸砚等文具的商铺。这又进一步促使那些痴迷于文玩古董的上层官员和文人雅士行走其间，很多店铺的牌匾都是出自当时的名家之手，琉璃厂一度成为当时读书人的圣地。

步入近代，社会动荡不安，民生凋敝，琉璃厂由繁华走向萧条。辛亥革命之后，民国成立，随着政治局势的逐渐稳定，琉璃厂才逐渐恢复旧貌。1927年至1949年，经历内战和日本侵华战争，琉璃厂的古玩行业再次萎缩。直至1949年新中国成立后才重现往日生机。

如今的琉璃厂青砖灰瓦之中、砖雕彩绘之上，古香古色浮现，流传下一个个曲折离奇的故事，毛公鼎、《金瓶梅》、《韩熙载夜宴图》等众多国宝重器、绝品书画频频出现，荣宝斋、戴月轩、一得阁、来薰阁、萃珍斋等百年名店屹立其中，图书、字画、古玩、文房四宝广集，造就了琉璃厂永恒的魅力。

在中国古代文艺长廊中，无论是汉字书法，还是笔墨丹青，都是中国传统文化的重要组成部分。琉璃厂可以说是一部生动、丰富的传统文化宝库，徜徉其中，更能使学生认识到中国古代文化艺术的异彩纷呈、绚丽多姿，更能领略其中独特的意蕴与风格，更能体会作者的心声、社会的喜好和历史的脉络。

天桥：京味民俗文化的发祥地

天桥

　　天桥现在是外地游客来北京的必去之地，有人说："如果没有到过天桥，你就没有到过北京！"很多人对于"天桥没有桥"感到很奇怪，事实上，历史上横跨东西龙须沟之上确实有一座大石桥，天桥也由此得名。《京师坊巷志稿》中明确记载："永定门大街，北接正阳门大街，井三。有桥曰天桥。"据传，天桥始建于明代，供天子到天坛、先农坛祭祀时使用，禁止平民穿行，故而得名天桥。1934天桥被全部拆除，桥址不复存在，仅作为地名，但它确确实实在北京历史上存在了五百多年。

清朝实行满汉分居政策，天桥所在的南城成为了平民的聚居地。事有极致，必然出彩。至贫至俗也成为天桥最为出名之处。由于底层人民聚居，人们需要谋生的市场，也需要在穷困的生活中找乐，所以天桥人需要挖空心思地来表现自己，天桥杂耍应运而生。相较其他娱乐场所，天桥的把式更为集中，也更让人拍手叫绝。"酒旗戏鼓天桥市，多少游人不忆家"，正是天桥平民市场胜景的生动写照。

天桥杂耍最为有特色，拉弓、抖空竹、举刀、舞叉、爬竿、耍中幡、车技、硬气功、武术、摔跤等民间竞技艺术多种多样，造就了"天桥八怪"等一批民间艺术家。此外还有相声、戏曲、评书、快板等曲艺表演，众多戏棚、剧院、游艺园、茶楼林立，催生了游艺、表演、古玩、百货、鸟市、果子市、鱼市、小吃等集市，使天桥地区的商业更加繁荣，也构成了天桥独有的风情。

天桥以其独有的形式展示了北京人民的生活，这些生活在社会底层的人，虽然在现实生活中遭遇了巨大的苦难，但仍保持着坚毅乐观的心态，保持着生活的情趣。天桥风物不仅是北京人人生的正面，其独具特色的京味民俗文化也是中国传统文化的重要组成部分。弘扬优秀传统文化不是一句空话就可以的，有体验才能有热爱。天桥作为老北京民俗文化的传承和发展之地，为大家提供了一种雅俗共赏的、更易为人们所接受的文化形式，可以让孩子们更多地、切实地去体验和学习，是弘扬中华传统文化的有效平台。

会馆：近代民族精神的见证

湖广会馆

会馆是北京文化绕不过去的存在。寻根溯源，北京会馆的历史可以追溯到商周时期，但会馆的鼎盛时期是在明清。据统计，明清两朝北京大约建设会馆五百五十处，其中百分之七十聚集在宣南。这些会馆集中保存了大量的历史文物，是研究中国历史变革的珍贵史料，被学术界称为"历史的化石群"。宣南会馆的名声最盛，不仅是因为宣南地区是会馆的主要分布区，更是因为宣南会馆与晚清民国时期的历史息息相关。它们印证了中国近代历史的跌宕起伏，经历了新旧文化的激烈交锋，见证了中华民族艰苦卓绝的探求与抗争。

　　长期以来，中国的茶叶、丝绸、瓷器等货物都是在欧洲各国广受欢迎的商品，在中外贸易中，中国长期居于出超地位。为扭转贸易逆差，以英国为主的一些西方国家绞尽脑汁。一些唯利是图的商人向中国大量走私鸦片，借以改变原有的贸易格局。鸦片肆虐对当时的中国社会产生巨大危害，道光皇帝决定禁烟。他任命林则徐为钦差大臣，负责查禁鸦片。林则徐与黄爵滋等人就是在福州会馆、莆阳会馆酝酿了禁烟运动。之后林则徐驰赴广州查禁鸦片，于虎门销毁鸦片，鼓舞了中国人的斗志。

　　19世纪50年代到60年代，在同西方的交往过程中，清政府内部一些有识之士意识到"中国欲自强，则莫如学习外国利器"，认识到学习西方先进技术的重要性，发起了一场旨在"自强""求富"的洋务运动。洋务运动创办了中国首批近代企业，使得中国工业化的征程得以起步。洋务派主张"中体西用"，冲击了传统"夷夏之辨"的保守观念，为西学在中国的传播创造了良好的舆论环境。洋务运动的倡导者是李鸿章，他在任直隶总督、北洋大臣时发起和建成了安徽会馆。曾国藩和左宗棠等人是洋务运动的主要推动者，他们的主要活动场所之一就是湖广会馆。

中国在甲午战争中的失败，宣告了洋务运动的破产。只学先进的技术，并不能拯救当时的中国，中华民族面临着瓜剖豆分的危机。战争的失败和民族的危亡激发了人们的民族意识。在最初的失败和震怒之后，"救亡图存"成为当时最高亢的呼声，中国的知识界和各阶层民众相继奋起。维新志士康有为、梁启超、谭嗣同等人领导书写了"百日维新"这一悲壮篇章。安徽会馆是戊戌变法的策源地，"公车上书"中签名的主要人员里面，胡殿元、胡嘉楷、何承培、胡腾逵等多位安徽举人均下榻在安徽会馆。在"公车上书"之后，康有为还在南海会馆创办了《中外纪闻》，宣传变法主张。1895年8月，康有为在安徽会馆成立维新派第一个政治团体——强学会，并选定安徽会馆作为组织戊戌变法的集会场所，掀起了中国近代政治改革的大潮。

　　义和团运动失败后，清政府内外交困。《辛丑条约》的签订，使得清政府成为列强统治中国的工具。以孙中山为首的资产阶级革命党人决心推翻清王朝的统治，建立资产阶级共和国。在辛亥革命之后，孙中山也没有停下追求民主的步伐。作为革命先行者的孙中山先生，曾五次莅临湖广会馆。1912年8月，已辞去临时大总统之位的孙中山为弥补南北分歧，巩固共和制度，应袁世凯之约北上。8月25日至9月15日之间，于湖广会馆参加了国民党成立大会和四次各界人士举行的欢迎会。

辛亥革命失败后，袁世凯倒行逆施，掀起尊孔复古逆流。一批激进的民主主义者认识到新制度难以建立在陈旧的思想文化基础上，要在中国实现真正的民主政治，不但要进行政治革命，还必须进行思想革命，由此掀起了一场冲击传统礼教的新文化运动。新文化运动的倡导者和组织者陈独秀、李大钊在泾县会馆创办了《每周评论》，推动了新文化运动的发展。鲁迅先生在绍兴会馆发表了中国现代小说的奠基之作——《狂人日记》，并第一次使用了"鲁迅"这个笔名，之后又写了《孔乙己》《药》等十几篇声讨旧势力的战斗檄文，为新文化运动树立了典范。

五四运动之后，无产阶级以独立的政治力量登上历史舞台。马克思主义的传播也促进了早期党组织和党的革命活动的开展。1920年，毛泽东同志于湖南会馆参加了湖南各界驱逐军阀张敬尧大会。

这些叱咤风云的历史名人使得宣南会馆的历史变得色彩斑斓，宣南会馆也承载了近代以来先进的中国人救亡图存、为实现近代化而不懈奋斗的历史变迁，生动展示了自强、传承、创新、发展的不屈民族精神。这是一笔丰厚的历史文化遗产，值得我们格外珍视。

胡同烟火

记忆里的冬日

徐 骊

冬储大白菜

每当沥沥小雨飘洒京城、西北风刮起、落叶铺满一地时，京城百姓最关心的就是一冬吃菜的问题。

过去立冬到来之际就是平房四合院里的居民最忙活的时候。那时期的大白菜可是市民整个冬天的生活所需，家家都把储存大白菜当成头等大事来抓。

到了立冬，要是再赶上场小雪，天气一下子会变得阴冷起来。市民们却仍要一大早地来到销售站点排起长队。从清晨到傍晚，各个菜站聚集等候的人群也全是前街后院的街坊四邻。那时候没有"加塞儿""卡个儿"的，也不会有"黄牛"在里面裹乱。因为全是熟脸，刘姐、孙姨、王婶、张伯伯，外人也根本挤不进来。买菜时也都会关照一下，借用一下小车什么的，相互帮把手。

白菜拉进院里，要先晒一晒、晾一晾。再选棵大、饱满、无病害的存放。储存大白菜通常是要码放好，上面盖严实了草帘子或旧棉被、旧线毯、毡子等以防冻。当年各家一般都要储存上几百斤的大白菜，一堆一堆的，成了老北京四合院内一幅特殊的风景画。

当时北京种植蔬菜的地方主要有海淀的四季青以及丰台的黄土岗。菜源不足时，就会看到河北、山东的车队满载着大白菜络绎不绝地进京了。外埠入京的大白菜主要有三河、玉田的"青白口"，还有就是德州、潍坊的"青麻叶"。到了20世纪80年代，也开始有京郊农用马车、排子车拉着大白菜深入大街小巷，吆喝着卖菜的，以方便附近居民就近购买。当然，还是在销售站点排队购买的大白菜

冬储大白菜

94

要相对便宜一些。但菜农贩来的大白菜质量更好一些，个儿大、心儿实，也干净。最重要的是他们服务到位，即便是买上几百斤的菜也会替你抱进院内，码放整齐。

记得20世纪80年代初的某个冬日，我家买了点玉田菜，挺好吃的。这种菜细长，没有厚厚的帮儿，头是扁扁的，菜叶也长，颜色较深。玉田菜的最大特点是"开锅烂"，不用去慢慢地熬，而且纤维细、口感好。大冬天的，在火上坐一小锅水，半棵白菜、一小撮龙口粉丝和几片事先煮好的白肉放进去，可香了。当然，如果再加一勺老鸭汤，剥三四个鹌鹑蛋，氽五六个小丸子，撕点鸡丝，切几片玉兰片，配上鱿鱼须子和一条辽参……借用20世纪80年代初时某"速溶咖啡"的一句广告词，"味道好极了"。

各家各户除去冬储大白菜外，往往还要储存些大葱，尤其是雪里蕻更要多买一些。用水洗净，存入缸内。加清水、大盐粒腌起来，以备接短儿用。

不过，用肉末炒雪里蕻，再放进去个小红辣椒，加点白糖，最后再倒入少许的黄豆的话……

"味道好极了"。

西红柿酱

每当西红柿大量上市的时候，胡同里的人们还要忙着制作西红柿酱。

对于眼下三十岁以下的年轻人来讲，恐怕都不知道西红柿酱是什么，但在那些从20世纪70年代走过来的人们心里，这却是抹不去的美好回忆。

当年物资相对比较匮乏，尤其到了冬日，除去储存大白菜以外几乎就没有什么菜蔬可供选择了。于是在市场上西红柿供应充足且价格低廉时，人们就开始制作西红柿酱。

制作西红柿酱首先要有医用的盛葡萄糖液的玻璃吊瓶。新鲜的西红柿经过认真的清洗后切成条状，然后把西红柿用筷子通过窄小的瓶口塞入瓶内，塞满后用原瓶的橡胶瓶塞再把瓶口封上。下一步就是上笼用慢火蒸一下，目的是消毒除菌。这样瓶内的西红柿属于无菌情况，同时又处于密封状态，自然便于保存了。为了防止储存时落上灰尘，还要用一小块儿方布把瓶塞罩上，小方布的四边收在瓶口处，用一线绳系紧，就齐活儿了。

然而经反复使用的玻璃瓶如遇磕碰，瓶口就可能破损。尤其是橡胶瓶塞，时间长了也会老化。当密封不严时，空气就会渗入瓶内，这时所做的西红柿酱就会变质，生出长长的白色霉菌，汁水也会由红色变成了绿色。这就只能连瓶一起整个丢弃了。

用西红柿酱时首先就要把瓶塞拔出来。由于始终是密封状态，瓶塞往往很紧，而且最后拔出来的一瞬间会发出"砰"的一声。瓶口又十分狭窄，往外取西红柿酱时就要用一根细铅丝，顶端围个小钩，伸进瓶内往外钩拉。其实这样经高温蒸制的西红柿酱大多仅剩下西红柿皮、籽及一些汁水了，或许还有少量的果肉，也就适合用来做一碗西红柿鸡蛋汤。然而在严寒的冬日里，冒雪下班回到家中，迎面看见桌子上摆着一碗热气腾腾的用西红柿酱、鸡蛋做的疙瘩汤，上面还漂着几片菜叶，瞅着红、黄、绿、白的颜色，定会胃口大开。再能点上两滴香油、少许胡椒面的话……

"味道好极了"。

燃煤与笼火

冬日，更需要储备的，是燃煤。

在过去的年代，煤炭是沿着古道用骆驼或马车从阜成门运进城里的，大多先聚集在前门外一个叫煤市街的地方，然后再转运到各个煤铺。

早先在烧什么的问题上，北京城里和城外就有着明显的差别。城外是烧柴火做饭，热火炕头取暖；而城里则大多要烧煤。又由于各自的身份与贫富差异，燃煤的质量也各异：皇宫、王府烧宁夏的太西煤。太西煤乌黑晶亮，触之不染，燃之无烟，灰分低而含硫少，发热量也高，多年来一直是御煤。至于城里的各大官员与商贾一般烧山西或京西的煤，大多是在烧煤块儿中再搭着煤球一起烧。这种煤块儿通常叫"大砟子"，不仅禁烧，而且火力猛、火苗冲，就是价格稍微贵了些。

煤球通常是煤铺自己摇出来的。摇煤球也是个手艺活，俗话是"七分煤炭三分摇"。摇煤球首先是选料，要将掺和在煤里而不能燃烧的煤矸石拣出来，再用筛子分出碎砟子和煤末，然后就要往煤末里掺黄土了。

摇煤球中真正需要技术的关键环节之一就是掺黄土。所掺的黄土是黏土，是用来黏合煤末的。如果掺少了，摇出来的煤球容易碎，用铁锹一铲就散了，没法烧；掺多了又不利于燃烧，火力弱。所以对黄土掺入量的控制是个技术活。理论上是掺入五分之一左右的量，但也要看煤末的质量来添减。这要根据煤的成分和燃烧指标来确定。北京的煤铺一般用的是无烟煤，质量好的颜色黑，发亮，而且分量轻。这样的煤含炭质高，烧起来热量大。反之，颜色偏灰的，暗淡，重量偏重的，煤质就差一些。煤铺就是以煤质的优劣来掺黄土，成色好的，多掺点儿；差的，少掺点儿。

摇煤球时是先将煤末子围成个大圆圈，圈里放入黄土。然后把清水慢慢注入黄土中，用钉耙将黄土和水搅拌成泥浆，再用铁锹将圈外层的煤末子往圈里面铲，边铲边用钉耙搅拌着，直到将外圈的煤末全部搅拌成稠稠的煤泥为止。

下一步是在场地上均匀撒上一层细细的煤末，用铁锹将煤泥一铲一铲地铺到场地上，摊成厚度仅几厘米的饼状，把上表面抹平，再撒上一层细煤末子，用胶合板将铺平的煤泥均匀地切成小方块。待快晒干时，用铁锹将切好的小方块铲入转盆内，摇成煤球，再摊在场地彻底晒透，就行了。

质量好的煤球个头儿大小均匀、光滑、不易碎。而且笼火时易被点燃，不仅火力旺，还禁烧。

"笼火"是北京话，就是点火、生炉子的意思。我小时候挺怕生炉子的，不仅燎手，而且烟气呛人。

不过当年新买回来的炉子还不能马上用，都需要"搪"一下。"搪"，就是用和好的黄泥加入麻刀抹在炉膛内，四周得均匀地抹上一寸多厚。"麻刀"就是一小段一小段的碎麻绳。黄泥里加入"麻刀"是为了增加泥的黏结力。搪好的炉子炉膛尽管要小了许多，但没有了死角，使煤容易充分燃烧。同时也避免了铁皮炉子的外壁被烧得过热，引起室内火灾。

生炉子时，要先把一些个头儿完整的煤砟子铺在炉箅子上，往炉膛里塞进点儿报纸，报纸上面支一层细劈柴。点着报纸同时看到细劈柴也被引燃后就要加上几块大劈柴。先烧一会儿，再轻轻放入煤球，在炉口处放上拔火罐儿。这时就会冒出一团团的浓烟，熏得人的眼睛都睁不开。待浓烟过后，火就生着了。

煤球的质量再好，由于装卸及堆压等原因还是会有破损，还原成煤末子。每当需要封火时就需要煤末子了。

到了晚间或外出时，家里不需要旺火，这时就要封火。封火时要先把火通条直插到底。火通条就是根圆钢，一头呈尖形，另一头弯个圆圈，以便可以用手把握。把火通条插入后，就可以往炉子里倒煤球了，要倒到炉膛满了为止。然后用水把一些煤末子和成稀泥状，再用小煤铲把煤泥摊在炉口处，注意要把炉口全部遮盖严实了，不要留有空隙。此时再把火通条抽出来就可以了。

由于加煤时中间隔有一条通条大小的间隙，所以形成了自炉底风门到炉口处的空气流通，使燃烧不会因缺氧而熄灭。用火时只要把风门开大，来回扯动炉算子将已然烧"荒"了的煤球渣子搬出来，再把早已烤干了的煤饼捣碎加入炉膛内即可，不一会儿火苗就会旺旺燃起。

剩下多余的煤末子通常也是和点水，做成巴掌大的煤饼贴在外墙的墙根处晾干。这是因为墙的根部往往抹了一层浆，比较平整，相对干净，又不碍事，比较适合贴煤饼。也有的人家是在墙角旮旯有阳光的地方摊成一片掺水和好的煤饼，用木片分成三厘米左右大小均等的四方块，晒干后起下来和煤球一起混着用。当年京城大大小小的胡同内四处可见摊在墙边的煤饼和院墙上留下的斑斑点点的黑色煤印子，也算是一幅独特的市井风情画吧。

除去煤球炉外，人们大量使用的还有蜂窝煤炉。

蜂窝煤是圆的，带有整整齐齐的十六个孔。蜂窝煤炉有专门的炉瓦，不用特意去搪炉子了，而且封火也方便。用火时，打开炉子底部的风门，再把通往烟道的挡头拨开，蜂窝煤很快就会旺旺地燃烧起来。封火时则关上风门，在蜂窝煤炉膛顶部压上个顶部留有通风洞的圆盖就行了。但如果火封得不严实，煤就容易烧"荒"了。所以有时出于保险起见，在压上圆盖后还要用小煤铲铲上点儿细煤末子撒在四周，以防止跑气。这样就可以封得时间长一些。

蜂窝煤有专用的引火炭煤。生炉子时也是加入报纸，加细柴，再放炭煤。待炭煤被引燃后加入蜂窝煤就可以了，比生煤球炉简便，也快捷。

蜂窝煤炉

蜂窝煤便于存放，因为都是整齐的圆柱体，一般就一排排地码放在屋前的廊子下面。大多人家是在靠外墙的地方堆放冬储大白菜，窗台旁边放大葱，而在临近屋门的地方码放蜂窝煤，这样用起来方便。

需要注意的是，生炉火的屋内窗户上一定要装有风斗。风斗是安在门窗上沿的一种通风换气设备，用于降低煤气中毒的危险。那时每临近冬季，相当于现在的居委会的街道主任便会亲自带着街坊四邻的大爷大妈们到各家各户检查风斗安装情况，督促大家一定要将风斗安装好再生炉子。

风斗从正上方看呈长方形，这一面不糊纸，起到通风换气的作用；从两侧看是直角三角形，锐角在下方；正面是正方形。风斗的骨架一般用秫秸秆，也就是高粱秆来制作。讲究一点的也有用木料的，更讲究的用木料加玻璃制作风斗，这样不仅更加结实，同时也美观。风斗安装在窗户上端，由于风斗的上方是不封闭的，所以室内和室外的空气可以通过风斗流通进行气体交换，从而降低了室内煤气的浓度，以防中毒，保护了室内人的安全。

那时候街巷中的小摊和卖炉子的土特产商店基本上都经营风斗。由于材料简单，通常风斗售价也便宜，每个不过几分钱。但不少家庭还都自己动手制作。有些手巧的人还会在风斗上糊上花纸或画一些图画，给小院的冬天增添一些艳丽的色彩。

当年冬日间人们大多穿棉鞋以及厚厚的用毛线织的袜子。一天跑下来由于出汗，棉鞋、鞋垫以及毛袜子都会是湿的，晚间就也顺便在炉子旁烤一烤。第二天清早穿上时是热烘烘的，挺舒服。还有就是大多人家会用8号镀锌铁线弯成葵花状的圆圈卡在炉子中间，这是用来烤馒头的。技术高的还会烤白薯，是把白薯放在炉膛口处，而烤馒头就放在弯好的铁线圈上就行了。第二天一早，贴近炉子的一面就会被烤成一层厚厚的、焦黄的硬壳儿，揭开后里面还是一团松软而温热的馒头心儿……

"味道好极了"。

胡同，烟火，念想

刘　琳

　　女儿八个月大的时候，我家从南城搬到了西城。先生单位分配的宿舍在护国寺往西的宝产胡同里。从此，已经北漂十年，大大小小搬过八次家的我，在此稳定地驻扎了下来。

　　来到西城之前，我的居住版图先后圈划了亚运村汇园公寓、大屯安慧北里、左家庄柳芳南里、南三环刘家窑西罗园、通州通胡大街、东城翠花胡同……一路从北向南，由东及西，从四环之外住进了二环之内，颇有修成正果之感。其实我是天生东西南北不分的主儿，但北京城正南正北的架势，从街上的大爷大妈到地铁里的分布图，总在帮你强化着四九城的方向感。时间久了，自然就能找到了北。

　　进驻西城之后，随着对周边环境的熟悉，渐渐激活了前十年我在京城到处乱窜的某些记忆。出门往南，是平安大街，依稀记得当年平安大街改造贯通之际，我陪当时公司的老板去看过一个临街的房子，那是一个与今日相差无几的料峭寒冬，房子破败，售价不菲；往北，是新街口大街，各种卖乐器的小门脸扎堆儿，那些年经常去电影学院附近，办完事就和朋友约到这儿的郭林家常菜吃饭；往西，官园桥车水马龙，过了桥就是进去半天儿也逛不出来的"官批"；往东，护国寺、北海、什刹海一路燕京旧景，单身时参加读书会活动，就在银锭桥旁的一个茶馆里……这些记忆像黑白电影中的片段，时常在脑中闪回。原来这里一直没变，一直都是老样子。

但宝产胡同之前真没听说过，待一深究，就真得从元大都说起了。据说在元武宗时，这里建了一座大承华普庆寺，占地甚广，屡得皇上拨款扩建，诚为皇家大寺。至明代，寺庙已破败，太监麻俊将其购为私地，兴工动土时挖出赵孟頫的碑文，方知此为大承华普庆寺遗址，于是复修佛殿、山门等，并上奏明宪宗，得赐名为宝禅寺，胡同因寺得名，就叫宝禅寺胡同。到了光绪年间，广善寺将宝禅寺所在的地盘买下，宝禅寺被迁到西四北八条，原址更名为广善寺，但地名一直没变。我家有一份光绪三十四年（1908）印制的《详细帝京舆图》，上边还能找到"宝禅寺胡同"。新中国成立后，这里曾被北京照明器材厂使用。1965年，胡同正式定名为宝产胡同。而据考证，我家现在所在的小区位置，正是宝禅寺原址，可惜寻不到寺庙的任何蛛丝马迹了。直到前几年，还有执着的老外不知揣着哪朝哪代的地图在院门口转悠，来此寻觅宝禅寺。

与我家一墙之隔的按摩医院，竟日熙熙攘攘。这里的医生以盲人居多，上下班的时候，时常在胡同里看到穿着白大褂的他们，或全盲或弱视，都是自信从容的样子。与其他综合医院不同，这里的治疗基本以按摩和理疗为主，医患关系轻松融洽。我家小区院子不大，女儿小的时候，我常带她到按摩医院的院子里，她在那儿跑来跑去，我就坐在长椅上，透过各个诊室的窗户，看着盲人医生们对患者或按摩或踩背地忙碌着。一次我打球时不小心，把小腿肌肉扭伤了，走路不能用力，瘸着去按摩医院诊治。门诊医生诊断后，就由按摩医生治疗。我的医生姓薛，个子不高，三十多岁，我感觉他的眼睛应该是有些微弱的光感。每次治疗的十几分钟，他一边按摩一边聊个不停，可说是上知天文下通史地，几次下来对他算是印象深刻了。不久在胡同又遇到他，正陪着一位老外同行从本部往另一处院子走，擦肩而过之时，流利的英语声声入耳，令我顿生惭愧几许。近几年，眼见着全身上下哪都疼的患者越来越多，按摩医院的人气愈加旺盛，时不时地就会发现胡同里又多了一个诊疗部，大有占领半壁江山的架势，胡同里也因此更加人车杂沓。

　　胡同窄巴，汽车只能单向行驶，买菜送孩子都在周边，骑车是最便捷的出行方式。女儿两岁半时进入护国寺大街内的棉花胡同幼儿园，每天一早，我们骑车出家门奔东，迎着朝阳进入护国寺街，街上已经是人来人往了。两边的店铺尚未完全开张，外地的游客东张西望，努力想要找到些景致。过了华天门丁肉饼店，往北一拐，就进了棉花胡同，这里的宽度比护国寺街窄了不少，可居然还藏了一座护国寺中医医院，自然更觉拥挤。电动车、板车、自行车与走路的人们在此闪转腾挪，除了肉铺、发廊、杂货店，路边时不常还有临时练摊的，水果蔬菜、毛巾袜子都凑着热闹。幼儿园就在医院的斜对面，别看位置隐蔽，它可是有六十年历史的一级一类公立幼儿园。园外的布告栏里贴着每周的食谱，多彩肉丝、蝴蝶卷、幸运虾球……那名字起得都诱人好听。送完孩子天光正早，回来顺路进了护国寺小吃总店，店里早已坐满了食客。排着队盘算着吃的当口，不时进来几位大爷大妈，脸上洋溢着热切的表情，偶尔还有中年人推着老人坐轮椅来的，一看就是专奔这口儿来的。另有一些人则看着桌上的各色小吃神情犹疑，似是一时难以领略它们的滋味，这便是各地慕名而来的游人。我和先生点上两张油饼儿、两碗豆腐脑儿直接就上了二楼，找里边靠窗的位子坐下，边吃边俯视着楼下的热闹。窗户正对着的人民剧场，一度是京城重要的戏曲演出地，梅兰芳、马连良、裘盛戎、叶盛兰等众多京剧名家都曾在周围居住，料想当年这里必是门庭若市。而今剧场大门却常年紧闭，偌大的庭院似乎只当作停车场使用。东边的"护国寺新天地"是这条街上最现代的所在，咖啡店、茶坊、酒吧，一应俱全，楼上还有座西区剧场，经常上演着各种当代小剧场话剧。

说来也巧，我的工作地就在东城的首都剧场，这里与老舍先生在新中国以后安的家——迺兹府丰盛胡同10号院，相距仅有七百多米；而我回到家，与我家相距五百米的小杨家胡同，又是老舍先生的出生之地。首都剧场所属北京人艺于1952年建院，建院以后上演的第一部戏就是老舍先生的《春华秋实》，之后就是《龙须沟》《茶馆》《骆驼祥子》《女店员》……十几年间，北京人艺演出了老舍先生七部作品。那些年，先生写完剧本，常常溜达到北京人艺，在排演场给人艺的艺术家们即兴朗读剧本。他原本就是国文教员，凝练传神的语言配上他生动诙谐的演绎，立时激起艺术家们的创作欲望，大家再各自提出一点建议，虚心的老舍先生都默默记下，回家就改，一来一往的，就有了这一部部经典之作。至今，先生的家已成为老舍纪念馆，《龙须沟》《茶馆》《骆驼祥子》都还在首都剧场上演。"我就是忘了我姓什么，我也忘不了您那点儿意思！""官厅管不了的事儿我管，官厅管的了的事儿，我不便多嘴！""大英帝国的烟，日本的'白面儿'，两大强国侍候着我一个人，这点福气还小吗？"每当听到这些经典的台词从同事的口中脱口而出时，我都会情不自禁地想起老舍先生，他走遍欧美，却始终最爱北京城，无论在伦敦、青岛、重庆、纽约，他写得最多的是北平。而与这座城作别的那一日，他一路从灯市口的家走到积水潭桥北的太平湖，正是我每日上下班的线路，当他路过首都剧场、路过小杨家胡同，该是怎样的心情……

城市巨变的时代，许多土生土长的北京人从城里迁移到了城外，从二环里搬到了五环外，而曾经居无定所的我，却有幸过上了城里的生活。我常想或许这是冥冥中老天爷的安排，他看到太多我漂泊十年的不易，即便是2000年之后，我在通州终于有了自己的小家，喜悦未几，就因为通勤路途的漫长，几乎陷于抑郁。而今，作为朝九晚五一族，我的两点一线居然都在二环以内，从东城紧邻单位的报房胡同出发，走路十五分钟，地铁十五分钟，最多四十分钟回到西城宝产胡同的家。每周末，女儿到前公用胡同的西城少年宫学素描，我也定期到后广平胡同的西城区图书馆借书，先生则骑车穿梭在周围的胡同里买些蔬菜水果回来，日子简单散淡，如此居于帝都，夫复何求？然而，每每走在胡同里，内心还是有不少念想，我多么希望这胡同能回到老式年间的宁静，没有汽车堵路、喇叭轰鸣，只有鸽哨回响天际；我多么希望从护国寺小吃店出来，回头一看，那空置多年、尴尬寂立的护国寺金刚殿能多些生机，殿周围居住的老北京们能安居于此，不再外迁；我多么希望那闭门多年的人民剧场，能重现旧日光景，夜晚剧场大开，名角闪亮登场，给这条街南来北往的游人奉献民族的国粹……

东琉璃厂里的东南园头条

贾求功

东琉璃厂，提起这个地名很响亮，但我总觉得有点别扭。假如我家是在什么"路"、什么"巷"的，或者是什么"街"、什么"胡同"就正规多了。东琉璃厂东南园头条7号。"厂"，这像个住家的名字吗？

然而琉璃厂的确是因"厂"而繁华起来的。据说还是在辽代的时候，这里叫"海王村"。后来到了元代，为了修造宫殿，在海王村建了几个官窑来烧制琉璃瓦，这儿也就被称作琉璃厂了。一直到了明嘉靖三十二年（1553）修建外城，才将这里变为城区。而琉璃瓦便不宜在城里烧窑，从而迁至现在的门头沟区琉璃渠村，但琉璃厂的名字则保留下来，流传至今。

琉璃厂地区始终是比较繁华的地段。这主要是由于到了清朝时期，各地来京参加科举考试的举人大多集中居住在广安门内。为了迎合需要，有众多的商家在这里出售书籍和笔墨纸砚，形成了较浓的文化氛围。如今，闻名中外的京城琉璃厂文化街位于现在北京的和平门外，西至西城区的南北柳巷，东至西城区的延寿街，全长约八百米。

其实，我家是1927年前后从天津搬到北京来的，当时我奶奶刚满三十岁。奶奶是天津人，听说还是当年爷爷一家子逃难（也不知道究竟是受到哪一场战争的影响）而来到天津奶奶家所在的法租界里，最后联姻了。生有两男三女，也就是除了父亲外我还有一个叔叔三个姑姑。我的名字"求功"就是爷爷起的，源于《礼记》上的"德言容功"，要求女孩子应具有的四种德行。

东琉璃厂的小院是爷爷买的。据奶奶说，我们刚来到北京时也曾是租房子住。当年就有一些无正业的闲杂人员专搞房屋买卖和租赁介绍等服务，俗称"拉房纤的"。这些人平日多在午后时分泡在小茶馆里，互通消息，以便从中介绍。当时一般计划买卖或租赁房屋的人都会来找这些"拉房纤的"，讲明买卖或租赁房屋的坐落地点、间数及其他有关条件等，"拉房纤的"随即就会在同行间"广而告之"，看看谁手里有符合条件的住房并陪同需用者去实地看房。如需用者有意，也是经"拉房纤的"从中议定好每月的房租价以及双方应遵守的条件等，再以契约为证。租方不仅要签名盖章，同时还要有比较殷实的商号作为担保人在租房契约上盖章，担保不拖欠房租、不转租、不损坏屋内物品及房屋的外装修等。租方契约由房主保管，按月凭此取租。一旦房屋租赁成交，双方是要向"拉房纤的"支付一些介绍费。常规是费用的百分之五，其中出租方拿出百分之三来，承租人也要拿出百分之二作为"房纤钱"。同时房东在第一个月时还会索要"一房""一茶""一打扫"的费用。"一房"，就是当月房租；"一茶"，是多要一月房租，理由为"押金"；"一打扫"，则是说腾空房屋前需要"打扫"，属于没理由的乱收费项目。其实有些房东对租房人规定的租赁条件就相当苛刻，甚至是蛮不讲理。如房租迟延超过一个月，就可能不管任何理由立即下"逐客令"限期搬家交房，甚至经常找上门来厉声厉色恶语相加。而一般北京老式平房在夏日雨季时会有渗漏，找到房东后却又应付拖延，实不得已也就是找个瓦工来抹点儿灰浆完事，而后还要增加房租……据说我奶奶当年就是觉得租房老受气，有时刚收拾利索了就遇到房东找碴儿让搬家。于是让爷爷买下了这个小院。

但我奶奶始终还是想在北京的东西城区域内买套住房，因为奶奶觉得东西城是"富人"居住的地方。最后"拉房纤的"没找到合适房源，不是价格太高就是院内的房屋布局不理想，只好作罢。不过能出资买下这个小院，还多亏了爷爷，因为当时我爷爷已经是一个银号的副经理了。三姑告诉过我，爷爷当年是很能干的，精通业务，所以被提成了银号的副职。只是老板更会"办事"，爷爷提职却没有提薪。以至后来爷爷干脆想在前门外附近租一个门面房，自己开银号，挂牌单干。结果有关部门没有批准，也没开成。后来想起，这也是不幸中的万幸。幸亏没有批下来，否则我家的成分恐怕就要被定成资本家了。而银号的副经理，最多也就是职员而已。

东南园头条临近东琉璃厂的丁字口，左边是延寿街，老字号"王致和"就在延寿街上，我们很喜爱吃那里的酱豆腐和臭豆腐，可惜现在成了个养老中心。右边东经一尺大街、杨梅竹斜街、煤市街后就来到了繁华的大栅栏。大栅栏里有"大观楼"电影院。记得当年我在"大观楼"看过彩色越剧影片《梁山伯与祝英台》和《红楼梦》。此外还有"张一元"茶庄、"同仁堂"药店、"内联升"鞋店以及"大北照相馆"等。

我家在东南园头条和二条的把角儿处，往二条经过沙土园就到了南新华街。每年正月初一到十五的厂甸庙会就在这里。当年每逢春节，我每天都往厂甸庙会跑好几趟，看人群、看商品、看热闹。那时治安好，不会出什么问题。我们都是随便出去玩，院子的大门从来也不用关。厂甸庙会上有小吃、百货、玩具以及书。我当时最爱吃的是一片一片由平底锅煎出来的灌肠儿，撒上蒜汁儿，五分钱一碟儿。还有就是只有厂甸庙会上才有的大糖葫芦，起码一米多长。后来上中学时曾在海王村前的书摊上买过一本《唐诗三百首》，一直保存到现在。

尽管热闹，但周边住户的确不像东西城，还是贫民居多。我家院落虽小，但独门小院在当年也是比较少见的。尤其是我家还装有电话，就更显眼了。奶奶说，叔叔小时候淘气，没事就爱瞎拨电话玩。人家问"谁呀"，叔叔说"错了"，就挂上了。然后又拨，又说"错了"。第三次还拨……后来叔叔对我奶奶说："娘，他骂我混蛋。"我奶奶说："你三次就会拨一个号，能不挨骂嘛。"

其实叔叔在我印象中还是很能干的。上初中时，放学做好功课后，他就去附近东琉璃厂上的文化馆参加业余文艺队活动。当时我和奶奶也经常到文化馆去看文艺节目，记得有京剧，也有评剧。一次看京剧《打渔杀家》，有个白胡子老头和一个小姑娘吱吱呀呀地对唱，然后又把一个鼻子上抹白圈的小丑打跑了……其实直到现在我也不知道是什么意思。还记得有一次演员笑场，台下观众也都跟着笑了起来，根本就停不下来了。文化馆的后院很大，业余文艺队就在这里活动。叔叔在队里拉二胡，有时还拉大提琴。在1953年，部队把社会文艺队成员全部都招走了。当时爷爷去世才五年，奶奶心里舍不得，所以始终不同意让刚满十六岁的叔叔去参军。但叔叔坚决要去，叔叔不怕出远门，哪怕是"跨过鸭绿江"去抗美援朝。而奶奶不点头，叔叔也没办法，于是就偷偷给已经在天津工作了的二姑写信，请二姑支援路费。结果二姑真给叔叔寄了二十元钱来。奶奶看叔叔这么坚决，再加上部队动员，最后也只好点头同意。叔叔把日常用品打成个背包就出发了，要按照部队留下的地址到东北去和大家会合。当时，奶奶、我和妹妹站在大门的台阶上目送叔叔越走越远的身影。后来叔叔寄来了身穿军装的相片，又把从家里带走的东西，如毛巾被等都寄了回来。奶奶每天晚上都要找出放大镜，在昏暗的灯光下反复看着叔叔的相片……不过，从此我家成了军属，街道上也就经常发一些演出票来慰问军属。当时陪着奶奶去看戏的就是我，记得看过评剧《张羽煮海》，而看得最多的还是侯宝林、郭启儒表演的相声。我叔叔是1956年回国的，然后一直在部队政治宣传部工作，最高曾任政治部主任，正师级干部，转业分配到了国家体委。我三姑是1956年被保送进了外贸学院，后保送读研究生。又是叔叔在部队每月给三姑寄二十元钱，资助三姑上的学。三姑毕业参加工作后一直做到厅局级，直到退休。

叔叔离家参军那年我也要离家去上幼儿园了。奶奶坚

（左）叔叔在朝鲜战场吉普车前（右）回国后的叔叔

持把我们送到了位于西琉璃厂的"永光寺幼儿园"。幼儿园里只有中班和大班，我开始自然上的是中班。虽然离家稍远一些，但奶奶说，我姑姑和叔叔都上的这个幼儿园，所以我和妹妹也要上这个幼儿园。入园时还要面试。前一天晚上奶奶和叔叔叮嘱了我半天，其实面试时我一点儿也不紧张，一下子就通过了。

开始时是奶奶每天接送我，后来就是我自己走了。从家里出来，要经过整个东琉璃厂和西琉璃厂才到幼儿园。一早起来，套上绣有"永光寺"三个大红字的白兜兜，开始上路。东西琉璃厂几乎就没有过往的车辆，途中也只有南新华街一个十字路口，几天下来，路口的警察叔叔都认

我在永光寺
幼儿园的合影

116

识我了，每次来回都照顾我过马路。我妹妹比我幸福，轮到她上幼儿园的时候就有接送的儿童车了。

幼儿园的两年学习生活丰富多彩。有音乐课，有图画课，还让小朋友们表演节目。我们班表演过"拔萝卜"，我演里面的老太太。记得有一次老师还单独叫我抱着一个大娃娃到院子里看男生们用积木搭的小房子，老师还给我们照了相。

我是在幼儿园第一次看到了电影，苏联的彩色动画片《一朵小红花》。大概是讲有一人家里有三个女孩，老大自私、老二懒惰，只有老三又善良又勤快。一天父亲要外出经商，就问三个女儿想要什么礼物。老大、老二都选择了珠石、宝物、美丽的衣衫等。只有三女儿想要一朵小红花。结果老父亲在采摘一朵非常艳丽的小红花时出现了一个怪兽，怪兽说花是他的，父亲可以带走，但三女儿必须过来陪伴自己……这是一部改编于俄罗斯童话的影片，结局和大多童话一样，当三女儿经历了一段苦难后终于发现，原来怪兽是中了魔法的王子……不过现在影片里的细节已经记不清了，只记得怪兽居住的宫殿很宏伟，外面有高高的台阶。

记得从我家到幼儿园的途中要经过姜妙香的住宅，紧闭而黝亮的大门和位于二条上的尚小云住宅不相上下。而沿街更多的是一排排大大小小的店铺。印象最深的是位于胡同口一家租书的小店里有小人书出租，一本一次一分钱。我上幼儿园的时候就经常叫上邻居中读小学的小姐姐和我一起去书店。小姐姐一边看一边给我念，最后当然由我来付费，一分钱。

琉璃厂的古玩字画店得有一百多家，进进出出的大多都是大鼻子、蓝眼睛的外国人。一次二姑领我出去，就遇到外国人在小汽车的后面偷偷给二姑照相。也不知道是不是由于"荣宝斋"开在西琉璃厂的缘故，走在路上，总感觉西琉璃厂的铺面比东琉璃厂气派。

也许是受到琉璃厂文化的熏陶吧，我家和后来的房客也都要弄点儿文物来装点门面，在每间屋子里挂上画。一进我家堂屋正门，就能看到对面墙上挂着两米长、一米宽的镜框镶着的画，而侧墙上挂的是齐白石画的喇叭花。我父亲屋挂着三幅画，也都镶了镜框。画的内容已经全然忘记了，只记得有一幅是一个戴草帽的老人在山脚下钓鱼。我住的屋里是一幅古代美人图。后来由于生活困难，奶奶把画都卖了。只记得齐白石的那幅喇叭花当时卖了十四元。1966年夏的"反四旧"时，奶奶交了一副象牙麻将和高级果盒。据奶奶说，在这个果盒里放东西不容易腐烂。我们的房客周家就是古玩字画店的职工。当时我看见他交了一支比酒盅还粗的大毛笔。20世纪70年代末清退时，我家连充公的房子一共给了三千元。周家不要钱，只要物。结果那支笔还是从康生家拿回来的。

我上学的时候大家管毛笔叫作羊毫笔。在东琉璃厂

118

西头有个"博古斋"，我上学开大字课后就到这里去买毛笔。记得有一次我去买笔，一位老售货员对旁边一年轻人说："这孩子面相好。"年轻的问："长得好？"老先生说："不是，是有福气。"那时小，也不敢问，但记忆犹新，回家后和奶奶也没有说。到了2019年过生日我就七十二岁了，回忆一下，有福气吗……

1955年该上小学了，于是我爸拿着军属证去实验小学给我报了名，结果没有被录取。转换其他学校也已经来不及了，于是又疯玩了一年。后来我上的是南新华街小学。

现在的南新华街小学又改成幼儿园了。不过据说当年小学校也是由寺庙改造的。究竟是什么寺庙改的我就不知

当年的火神庙

道了，只是按有关资料上的说法是，当年这里人口稠密，经济繁荣，寺院众多，而每日到这里上香礼拜的人络绎不绝，但我不知道都在什么地方。徐定茂先生在《佳气常浮白云观》一文中提到，1882年时徐世昌、徐世光兄弟从河南进京赶考，寓南横街上的圆通观，试后亦曾在位于琉璃厂上的吕祖庙抽过签。我也不知道吕祖庙在什么位置，后来还是住在琉璃厂的两个同学徐国荣、郭素芳告知的。吕祖庙现被称为吕祖祠，从墙外还可以看到高高的殿堂及琉璃瓦屋顶，但门前也没有挂牌子，院内早就住满了人。只有附近的老人还知道吕祖祠的来龙去脉，在地图上是根本查不到的。还有火神庙我也记不住了，也是徐国荣告诉我，我常陪着奶奶去看演出的文化馆，就是当年的火神庙。徐国荣是画家徐石雪的女儿。

可能因为我晚上了一年学的缘故，年纪大，学习并不吃力，还总嫌老师讲的课慢。不就是"秋天到了，天气凉了，一群大雁往南飞"嘛，没走到家我就会背了。上学后，开始学习"注音"了，发音注重普通话。我回家就跟奶奶说："别总是'窝了、窝了'的，老师说正确发音应该是'饿了'。"奶奶讲："你要是再贫嘴滑舌的，晚上不给你'耨'吃。"我说："什么叫'耨'呀，应该是'肉'，去声……"

忘了是哪一年了，北京市搞了一次小学的"统考"，我得了"双百"。班主任老师一个劲儿地夸我，要同学们向我学习。在小学期间难忘的是组织的篝火晚会，然后看电影《神秘的旅伴》。记得王晓棠饰演的彝族姑娘小黎英把手蒙在脸上，从手指缝里看心上人……后来我当上了大队主席，在学校里组织过跳皮筋比赛，"小皮球、香蕉梨，马兰花开二十一"。最难忘的是参加"十一"的天安门游行活动。学校要求我们要穿花裙子，于是奶奶到大栅栏买了布，给我一针一线做了条背带裙。10月1日那一天我们站在广场上，也不觉得累，也不想上厕所，就等着游行队伍过完了，我们跑到天安门金水桥前，欢呼："毛主席万岁！"

1962年夏小学毕业考中学，填报三个志愿。结果考入了女五中，这是我的第三志愿。我的第一志愿是南新华街上的师大女附中，离家最近。结果没考上，在家哭了一下午。其实我的学习成绩在学校里始终名列前茅，但关键时刻总是掉链子。中考有一道算术题是999×888，就让我算错了一位数。奶奶劝我说，女五中也挺好的，三姑就是女五中毕业后被保送上的大学。女五中是新大楼大教室，起码冬天不像小学的课桌那样会滴水结冰了。数学老师水平高，几何一题三解。地理老师画图时也不看书的，在黑板上一挥而就。我的同学多才多艺，唱歌唱戏，跳芭蕾。我有一个同学，叫韩和平，特别能跳远。体育课上，老师铺好了垫子，让大家原地起跳。韩和平就让老师把垫子拉远一点儿，然后一跳，居然还跳过了。韩和平自然是我

女五中1965年在北海
公园合影
二排右一，六班班主
任章老师
二排左二，贾求功
三排左一，高俊英

们班的体委了，她后来参加比赛，取得过全国跳远的第
六名。

高俊英是我们班班长，初二时第一个加入了共青团。
当时我只是政治课代表，没想到在班上我是第二个入团
的。班主任汪有茂老师和高俊英是我的入团介绍人。于是
在1964年，我参加了在人民大会堂举办的"北京市五四青
年节纪念大会"。记得大会开始后，所有的灯全亮了，周
恩来总理走在最前边，我兴奋地使劲鼓掌，目不转睛地看

着周总理，真真切切。到了初三时我当上了班长，而且当年我们班就被评为"优秀班集体"。初三毕业时我还得了学校颁发的金质奖章。有一次我们组织看电影，是莎士比亚的《第十二夜》，由我发票。一位同学小声跟我说，希望和我挨着，以便散场后一同回家。结果我在黑板上写了四个大字，"不讲私情"，吓得这个同学一直没再敢和我说话。前几年女五中六班的菊清把我拉回了初中大家庭，聚会时提起此事不由得引起大家的欢笑，居然还能想起来，记性真好。

初中毕业时我感觉家庭有困难，准备考中专。学校争取到两个保送师范学校的名额，但要面试。学校计划把我列入保送的名单里。张彦蓉同学报名去宣武，我报名去海淀。面试时老师问我，你愿意教幼儿吗？我说我不喜欢跳舞。老师又问我平日的身体状况，我说就是老嗓子痛……一出来外边的同学就说我，嗓子痛是教师的大忌……完了，考不上了。最后章老师通知我没考上时，我哭得很厉害。老师一句话也没有说……我就是关键的时候掉链子。

我参加了统考，然后报升学志愿。记得当时北京共有十七所中专学校招生，有工业学校、卫生学校、航空学校、电机学校、无线电学校等，我本来报的是气象专科学校，也不知为什么又给改成了水电学校。接到录取通知后奶奶就告诉我，邻居说恐怕毕业后会被分配外地。

毕业分配是四年以后的事情了。不过拿到录取通知书后就要把户口迁出东琉璃厂了。因为学校管食宿，所以要把户口以及粮油关系转到学校里来。

我们入学时的水电学校共有"水利工程建筑""动力装置"等五个专业，我被分配到了"物资技术供应"专业。

与我的中小学相比，水电学校的学习环境有了很大的变化。中小学同学的住家都在学校附近，而我们这一级的同学里有近二分之一是外埠生源。就拿我们班来说吧，除去来自北京的学生外，有来自天津的，来自长春的，还有来自山西太原、长治等地方的同学。外埠考来的学生大多学习成绩要高出我们北京生源。比如我们班上的第一任团支部书记刘书和，来自山西省长治市壶关县，中考成绩是该考区的第一名。出生于50年代的何云霞是我们班年龄最

水电学校物资
102班合影

小的小学妹，也是来自长治市。

正像考取了水电学校后奶奶担心的那样，我和班上大多数同学一起分配到了甘肃省水电五局，去参加嘉陵江支流上的水电站工地建设。奶奶是1996年九十九岁时去世的。我是在四川工地上接到的奶奶病重的电话，于是赶紧从工地上赶到了广元，坐火车回北京，上火车后才补的票。回到北京后一看，我家的亲戚也都来了。第二天我洗衣服，顺手把搪瓷盆放在了滚筒洗衣机上。不一会儿就听见"哐啷啷"一声，搪瓷盆掉到地下了……后来到了9点左右，奶奶就没有脉搏了。我想，刚才我是给奶奶摔盆了……

如今我也当上了奶奶、当上了姥姥，随子女把户口迁到了上海。然而每当我领着孙子穿行于弄堂之间时，还是总会想起当年奶奶领着我的样子，想起北京的东琉璃厂。

我家住在大保吉巷

侯勇魁

我家住在大保吉巷。

大保吉巷是条破旧的小巷，当年全巷总长也就只有五百米左右，共有二十九个院落。

公交车在这里停靠的站名是板章路。

板章路在珠市口西大街的南侧。北起珠市口西大街，南至香厂路。东侧有板章胡同、华康里，西侧就是双五胡同以及大保吉巷。板章路就是因板章胡同而得名的。

从公交站点上看，板章路的知名度比起沿线的广安门、牛街、菜市口、虎坊桥、珠市口等要小得多。但在若干年前的一段时间内，板章路也算是个相对热闹、繁华的地段。

板章路东边就是珠市口大街。庚子年间，八国联军打入北京，慈禧太后领着光绪皇帝跑到西安避难去了。等到回銮之后，为了缓和国内的种种不满情绪，慈禧也就不得不开始推行一些新政。例如废除科举、鼓励工商业的发展、开展市政建设等。由此前门外至永定门间的石道，包括现在的珠市口大街，也就改建成了由碎石子铺成的路面。

两年后，清政府又开始修建新华街。由于工期长，到了腊月底尚未完竣，故而传统的正月初一在海王村琉璃厂空地上举办的厂甸庙会只好迁到离我家南面只有一二里路的香厂空地上举行。这一挪，就是三年。一直到了民国时期恢复了厂甸庙会后，香厂一带仍余留了不少摊贩在经营，终于使得一直空旷的地区开始繁华起来。

民国初年，负责市政督办的朱启钤计划打通南北长街，改建社稷坛为中央公园，改先农坛为城南公园。在万明路和香厂路的交叉口处设立了北京最早的圆盘中心、交通警察岗和电灯柱，万明路上还建起了东方饭店，当年很多大事都与这里有关。例如张作霖身亡，张学良宣布东北易帜。国民党将领白崇禧在东方饭店召开中外记者招待会，代表国民政府宣布北伐胜利的消息。共和国十年大庆时，傅抱石、关山月受到邀请来到北京，为人民大会堂作画，也是下榻在东方饭店，在饭店的二楼绘出了《江山如此多娇》。后来为了感谢饭店无微不至的照料，二位画家又合作了一幅梅花图馈赠给饭店作为礼品答谢。

香厂路的南面是仁民路，此处原名为香厂南坡，是东西走向的，长度曾与香厂路相差无几。后来由于阡儿路小学扩建，路过这里的一段路就被截住，改建成为了阡儿路小学的操场。

正是由于仁民医院才将香厂南坡更名为仁民路的。

仁民医院的前身是晚清末年由一位杨姓的名医创建的中医院。民国时期由朱启钤将医院更名为仁民医院。医院东邻万明路，西至阡儿胡同，南边就是仁民路，北面为香厂路。大门开在东北，现为北京市宣武中医医院。

在和香厂路相交的仁寿路中部地段当年有条新建的泰安里。这个泰安里的建筑完全是仿照上海石库门里弄式的二层砖木结构建筑，由格局相同、各有独立天井小院的楼房组成。天井的西北角有楼梯通向二层。天井的顶部是罩棚，周围有数个窗户大小的通风窗。整体小楼是用青砖砌成的，窗外抹灰，楼门加以雕饰。这几幢建筑通过一条小巷分为两排，巷口通向仁寿路，有过街楼相连，而楼门两两相对，通向小巷，从而改变了老北京独门独院的传统居住模式。

香厂路北、万明路西侧，就是大川胡同。胡同里有个浙江绍兴府属会馆，也就是浙绍乡祠。鲁迅在日记中就曾多次提到到这里来访问亲友等。

当时的鲁迅先生还是个"北漂"，租住在西面的南半截胡同绍兴会馆里。每天上班要穿过北半截胡同，走过广安门大街后进宣武门，到西单他工作的教育部。鲁迅在绍兴会馆居住了近八年的时间，后来卖掉了在绍兴的周家老宅，从日记上看找遍了西城的鲍家街、蒋家口、报子街、铁匠胡同、辟才胡同以及广宁伯街等，对环境、交通、性价比等因素进行了认真的比对，最后选定了西直门内八道湾胡同，自此举家搬到了北京居住和生活。这套房产是一套三进的四合院，可以算是大宅门了。加上中介费、手续费、装修费、购置税等，共花费了四千四百多元。

板章路往东的斜对面就是煤市街。按记述上讲，明代时煤市街就已经形成了，属于正西坊，早先被称为煤市口，是因由骆驼从京西门头沟煤窑运进北京城里的煤炭有相当大的一部分在此堆放销售。不过到了清朝中期以后，煤市街又逐渐发展成为美食一条街了。丰泽园饭庄当年就在煤市街里头，是个四进的平房大院。青堂瓦舍、门面精饰、环境高雅、风格别致。饭庄一开业就以上层人士为服务对象，聘请名厨掌勺，菜肴选料精、制作细、色美味香，成为京城达官显贵、社会贤达、知名人士的往来去处。后来一直到了1966年，丰泽园饭庄也应景改名叫作大

丰泽园（旧）

丰泽园（新）

众餐厅了，饭庄由此主要经营大饼、窝头、切面，在胡同口摆摊，临街叫卖。这种状况一直持续到1970年，当时是万里同志恢复工作后不久，亲自过问了丰泽园的经营情况，指导大家恢复正常营业。同时为了扩大营业面积，万里同志又亲自批示，将前院和相邻的华北戏院拆除，盖了一座三层楼，饭庄才又正式开业。只不过开始还不敢恢复丰泽园原名，只是将大众餐厅改成了春风饭庄。

至于丰泽园老字号的恢复还是出于外事工作需要。20世纪70年代初，有外交部人员来视察工作，当抬头看到大门上的匾额时立即表示反对。外交部的意见是"国外来宾只认老字号，希望能挂出丰泽园的匾额"。最终上级主管部门同意立即摘下春风饭庄的牌子，挂上丰泽园老字号的匾额。可是，这下又难住了饭庄的人。因为原来题写的金字大匾额早被砸烂了。为了应付即将接待的外事活动，饭庄只好用纸写下"丰泽园"三个字，贴在"春风"二字上面，才将此次外事活动应付了过去。不过从这以后，饭庄总算恢复了老字号。只是现在的丰泽园并非原址，而是原先的华北戏院的位置。

在丰泽园西侧几百米的地方有个中药店德寿堂，是迄今为止北京市唯一一家完整保持着20世纪30年代药铺原貌的老字号企业。北京德寿堂医药有限公司，原名北京市德寿堂药店，坐落在宣武区（今西城区）珠市口西大街175号。此店创办于1934年，以自创鸡鹤为注册商标的"康氏牛黄解毒丸"而享誉京城。

德寿堂的创办人姓康，少年曾入西单怀仁堂学徒，数年后便琢磨着开始自制中成小药，于1920年在崇文门外南小市开办了德寿堂药铺（总号）。1934年在珠市口西大街开办了德寿堂南号，均以经营自制的丸散膏丹为主，后扩大增加了汤剂饮片。德寿堂是前店后厂型药铺，其生产销售的药品由于选料精良、加工精细、质量可信、价格公道，因而在京城逐渐叫响了字号，赢得了信誉。尤其是德寿堂依祖传秘方研发自制的"康氏牛黄解毒丸"面市后，以其配方独特和疗效显著，迅速成为精品。该店经营手段独特，其最有创意的就是德寿堂南号的店铺。该店是一座中西结合式的建筑，前店是二层楼阁，顶层是个钟楼，设有西式的大圆盘钟表。而建筑的二层楼顶南侧外立面设计安装了一个用燃油驱动的仿真小火车，可穿过外立面开凿的涵洞沿环形轨道循环运转。记得当时小火车是在店铺的二楼上运行，我少儿时就曾去玩耍过。

我家附近还有一家中药铺，那就是南庆仁堂。有关资料上讲，和南庆仁堂有着不解之缘的是"毛猴"。"毛猴"恐怕对于老北京人来讲并不陌生，这是当年北京独有的民间手工艺品。相传晚清时期，在南庆仁堂店中配药的小伙计无缘无故地挨了账房先生一顿臭骂。晚间时分小伙计在摆弄着药材时，偶然发现知了壳（蝉蜕）具有某些形象特点，于是便选取玉兰花凋谢后制成的一种名为辛夷的中药做躯干，又分别截取蝉蜕做脑袋，前腿做下肢，后腿做上肢，加上白芨和木通，做成一个人不似人、猴不像猴的形象。小伙计觉得出了一口气，而掌柜的立即察觉出里面的商机，吩咐将这四味药材单独包装，作为"猴料"来出售。"毛猴"用料简单，关键在制作者的艺术构思。流传到社会后又被有心人加以完善，有剃头的、推车的、抬轿的、算卦的、拉洋片的，千姿百态，就这样逐渐形成一种深受人们喜爱的手工艺品。20世纪50年代左右，在大栅栏、东安市场等地的店铺里多有经营"毛猴"的摊位。

大保吉巷是一条东西走向的胡同。东口是板章胡同，西接万明路。它从北侧东边第一门数起，数到13号便转到南侧的14号后再从西往东数，共有二十九个院落。这样整条胡同的1号至6号、22号到29号都属于东边，而7号至21号属于西边。我家住在靠东边的23号院。老北京的话说"东富西贵"落实到大保吉巷来说，就是靠胡同东边的孩子大多能做出一些业绩来。比如，1号院的石宝达，在1963年全市中学生田径运动会上获取初中组百米短跑第三名；2号院的杨和，1964年考取了吉林大学；23号院的侯忠魁，也就是我哥，是1963年原宣武区的高中组数学比赛（相当于后来的奥数比赛）第二名，1965年考取了新疆大学；22号院的杨胜利一直是十四中一班的班长，因为是"老三届"毕业生而始终未能跨入高等学府的殿堂。但3号院的陈元平则是1977年恢复高考后的第一批大学生，现为中国人民大学健康管理学院院长。

17号院在胡同的中间，当年南庆仁堂就是在这里储存药材。记得拉货、送货的都是在夜间进行。使用人力排子车，木头制的黑轮子，行走在胡同里碎砖地上"咯吱咯吱"响，往往给寂静的小巷带来一丝神秘的感觉……

我青少年时期的大保吉巷是一条破旧的小巷，从我记事到20世纪60年代末，整条胡同只有一条自来水管道。接出的水龙头安放在7号院门口。每天的用水都要靠家里人去挑水或抬水存到自家的水缸。到了每天的傍晚，自来水龙头还要关闭锁好，直到第二天早7点才打开水龙头，供大家取水。那时候各家的垃圾也不能随意处理，只有天黑后有收垃圾的车从胡同西边走到东口。听到倒垃圾的喊声，各家才把自己的土箱子倒到垃圾车上。大保吉巷的整条街道上只有一个公共厕所，由于人多，靠西边的住户只好左转弯，到南面的王家大院去"方便"，而且真像电视剧里演绎的那样，每天上厕所的人们都要排着队。到了夏日时分，天气炎热加上如厕人多，三五天不清除的话则可能粪便外溢，蛆蝇遍地。当年还都是人工淘粪，清洁工人背着木桶，手执粪勺去清除粪便。而刚淘完的厕所内也是臭气熏天，踏脚板和坑边上都会有溅出的粪便痕迹……不过为了解决自己的问题，一时就顾不得那么多了。

提到老北京的住房，一般人马上就会想到"四合院"，其实这是个理解上的错误。北京人讲的院子也就是一个独立的空间。如果空间内东西南北都有房，才是四合院。同理，如果三面有房，就是三合院。应该说老北京的住宅院子一般都是一院一户的独立住宅，也有一个院内会有多户不同人家，也就是后来的大杂院。杂院内租房者大多租一二间拥居其室。一个院内少则三五家同住，有二进甚至三进的大院内也有八家十家同住的。当年没有液化石油气罐，家家用煤球炉生火烧水做饭，冬季把煤球火炉安置在屋内，既取暖又能做饭。而其他季节就只好把炉子放在各自住房门前的廊子下面，前面再支撑起个破旧铁皮来防止雨淋。所以一进某个院内只要注意有多少个煤球炉子也就知道大约有几户人家了。

当年街坊四邻的关系都很融洽。我是1975年成婚的，当时我还在北京电力建设工程公司第二工程处焊接队工作，单位同事集资为我购置了一台收音机。因为当年购置家具均需要凭票购买，所以有两个衣箱还都是由我同事王连庆和刘福兴打制的。那时候我家只是居住在23号院内的两间南房里。当天东西厢房的邻居们均腾出屋子供我招待同学、同事们。即便如此，由于活动空间狭窄，以至中午未能留王、刘二位师傅用宴，至今亦甚为遗憾。

单位分配住房是在20世纪80年代初，自此我就离开居住了三十多年的大保吉巷。近日见2018年5月6日的《北京青年报》说："位于天桥地区的两处民国时期老建筑华康里和泰安里，目前正在进行拆违和修缮。……华康里的拆违工作将于5月底完成，接下来将征求文物专家的意见，按建筑原貌进行修缮。距离华康里不远，另一处建于1915年至1918年的民国老建筑泰安里已基本完成整体腾退，正在启动修缮。"

我想，大保吉巷大概也会被重新修缮了吧。自来水管道自20世纪70年代末就进行了改造。只是，不知道如今会不会多扩建出几间公共厕所来……

华康里

泰安里

儿时北京二三事

潘泽泓

春天里怒放的花朵浓浓地挤在一起，引得人们使劲儿地看，定是要记住这好看的颜色。一阵狂风袭来，瞬间花瓣漫天飞舞。鼻尖似乎飘过一丝烟儿煤的味道，我用力地吸了两口，跟小时候在北京名为五路的火车站上闻到的味儿很像。

小时候妈妈在河北省安新县同口镇工作。安新是革命老区，《小兵张嘎》的故事就发生在安新的白洋淀。爸爸在位于北京市海淀区的五路火车站上班。铁路工人没有探亲假，上十天休两天。20世纪七八十年代交通不是很方便，保定的汽车到同口镇走唐河大堤，整个雨季不通车，有时候爸爸在保定下了火车就要徒步走回同口，大概一百里地吧。一年中，只有等妈妈休探亲假的时候，才能带上我去北京小住一段时间。若是从村里去北京的话，要从同口走路到际头村，如果能搭上拖拉机坐一段路也是很开心的，然后再坐车到保定老火车站，坐上去往北京的冒着浓浓烟儿煤味道的绿皮火车，那时的火车票是三块四毛钱。

能去北京，就会去天安门、动物园、大商场等这些地方，每次都是兴奋的、快乐的、盼望着的。这不仅对于那个从小生活在小村庄的我，就是附近三乡五里的大人和孩子们，那也都是羡慕至极了。

坐火车能买到靠窗的座位就是最好的了，能看到车窗外的风景，还能数着站名。那时候的火车开得慢，基本上有站就停，旅客们背着大口袋上上下下，这样大概要三个小时才能到北京站。那时候，妈妈总是拎着一个绿色的又长又圆的帆布包，火车上没有座位的时候，就在车厢边上找个不碍事的地方坐在包上，盼望着火车能快一些到。开心的是，每当火车停靠高碑店站的时候，妈妈总是会买上一把咸咸的豆腐丝，以慰藉这段漫长的行程。

有一次到了高碑店站，妈妈又买了一小把豆腐丝，我高兴地揪下几根，一半放在嘴里，一半耷拉在外面，大声地喊："妈妈，快来看啊，我长胡子啦！"妈妈笑得前仰后合，车厢里附近的旅客也笑了起来。笑罢，我跟妈妈说："豆腐丝我不吃了。"妈妈问："为什么呀？"我说："我要带给爸爸吃，爸爸每天上班很辛苦，我要这样逗他笑一笑。"

如果我们是在北京站下车，便要坐103路无轨电车到动物园，再倒334路到营慧寺。如果是从永定门火车站（现在的北京南站）下车，则坐102路无轨电车到动物园，再倒334路到营慧寺。然后再走上几里路就到海淀区的五路火车站了。这几里路总是快乐的，马上就要到家的心情让我特兴奋，好像路上的小草都在阳光下向我招手微笑。每当远远地看到浓烟弥漫，空气中飘过来一股烟儿煤味道的时候，就到家了。

可是那天由于火车晚点，下了车天已经很黑了，我们没能赶上到营慧寺的末班公交车，只好坐了另外一趟车，下车后走了一个多小时的路才到家。爸爸看到又累又困的我，小手里还一直拎着豆腐丝，一把将我抱进了怀里。

海淀区五路火车站是北京郊区一个堆满煤和货物的货运车站，北京市民们用的煤和其他生活用品大部分都是从全国各地运到这里。遇到春天刮风，就会漫天煤粉，若再赶上下雨，那瞬间就会变成泥猴儿啦！北京的家就在这里，其实就是爸爸的职工宿舍，一间十几平方米的小平房，这些职工宿舍是爸爸和工友们亲手盖起来的，两张拼在一起的单人床、一个用木板钉的小木箱、一个脸盆架，这些就是爸爸的全部家当了。院子里的水房、厕所都是公用的，每天早晨这里都是最热闹的地方。当然还有职工食堂，食堂很亮堂，里面的几个阿姨嗓门儿特别大。她们总是一边哈哈笑着，大声说着话，一边把食堂收拾得干干净净。我特别愿意跟着爸爸去买饭，踮起脚尖，扒着窗口的玻璃往里看。食堂里的饭菜很好看，当然也更好吃，尤其是包子的味道在我们村是根本尝不到的。

妈妈每次到了北京总是要翻天覆地地拆拆洗洗。这个时候的我就会在朋友们的带领下，在五路火车站的各个角落里登梯爬高，钻铁丝网，去站长室，扒停靠在站台上的火车，到值班房跟叫不上名字的叔叔大爷们调皮捣乱。人家总会给一些吃食，那个时候买什么都需要粮票，能给一些吃的也是很好了，因为每家粮票都不多。记得我们每次去北京，爸爸总是到处去换粮票，拿地方的换全国的。

等过两天妈妈收拾拆洗得差不多了，就会带我去玩儿——故宫、天坛、玉渊潭、颐和园、动物园、天安门、香山……

还有就是去甘家口喝豆汁儿、吃焦圈儿，妈妈说一般外地人是喝不了豆汁儿的，可是儿时的我却特别馋这一口儿。每年到大栅栏照相馆妈妈都会给我拍张照片，一年一年地保存好。有一张照片妈妈非常喜欢，后来又放大了一次，一直保存到现在。记得玉渊潭里小河边儿的水可清亮了，有的时候还能抓得到小蝌蚪。有时早早起来去看升国旗，随着国旗的冉冉升起，人们的表情庄严肃穆，整个天安门广场上回响的是嘹亮的国歌。升旗仪式结束以后，我最爱在广场上跑着玩儿，那时候的天安门广场很空旷，马路上自行车很多，汽车少。跑得满头大汗的时候，来根三分钱的冰棍儿，就是最幸福的时光了。

有一次国庆节，妈妈的一个阿姨（曾在白洋淀革命老区打仗负重伤，后被我姥姥救活的一位女战士）给了我们两张人民大会堂的大红票，我们一家三口兴高采烈地去了。到了大会堂门口，检票的叔叔看到只有两张票，就让我们选择两个人进去。爸爸说让我和妈妈进去，他在外面等。妈妈就对检票的叔叔说："我们乡下人能来趟北京已实属不易，再能进到人民大会堂里面转转，简直就是一生的荣幸了。"那个年代的工作人员是非常正直和认真的，但也被妈妈的真情实感所打动，便对我们说："拿红票的都是首长的家属，你们进吧！"能走进人民大会堂，那种心情是无比崇敬的，万分激动的，相当自豪的！我就想，我的小伙伴们是怎么也不会有机会来到人民大会堂的，等我回去以后，他们肯定又会叽叽喳喳地问个不停，我一定要给他们好好讲上一讲。

人民大会堂里面，庄严肃穆，盛大气派。我还记得，我们每层都看了看，开大会的那个礼堂和电视上的一模一样，天花板上有一个大五角星，周围是几颗小星星。还有幅巨幅的山水画，妈妈说是《江山如此多娇》，还是毛主席题的词呢。儿童游乐大厅给每个小朋友都准备了一份礼物，我又参加了小朋友们的钓鱼游戏，还意外得了一副国际象棋。那里面的棋子儿都像是外国的小人儿一样，真好玩儿，这副国际象棋被我炫耀了很久呢。

等到回老家之前，妈妈便会在北京烫个头，买瓶雪花膏。有一次爸爸还给我买了一条带金丝的裤子和一双皮鞋。村里人们看到我的衣服时，一个个都把眼光拉得很长很长。

儿时的北京是遥远的、快乐的、新鲜的、洋气的、令人向往的……

儿时的我就总是这样盼望着，盼望着……

日子就这样过去了……

余音缭绕小鼓队

饶邦安

2015年9月3日上午10点，北京天安门广场天高云阔，阳光灿烂。六架直升机护卫着国旗和军旗，二十架直升机飞成"70"字样，七架教练机拉出七道彩烟——率先从天安门广场飞过的空中护旗方队，揭开了中国人民抗日战争胜利七十周年大阅兵的序幕。雄伟的天安门，宽阔的长安街，见证着这场大阅兵一个又一个精彩的瞬间。我有幸亲临现场见证了这一辉煌时刻。

站在天安门广场的观礼台上，不由得心潮澎湃，激动的心情溢于言表。自小我在北京长大，从小学到大学，从工作数十年直到退休，一直没有离开过北京。六十多年来，于天安门广场来来往往多少次已数不清了，各种重大纪念活动的游行队伍、团体操表演队里都曾有过我的身影。而此时记忆深刻的还是五十多年前的那一幕幕。

20世纪60年代初，我在位于复兴门外的北京市第五十七中读初中。我住的铁道部家属宿舍与学校只一墙之隔。因身体原因没有报考铁路子弟第二中学，而去了条件一般的五十七中学。学校虽然没有北京铁二中出名，但因离家近，加上学生几乎除了复兴路和公主坟附近军队大院的孩子，就是铁道部、冶金研究院等部委大院的子弟，学校的治学方针有别于其他学校。身在其中，有许多无形的东西影响了我的人生。这许多同学里，我后来知道出名的一个是张大中——大中电器的创始人；一个是李冰天——海军大将李作鹏的儿子。前者是后来出名的，后者当时在学校就很出名，细高的个子，篮球打得棒。他们都是我1962年入学的校友，只是不在一个班，虽偶有接触，后来上高中离开这里也没联系。其他在校的名人或名人之后也不记得了。至今仍历历在目、记忆犹新的是学校的鼓乐队。当时中学里的活动也很多，我们学校的鼓乐队是远近闻名的。一遇重大活动，尤其是国庆天安门游行时，我们学校的鼓乐队在学校彩旗的辉映下，更显雄壮豪迈，引来其他兄弟学校不尽的羡慕和赞叹。

参加学校鼓乐队实属偶然。当时的社会环境和物质条件相对有限，学校里的几面大鼓、几十面小鼓和其他乐器在当时都是奢侈品，因此挑选鼓乐手也是十分严格的。不过因为高中学生面临升学的压力，鼓手多来自初中学生，我才有了机会。刚入学时我因肺结核尚未痊愈，医生建议免修体育，课余我有大把的时间无所事事。跟我要好的同学是邻居吴国勤，因瘦高的个子早就被选入鼓乐队。热心快肠的她几次撺掇我加入鼓乐队，一来她好有个伴，二来她想借此机会让我锻炼身体好起来。鼓乐队考试的前几天，她把鼓谱拿过来让我抄背，然后手把手地教我在桌子上敲出鼓点来。考试那天，我手持鼓槌按照鼓谱在小鼓上有节奏地全部敲了出来，虽然有点紧张，但因准备充分也顺利通过（半个世纪过去了，现在我竟还能在桌子上敲出全部鼓点来）。从此我每天课余时间有了敲鼓的活动，人也变得开心起来。

对一般人来讲鼓乐队的活动轻而易举，而于我却十分艰难。十三四岁的小姑娘，因病瘦得剩一把骨头。六十多人的小鼓队，真到游行时包括机动队员也只有四十人参加，淘汰率还是蛮高的。小鼓队的小鼓类似行进小军鼓，又称学生队鼓。鼓面是本色羊皮面，直径大约三十三厘米，似小脸盆大小，鼓身高约十五厘米。系上帆布做的背带，小鼓挂在腹部的腰带上，两手执木制鼓槌可以在行进中奏响。小鼓本身并不重，可背上它边演奏边行走也是苦差事。

小鼓在各类乐队中与大鼓的重要性相同，常与大鼓同时使用。但小鼓又不像大鼓那样用来加强强拍，而是在弱拍上敲击细小的节奏，以调和音色，增强乐曲的节奏感。小鼓的音色清晰、明快，并伴有"沙沙"的声音，别具特色。因小鼓的音响穿透力强，力度变化大，能奏出各种气氛，因而表现力非常丰富。当我们手执双槌迅速地在鼓面上交替敲击时发出的清晰的音响，使我们在各种处理效果中（如轻、重、缓、急的区别），表达出了不同的音乐情绪。击鼓时，我们的手臂不能动，只用手腕打击。打击时不论高低、轻重、快慢都不能影响手腕自然顺畅的动作。鼓棒头打击位置的两点靠得越近越好，否则稍不留神奏出杂音会影响全队的效果。这些说起来容易做起来难，当时我们每天背鼓谱废寝忘食，练节拍把手都拍红了，甚至胳膊都抬不起来了，练鼓都到了"走火入魔"的境地。

为了即将到来的国庆游行任务，开学后的一个月我们几乎天天课后在操场上练习、考试。说来奇怪，自打进了鼓乐队，我身体也好了许多，基本上能够胜任演出任务了。临近国庆节，通过考试，我们三十二人组成了小鼓方队，紧张地进入到整个乐队的排练中。

那时学校参加国庆游行的队伍是这样排列的，打头的是举着校旗的男同学，旁边是两个护旗手。他们的身后是手执枣红色小锦旗（代替指挥棒是为让后面的队员看得清楚）的乐队指挥。四面大鼓紧跟其后，敲鼓的都是健壮的男同学。然后是几个打镲的。我们小鼓队站在鼓乐队的最后。小鼓队员全部是个头差不多一般高的女同学。再后面就是按年级排列的游行队伍了。

鼓乐队队员的着装是白衣、白裤、白鞋、白袜、白手套，配上红色的鼓身煞是好看。然而学校没有经济实力，学生也没有钱请学校统一购买。一个鼓乐队的服装都是队员们各自攒起来的，白袜子、白手套、白球鞋互相借着穿还好说，白衬衫是因为学校以前要求必备也没多大问题，而白裤子可就难了。那时谁家有呢？借来的穿着能那么合适吗？为参加游行做一条白裤子也不现实。不说要布票要钱，即使是白色的斜纹布也不好买。那时买衣裤是为实用耐穿好看，像这种白裤子穿的场合很少，谁家也不愿意去特意做一条。大家只好各显神通自己去想办法。那时我家的经济情况还算好，白球鞋、白袜子、白衬衫都是现成的，只是白裤子妈妈就是舍不得给我做。还是吴国勤有办法，铁道部宿舍里的孩子她差不多都认识，终于帮我借来一条大人穿的。虽然穿着有点肥大，但是稍加缝制了一下也将就了。小鼓队着装后果然不一样，整齐靓丽，看着就精神。因为不是统一购买的，即使都是白颜色的，因不是一个缸号印染的颜色也有差异，更别提有新有旧了；衣服样式也奇奇怪怪，方领的、圆领的、尖领的不一而足。白球鞋新的雪白，旧的发黄，打上大白粉倒还能将就。就是这样，在当时也算不错的了。尤其是远看的效果还是挺整齐的。

那时每逢重大活动，几乎所有的中学都参加，但有我们这个阵势的鼓乐队的却不多。每次参加活动，我们学校都能为此"抖"一阵，尤其是在等待过程中，指挥的旗子一举起并横过头顶就表示要演奏了，于是大家都紧张起来，按鼓点要求演习一遍。鼓乐声招来好多人，大家静静地欣赏，然后是热烈的掌声。每每过后自己都由衷地感到欢欣和自豪。

那一年的国庆节终于来到了。早上6点钟到学校集合乘车，从学校所在地羊坊店北蜂窝出发，行至南池子，在一个小学校的操场上静候。操场上挤满了各校的中学生，校旗林立。等待之中也是大家相互交流的好机会。此时我却没有这份闲心，只静静地守候着我的小鼓。小鼓是我们的武器，学校规定苛刻，平时练习只在桌子上敲，临近"十一"之前才发给我们个人练习并保管。除了上课、睡觉，小鼓一直陪伴着我，我爱惜它甚于书本。终于，9点多钟时，大家起立排好队等待10点钟的游行开始。那时通信设备没有现在这么先进，指挥各校游行队伍出发全凭联络员跑来跑去通知，其辛苦程度可想而知。但这些人很敬业，从未发布过错误的指令。游行顺序往往是解放军、工人、农民和科研方队，我们中学的游行队伍紧跟大学之后，几乎是尾声了。那年的"十一"天气有点儿反常，天空一直阴沉沉的。我心里一直默念着千万别下雨，别淋着我的鼓。羊皮面的鼓最怕受潮，淋雨更可怕。学校指挥出发时说，你们鼓乐队练兵千日用兵一时，一定要演奏好，尤其是通过天安门时，要用力地敲，敲破了也没关系，天安门城楼上毛主席和国家领导人都在检阅我们，大家一定要给我们学校争光啊！带着这份荣誉感，我们望着天安门城楼卖力地边敲鼓边行进，为了跟上行进的队伍甚至跑了起来。老天真长眼，当我们游行结束后，行至复兴路时，一场瓢泼大雨从天而降。好在游行结束后，学校已将乐器收好用车拉走了，我们的心终于放下了。

自那以后，我因升入高中离开了五十七中学，也就再也没有摸过小鼓了。参加鼓乐队只有短短的两年时光，却改变了我人生的许多。刚上初中因严重的结核病导致左肺粘连只能靠右肺呼吸，医院的诊断是不能参加重体力劳动，不能有正常的生活，并断言生命有限。参加了鼓乐队，我打破了医生的诊断结论，小鼓队的活动使我有了生活的激情，配合有益的体育活动和课外活动，激发了我身体内的潜能，身体渐渐健壮起来。有了健康的身体才有了我后来的精彩人生。

时光总是不经意间从指缝中溜走，奈何指缝太宽，时光太瘦。转眼间，迟暮年岁，豆蔻光阴已成为繁烟往事。有些事情早已淡忘，而有些事情却伴随着我，不眠不休，时时温暖着我的心。

再品"二友居"

饶邦安

　　我年轻时曾在北京西四六合胡同里住过十几年。胡同对面路口把角儿的"西四包子铺"是我天天上班的必经之地。从早到晚在这里排队的人从来不断，要等一两个小时才能吃到的包子，只卖猪肉大葱一种馅。西四包子铺，原名"二友居"，是真正的百年老店。"二友居"开业于清末民初，是一位名叫常二有的宫廷御厨创办，主营天津包子。常老爷子一辈子无儿无女，也无依无靠，带着一身好手艺告老还乡，在西四十字路口开了一家小包子铺维持生活。后来，因为包子口味好，生意越来越火，老人就收了两个徒弟。一个能说会道当跑堂，一个干活麻利，擅长做北京风味炒肝。渐渐地，小店成了远近闻名的"包子加炒肝"的地道风味小吃店。随着小店越来越红火，老人还给小店起了名叫"二友居"，一是和他的名字同音，二是希望两个徒弟能齐心协力做好生意。1956年公私合营，"二友居"转为国营，"文化大革命"期间，"二友居"被当作"四旧"破除，"二友居"从此改名"西四包子铺"。

不管叫什么名字，也不管管理者换成了谁，多少年，这家包子铺的工艺一直没丢，包子皮薄馅嫩、汁多味鲜的特点没变，所以直到百年之后仍经常出现"吃饭排长队，假日挤不动"的场景，甚至有的人搬迁后，特地从顺义跑到西四"吃包子"。就这样，"二友居"代代相传，老北京都知道在西四把角儿有这么一家口味相当正宗的包子店！

包子铺地方不大，与新华书店相对，有些破败的二层小楼，楼上堆着杂物，楼下的包子铺大门朝东，冬天永远挂着个蓝色的棉布门帘，北边墙壁两扇大玻璃窗里透着浓浓的包子香味。大门的上方"顺天二友居包子铺"几个醒目的大字离得老远就能看得见。

包子铺太小，除了操作间，大堂也就二十几个平方米，里面也就摆得下几张方桌。每张掉了漆的桌子上摆着筷子筒，筒里插满了没有上漆的木筷子。桌子旁是几张掉了漆的

二友居

四方凳。满屋子也坐不下二十个人，因为包子铺人太多，常常有人端着盘子站在铺子外面吃。俗话说得好"包子有肉不在褶上"，别看这小小的门脸，没有光鲜亮丽的装潢，但远近闻名的是这"二友居"的包子。每一屉包子都是现包现蒸，蒸笼打开的瞬间，热乎乎的面香简直太诱人！皮薄馅嫩、汁多味鲜，一口咬下去满口汁水，那鲜香味儿一下儿就窜满了口腔的犄角旮旯，真可谓是回味无穷！这里的炒肝，里面满满的肝尖、肥肠，稠稀适度、鲜香可口，蒜末的香味起到了点睛之笔，绝对不像某些炒肝，全是淀粉糊嗓子。

屋子靠着门边是收款台，买好了您就拿着票排着队慢慢等着到里面的窗口去取包子。包子得一锅一锅地蒸，因为排队辛苦，买的人也就多买，卖的人也不限制，所以想吃这里的包子，你得有耐心。那时人们的生活并不富裕，能上这里吃上一顿包子也算奢侈。有一天下班早，包子铺里的人不太多，我耐心地排了半个多小时终于买了半斤包子带回家。油汪汪的皮薄馅嫩、汁多味鲜，吃得真开心。此后，只要是有时间总会带着孩子过来吃一顿。20世纪80年代初，开始用煤气了，各家住房普遍紧张，都在院里搭小厨房放煤气罐。记得一天周末，单位里的几位同事来帮我搭建小厨房，中午为了招待他们，我从上午10点多钟开始去排队买包子，那天正赶上星期天，愣是快到下午1点钟才买回来。大家都赞不绝口，此后也常常光顾小铺。后来我家虽然搬到了远处的楼房，但途经此地也常下车歇歇脚，来二两包子一碗炒肝。几十年了，西四的记忆，包子的味道至今仍铭记在心。

突然有一天，西四地质博物馆门前要修建绿地，也有说要修地铁，相邻房屋拆迁，包子铺没有了。我一直找机会寻觅"二友居"包子铺的踪影，曾经看到门口贴了张通知，说搬到西四延吉冷面馆马路对面了，去找了，那里也贴了通知说什么时候开业，可过几天再去就没了。问看车的保安，保安说是房价租金太贵，不开了，从此以后这"二友居"就杳无音信了。

鲁迅在《朝花夕拾·小引》中有这么一段话：我有一时，曾经屡次忆起儿时在故乡所吃的蔬果：菱角、罗汉豆、茭白、香瓜。凡这些，都是极其鲜美可口的；都曾是使我思乡的蛊惑。后来，我在久别之后尝到了，也不过如此；惟独在记忆上，还有旧来的意味留存。他们也许要哄骗我一生，使我时时反顾。

少时读过之后印象并不深刻，如今却感到绝妙传神。将近二十年过去了，北京发生了翻天覆地的变化。人们生活质量提高了，进高档酒楼、住星级宾馆不再是奢望，许多年来几乎吃遍了京城的美味佳肴，但那年"西四包子"的味道却总牵引着我，难以忘怀。

终于有一天，友人告诉我，西四包子又回来了。9月的一天上午，辗转来到位于西安门后库的顺天府超市，进得大厅拐进"美食街"，在最里面的一片天地找到了"二友居"。从远处望见黑色牌匾上"西四包子铺"五个金色大

西四包子铺

字，走近闻到刚出锅的包子香味，久违了！

店面位置不大，小小的柜台里一边是收银、一边是取餐，四周的桌椅大概能容纳二十人就餐。店内墙上挂着西四包子铺的老照片，怀旧感十足。没有几个人排队，我忙用手机微信支付下了单，半斤包子（每人限购半斤）三十元。庆幸之中，营业员一句话提醒：得等一个多小时。哇！一看手里的单子排在120号，此时不到中午11点。前面还有百十号人哪就排到了？好在上面就是超市，先逛逛再说。

快12点了，下来一看，还没到100号呢，二十个人得等多久呀。无奈，慢慢等吧。店内已经座无虚席，除了正在吃包子的客人，更多的是手里攥着小票等待包子出锅的人。店内顾客有七成是中老年人，不少是特意来寻西四老味道的老顾客。与旁边的人攀谈起来，买到的人是幸运的，很多人想来吃个午饭却扑了个空。原来店里只在上午

153

9点半和下午4点半两个时间段开卖包子。以上午为例，9点半开始，大概能放一百六十个号，每人限购半斤包子，先交钱拿号，接着就是按顺序等着包子出锅，全领完要到中午1点多。据营业员说，11点之前来基本能领到上午的号，但要等一两个小时才能拿到包子。早上商场一开门，客人就拥进来排队了。一屉一斤是三十个包子，一天能卖出三千多个包子。最远还有从北京远郊回来找的顾客！

12点半多了，终于轮到了我。美食街其他柜台前的食客慢慢减少，端着包子坐下来，望着面前热气腾腾的包子，却没有了先前的欲望和冲动，吃在嘴里的包子皮还是那么薄，但馅儿油乎乎、咸腻腻的。店铺老板说，现在的肉、面、食材跟以前都不一样了，味道不可能完全复原；店面地方小，做包子的师傅只有六个人，而且包子必须现蒸现卖现吃，所以不能"包子等人"。"出锅吃一个味、带汤汁；打包回去就是另一个味了，汤汁都被面皮吸走了。"

我想，以前肚里没油水，猪肉大葱的包子一点儿也不觉得腻，如今无论什么山珍海味也常上老百姓的餐桌，人们的口味不知不觉也变了。不过，尽管新开张的西四包子铺不是当年的老人老店，但也让很多包括我在内的老北京重温了一下记忆中的味道。我思乡怀旧，将这种感觉写进此文。"二友居"的味道正如鲁迅说的"在记忆上，还有旧来的意味留存。他们也许要哄骗我一生，使我时时反顾"。希望这记忆不会哄骗我一生。

回忆少儿时

陆　宁

　　我是1949年10月出生的，但身份证上写的是8月，这是由于当年户口登记时使用的是农历日期的缘故。然而这个却改变了我的人生道路。因为1949年8月出生的孩子在1956年的9月1日就可以入学读书了。这样我是1956年至1962年上的小学，1962年至1965年上的初中。1965年的中考有四类学校一起招生。这四类学校分别是：高中（当年没有重点学校和一般学校之分）；中等专业学校，如位于新街口豁口外小西天的邮电学校；技工学校，如位于良乡的电力技工学校；企业自办的半工半读学校，如位于大北窑的教学仪器厂半工半读学校。当年的升学志愿书是把四类学校混在一起填写的，我的第一志愿就是中专，第二志愿为高中。结果第一志愿就录取了。到了1969年毕业分配时留在了北京。虽说是在基建工地当了名电焊工，却也躲过了"上山下乡"。如果按10月份的生日计算就要晚一年上学，正好是1966年的"老三届"初中毕业生。准保要去内蒙古插队了，没跑。

这样我是1953年进的幼儿园。

幼儿园里开始学习的儿歌就是："一二三四五，上山打老虎。老虎不吃人，专吃杜鲁门。"杜鲁门是当时美国总统，这时也正是"抗美援朝"时期。

在幼儿园时期，通常小朋友们在一起玩"东南西北"。"东南西北"是用白纸叠成的，四角分别为四个套，可以插入小手指。外面分别注上东、南、西、北，内侧则按个人的好恶写上各种名字。玩时是主人问对方要什么，要几下，如答：东、五下，则手指开放五次，再看"东"的标注下写的是什么。如是"好人"，对方自感很荣耀；如是"坏人"，结果就不同了。

当时由家长主笔写的"东南西北"，坏人项一般写成蒋介石、李承晚（当时的大韩民国总统）、杜鲁门等。但上幼儿园的孩子们年幼，对此理解不深，笔画多的字也不认识。所以自己干脆写成"王八"，有的还加上个圈，代表"蛋"的意思。老师们认为这是"不文明"用语，需要禁止。于是几乎天天都要检查大家的"东南西北"，看看写的都是什么内容。慢慢地，大家也就腻了，最后干脆不玩了。

女孩子们开始跳绳、跳皮筋。跳皮筋时也有符合时代潮流的儿歌，例如："猴皮筋，我会跳，三反、五反我知道。反贪污、反浪费，官僚主义我反对。"这是和"三反""五反"运动挂钩的儿歌。

还有就是什么"小皮球、香蕉梨，马兰花开二十一。二八二五六、二八二五七，二八二九三十一。三八三五六……"然后就能一直唱到"八八八九九十一，九八九九一百一"，而皮筋也是越架越高，直到脚尖够不到为止。然而始终让人搞不清楚的就是小皮球和香蕉、梨以及马兰花又有什么关系。

　　上小学后的女生重点还是跳皮筋。据说跳皮筋有挑、钩、踩、跨、摆、碰、绕、掏、压、踢等十余种腿部基本动作，花样很多，这对于小学生的综合协调能力来说，是一个很好的锻炼。

　　女孩子们常玩耍的还有跳房子、砍包儿和欻羊拐等，男孩子们则大多玩洋画、玩玻璃球。洋画当时的俗称叫"毛片"，是印着各种图案的长方形厚纸片。玩的方法也有多样，规矩亦不相同。通常的规矩是参加游戏的双方交出同等数量的毛片，图画一面向下，摞成约一寸高的厚厚一沓。以猜拳方式决定先后顺序，然后轮流用手在侧面扇。凡被扇起而正面朝上的画片就被扇者赢得了。为了扇起最大的风力，大家往往是拱起手心，然后用手掌重重拍地。这样玩法当时也叫"拍毛片"。玻璃球的玩法有很多种，常见的是在地上画线为界，双方用大拇指弹出玻璃球去撞击对方的玻璃球，以先被击出界者为负。玻璃球因为是用手弹，通常也被称为"弹球"。拍毛片和弹球这两种游戏首先是带有赌博性质，其次是都得跪在地上玩，很不卫生，所以一直是被校方禁止的游戏。

到了20世纪的50年代末，又开始兴起了玩香烟盒的游戏。基本玩法是把烟盒叠成三角形，双方各出一个三角烟盒放在地上。然后猜拳，赢者拿起自己的三角向对方的三角拍过去。如把对方的三角拍翻过来即赢得该三角，负者需再拿出一个三角放在地上，由胜者继续拍。这是一种类似于拍毛片的玩法。还有一种是叠成元宝状，在地上画线后用中指弹射烟盒，先弹得靠近对方一手指距离者为胜。这是类似弹球的玩法。香烟盒另一种独特的玩法叫作抓三角。由游戏的双方各出几个用烟盒叠成的三角，不需猜拳，而是根据香烟自身价值决定游戏的先后顺序，价值高的先玩。比如一人出示的烟盒是"中华""大前门"，而另一人拿出的是"牡丹""哈德门"，则由前者先玩。烟盒放在手背上，抛起来后看能抓到几张。类似玩法很多，大同小异。最终也是要赢取烟盒，所以也是带有赌博性质的游戏。

上小学二、三年级后，男孩子大多携带弹弓一类的娱乐玩具，以此为武器。弹弓是用铁线围的，也有少数是用"丫"形的干树枝来替代。弹弓的两头绑上橡皮筋，弹射石子。皮筋一般是用废旧的自行车内胎剪下来的皮条，弹力大，弹弓兜最好用软皮子。但因真皮比较难找，所以大都用粗布来做。只是布质的容易被扯断。平日里大家都知道弹弓可能会伤人，所以也没有互射的，顶多也就是相互比画一下以示其威。学校里出于安全，禁玩弹弓，老师平日如果看见了弹弓是要没收的。只是在1958年兴起"除四害"运动时，由于可以用弹弓打麻雀，这才有了用武之地。那时候小学男生们的时髦装饰，就是把弹弓拴在书包上，校方也不干涉了。

后来又兴起用自行车条来撖制玩具手枪。用自行车轱辘的辐条弯成枪形，一头磨尖，用皮筋拉紧，对准车条带螺丝帽的另一头儿。把火柴头中的含氯酸钾的药料塞进螺丝帽内，当皮筋引导尖头猛烈撞击时就会引起火药爆炸而发出声响。这种车条枪就是一种手工制作的简易"砸炮"枪，并没有什么攻击力。

随之又出现了用冰棍儿的棍儿绑制的玩具手枪。冰棍儿的棍儿需选用扁平的那种，洗净并晾干后码成一排，突出中间的几根作为枪口。枪口头上要留有小缝儿用以固定皮筋，后部交叉捆上几根排成"八"字形，是为枪把儿。"八"字顶头用皮筋捆牢。把用小纸片叠成的"子弹"用固定在枪口处的皮筋拉至枪柄，让"八"字头夹住。当握紧"八"字枪把儿时皮筋松开，纸"子弹"即会随着皮筋弹出。

其实无论是用车条做的玩具枪还是用冰棍儿的棍儿做的玩具枪都不实用，也不好玩。大家制作也不过是为了体现动手能力而已。尤其是我，动手能力极差，甭说是什么枪了，就连弹弓架子也没撖过。当年也只是看着胡同里街坊四邻的小伙伴们纷纷收集冰棍儿的棍儿而已。我的课后业余活动是以阅读课外读物为主。

最早是每晚由父母给我读一些儿童读物，每次读三页，然后关灯睡觉。记得我在上小学一年级的时候最喜爱的书籍是苏联的《我看见了什么》，以一个名为阿廖沙的人的口吻讲述了莫斯科、基辅等地的风光。在童话书里我比较喜欢《格林童话》，而《安徒生童话》，如《海的女儿》《丑小鸭》等，读后往往心里很悲伤，所以不太喜欢。当年我家有一套《格林童话全集》，有十本左右，封皮分别有蓝、绿、紫、黄、红等颜色，而封面与插图却画得很怪诞，人物几乎是穿着外国袍子又是一头鬈发的亚洲人的样子。后来得知原来是丰子恺先生的作品，共有绘画三百多幅。

到了小学二年级的时候，由于在学校任教的父母下班后还要留在校园里"大炼钢铁"。这下子也就没有人给我"读三页书"了。而我又急需希望知道故事的发展，从此"自力更生"，拿着书自己读，遇到不认识的字就连蒙带猜。故而使得我语文基础水平始终也不高，错字白字连篇。

20世纪50年代末，祖母给我买了两本连环画，就是俗称的小人书。这两本书的名字是《格兰特船长的儿女》（上下集），小人书看完后就开始阅读儒勒·凡尔纳的作品了。同学之间还有传阅《巴斯克维尔的猎犬》的，于是我马上就又迷上了柯南·道尔。只不过当年群众出版社只出版发行了《福尔摩斯探案》里的三部长篇小说，另外两部就是《血字的研究》《四签名》。

这时已经到了小学四、五年级时期了，社会上开始"度荒"，学校也"劳逸结合"，每天只上两节课，由于没有练习本，所以也就没有家庭作业。大家闲得没事，就又开始组装矿石收音机。可能是因为工艺过于简单吧，社会上也找不到有关制作矿石收音机的科技读物。线路图就是同学之间相互传抄的。矿石收音机不需电源，这是其一大优点，但是要求具有比较考究的天线和地线。

地线通常就是一根大钉子，沿墙根的砖缝钉入地下。头部用砂纸打磨一下，缠上两三圈漆包线就可以了。漆包线的另一头接入收音机中线圈的一端作为地线输入。天线要麻烦一些，通常要用木板钉一个十字架，再在十字架的四个条板上钉几个钉子，把漆包线转圈缠绕在钉子上，呈网状。然后要把天线拴在院内的树枝上，或用竹竿从屋檐下伸出去，这样就算架好天线了。而漆包线的另一头也是拉入屋内，接到线圈的另一端。

当时我架好天线后，从窗户引入屋内，但窗户距离我睡的小床还有一段距离。墙上还贴有两张地图，我于是便沿着地图的边缘绕了两个直角，整整齐齐地接到安放在床头的矿石收音机上。后来过了一段时间我才无意中发现，可能是刮风的原因，我架设在屋外的天线早就断了，而收听效果丝毫未受到影响。看来是屋内围绕地图半周的漆包线就已经起到了室内天线的作用。

矿石收音机摆在枕头边，白天上学，回家后要做作业，也就是晚间睡觉前才有机会听一会儿广播。当年这个时间段多为《空中剧场》的"实况转播"节目，而且转播的多为话剧，很丰富。当年我就曾"听"过话剧《钗头凤》《关汉卿》《蔡文姬》，以及苏联的《以革命的名义》和阿尔巴尼亚的《渔人之家》。还有就是"现代京剧"《六号门》《节振国》等。记忆犹深的是《智取威虎山》，当时演出的剧本里面没有"小常宝"这样一个角色，旦角是"一枝花"，身份为"座山雕"的女儿。结果"一枝花"对杨子荣颇有好感，因而在杨子荣与"小炉匠"栾平的智斗中发挥了很大的作用，为杨子荣最终胜利增添了砝码。

而课外读物方面我已经开始阅读大仲马了。记得当年在学校图书室里发现了一本《三个火枪手》时真使我惊喜若狂。尽管这不过是少年儿童出版社出版的"节选本"，但也足以构成我向同学们炫耀的资本了。不料几天后一个绰号叫作"老驴皮"的同学便在班务会上揭发我作为"新少年的先锋"应该主动去阅读《红岩》而不是去看那些"腐朽的资产阶级生活方式"的书籍……这是20世纪60年代初的事情。

直到20世纪80年代初期，我在一次校友聚会中又见到了"老驴皮",他那时候已经告别了内蒙古的插队生活而回城任教了。"老驴皮"见到我后很亲热,并询问出生在书香门第的我能不能借给他一些书看。我即提及当年他揭发的事情后,"老驴皮"立现一种无辜、愕然的神情,"这是我吗?这怎么能是我呢?会不会记错了……"

这也是很正常的反应,对吧?

讲述自己的故事

李亚娟

当年我出生在北京市顺义区南彩镇东江头村，那是在1980年的立秋。我打小儿在那儿长大。我们村里民风朴实，街坊四邻的关系融洽。每家一个独立小院，不像现在城市高楼林立。也不会大门紧闭，平日里住在附近的孩子们一起追逐打闹，无忧无虑地就度过了童年的时光。

六岁那年的一天傍晚，当时正跟着大人在地里玩儿，村里的大喇叭远远地传来了要登记上学的广播。我兴奋地

儿时光阴

带着妈妈给缝的一个布兜子就上学去了。那时候科技不发达，对外界的了解渠道少，村里有电视的家庭屈指可数。学校对我们来讲是一个神圣的地方，所以我对老师十分地敬畏。因为办学条件有限，一、二年级的时候是在村里上学，自己跑着就去了；三年级就到了临近的洼里村，据说是一个寺庙改成的学校，离家差不多有三里地，就和同学成群结伴走着去。冬天没有暖气，由同学们自己烧煤炉取暖，轮到值日的时候要从家里带着棒核儿（玉米棒子芯）去烧火。棒核儿其实就是起到劈柴的作用。点火之前，火柴先是引着废旧的纸张，然后迅速放进炉子里，再用嘴使劲儿地吹，当见到腾起的大火苗把底下棒核儿点燃后就赶忙倒进煤球，盖上炉盖，等到盖子边上不再冒出黑烟，那便是成功了。如果遇到半天点不着，屋里都是烟，被呛得厉害。四年级开始到了镇上的中心小学，离家足足有八里地，便要自己骑车去上学了。夏天一身汗，冬天冻得手脚起冻疮，小小的身体驾驭着28自行车不得不说也是个本领，要是遇到车出了故障，弄得一身狼狈，上学还可能会迟到。记得有个男同学半路车链子掉了，修好车到了教室满手都是黑乎乎的油，还蹭了一脸，同学们哄堂大笑，老师见状，即使是上学迟到，都不会再批评了。

有趣的小学时光很快就过去，面临着小升初。那时候的升中学没有现在的这么严峻，家长为了孩子能上个好学校，被学区房、户口等问题压得喘不过气来。那时候我们都是"大拨轰"。我如果没有参加区里的作文比赛，也许就会顺理成章地去了南彩镇的中学读书了。到现在回想起来，觉得自己很幸运。记得比赛那天，是学校统一组织我们去顺义县城里的光明小学参加比赛。那时候汽车对于农村来说是个奢侈的大物件，根本没有什么机会能坐上。这还是我第一次坐汽车。因为感觉晃，而且还颠，再加上闻不惯汽油味，一路上强忍着呕吐才到了赛场。结束以后，带队老师紧张地问我们感觉怎么样。而当时我的感觉还像是坐在车上一样，昏昏沉沉的，觉得应该是没有发挥好。等到后来公布的时候，意外获得了一等奖。也是因为这个奖项，我被保送到了顺义区牛栏山第一中学，迎来了人生的一个转折！

现在若说起顺义数一数二的名号，在我看来，"一"就是牛栏山一中，"二"则为牛栏山二锅头。牛栏山一中是北京市的重点中学，校址是古刹元圣宫，从1950年建校到现在已经有六十多年的历史，积淀了深厚的文化。教学质量高，学校口碑好，得益于全封闭式的军事化管理和敬业爱岗的教师队伍，学校的学生多数都是来自各个村镇的好学生。那时候流传着一句话："考上了一中，就相当于一条腿迈进了大学。"虽然顺义的区划是北京，但毕竟是远郊区县，20世纪90年代的交通不像现在这么四通八达，没有地铁，有些同学是从北京市里来上学的，我们之间就都区分得很清楚。说他们是从北京来的。直到现在，如果我从顺义老家回到位于市区的家里时，都会说"妈，我回北京了啊……"我在牛栏山一中的六年里，收获的不仅是同学师生的情谊，更有受益一生的独立自主的能力和坚毅品格。

经过六年的中学学习，迎来第二个转折——参加高考上大学。和现在观念一致，那时候农村的孩子要是想有个好的发展，也只有考学这条路。带着村里第一个大学生的荣耀，我来到了首都师范大学学习。接到录取通知书的消息，在村里传扬开来，也成了村里街坊议论的一件"大事"，家里邻居都问："孩子带户口吗？"那意味着身份转变了，从农业户口转变为城镇户口，成了父母眼中"吃皇粮"的。就这样我的户口从家里转了出来，到了首都师范大学，再次拿到身份证的时候，住址已经变更为"北京市海淀区西三环北路105号"。

四年大学除了完成学业，为了减轻家里的负担，我还利用寒暑假做家教、兼职等，积累了参与社会工作的人生经历。毕业后迎来人生第三个转折，从此也结缘了北京西城。大学毕业后参加了工作，应聘来到了首开集团的前身——北京城市建设开发集团下属的方庄物业公司，户口由学校转到了集团的集体户籍所在地，身份证上的住址也跟着再一次变化。当时因为在北京没有住房，有幸住到了单位在复兴门外的集体宿舍，有了属于自己的小天地。每每面对着车流如水的西长安街沿线，仰望着霓虹灯闪烁，也更加对未来充满了希望和憧憬。

说到从事的工作，肯定要重点介绍一下所在单位——首开集团。首开集团是北京市最早的房地产开发企业，由北京城市建设开发集团和北京天鸿集团合并重组而成，距今已经有近四十年的历史。在纪念改革开放四十周年之际，各种形式的纪念活动全面展开，北京卫视《京商传奇》播出了一期全面记录首开集团发展历史的节目，"一部首开史，半座北京城"，让首开集团更为广大老百姓所了解。从前三门小区，到方庄小区，以及后来的望京新城、回龙观文化居住区建设，北京的许多地标性建筑无不打上了首开的烙印。如今，集团坚持转型和升级主题，提出了"城市复兴官"的战略定位，解决城市建设的新问题，实现城市功能的创新与再开发，首开集团也成为了京城老百姓心中有影响力的品牌。伴随着老百姓居住环境的改善，房地产下游还有一个重要的角色，就是物业服务的不断发展升级。

两个集团合并重组的时候，首开实业公司成立，原来两个集团旗下的物业公司全部纳入了实业公司管理，同时，一些非主营房地产业务的其他公司也并入了实业公司。我最早入职的方庄物业公司就是实业公司所属企业。2008年实业公司成立之初，历史遗留问题多，改革改制任务重，而且作为以物业服务为主业的企业，承担的社会责任也大。2010年8月，我调到实业公司工作。作为首都国企物业，实业公司目前在管面积达4670万平方米，总管理项目数348个。物业管理业态覆盖住宅、商业、办公、公众、产业园区、学校、医院等物业类型。特别值得自豪的是，实业服务的保障性住房项目面积达到830万平方米。先后接管了北京市首个整建制公租房项目——燕保京原家园、北京市首个街区制公租房项目——燕保郭公庄家园，以及双桥家园、马泉营家园、大学城项目等多个整建制公租房项目，成为首都保障性住房物业管理领域的中坚力量。随着城市化进程的加快，老旧小区配套设施不齐、私搭乱建严重，特别是在一些老小区的停车位"一位难求"，实业公司所属单位提出包括加装电梯、增补车位、管线改造、飞线入地、绿化提升、节能改造等一揽子解决方案。作为现代服务业的重要组成部分，实业公司也主动拥抱互联网，不断探索"智慧社区"建设，"首开物管"APP和"首开益点通"APP相继成功上线，实现了物业服务的智能化，开启了智慧停车、智慧门禁、在线支付等服务，为业主带来更加智能化的社区生活方式，实现着老百姓对美好生活的向往。

白驹过隙，时光荏苒，十五年弹指一挥间。毕业了十五年，我在首开集团工作了十五年。回首自己的人生转折，有着住所的转变，住过大学宿舍，住过职工宿舍，到现在有了自己的家；有着交通方式的转变，骑过自行车、坐过公交地铁，到现在有了自己的私家车；有着工作岗位的转变，从最早的科员，到现在企业的中层管理人员。放眼未来，还会有很多的改变，但是我们人生永远向前的方向不会变。

行走的云

金丽娟

　　小时候，不知道路程的概念，更没有远行的经历，能骑车到郊外就认为已是很远的地方了。经常听着大人们聊到北京，吃着妈妈托熟人从北京捎回的动物饼干，想着天安门离我到底有多远，看着天空变化的白云，片片浮想变得立体起来。

　　我总有看云朵的偏好，看着它什么都不想，只看它的变化。云朵如一只捉摸不定的精灵，从一只小动物的样子变成一头猛兽的模样，从一个美少女变成老爷爷的模样，从一只凤凰又变成一条巨龙的模样，一切想象勾勒成一个神话故事，仿佛一个云霞玄妙的梦，醒神儿时发现自己无拘无束、自由自在，与天地融合，小小幸福感就这么简单明了。如今，再想看那片天空的云海，真的要抽身而行了。现在的我，成为北京大家庭一名成员，偶尔抬头看看天空，时而阴霾、时而晴朗，在城市中行走，仍有冲出天际，去寻找那片云海的冲动。

　　初到北京，就在西城区西单北大街路西的皮库胡同里一个小区暂住下来。小区不大，但有一围绿荫步道，中心有一座木椅晚亭。阳光炙热的中午或微微黄晕的傍晚，都会看到人们在健道中穿梭快步行走。刚开始，真的不理解为什么休息的时间还要快步如飞。现在，虽不会在这样的时间去步行快走，却已了解都市的特征，理解了这种在快节奏下的人们解压调整自我的方式。在小区里住了两年，其间迎来了小宝的诞生，随之生活也改变了初有的模式。不再是每有好看电影便狂奔而去，周末天马行空地到郊外游玩、约友豪放一饮，所有的自在生活在一瞬间戛然而止。随之而来的，是每隔三小时一次的小宝食粮、趁着他入睡后的看不够、洗澡后的擦洗抹、对着他不停地自言自语、按照着小绿本时间打针吃药丸……时间一点一滴在小生命中体现，看着他渐渐长壮，鼓鼓的小脸蛋仰起头问这问那，发音只有妈妈辨别得更清楚。回想起来，多想让时光机停留片刻，再慢慢体会、好好享受珍贵的片段。

小宝小的时候很少生病，有点小感冒小发烧总是喂不进去药，怎么喂怎么吐出来，便形成了很少吃药的习惯，有点儿小感冒自然扛过去。有一次晚饭后，突然说想吐，以为是吃得不合适，缓一缓就好，小玩一会儿，喝点热水，准备入睡。晚11点，突然一股热浪冲到枕边，忙开灯一看，小宝口中冲出奶状液体，犹如水管直喷四溅，身体扭动，边吐边哭。紧接着，又说要拉屁屁，一时大人慌乱一团，也从来没见到小宝这般难受。稍缓后给小宝换了干净衣服，结果却是又一拨的呕吐、拉稀。稍平稳后，小宝儿却精神地说："妈妈，不难受了，我好了。"哪见过这般架势，马上赶到儿研所，到时已深夜12点半，急诊大厅灯火通明，人流疾动，一小撮人还在排队挂号。天啊，这么晚急诊还要排队。看着小宝裹在小单里，一阵阵胃肠抽动，一小股液体拉在衣服里，小宝难受地扯着衣服，几番折腾，闭着眼，一身疲软。挂号前排的一位男士，过来拉了我一下，好心地说："先挂号吧，孩子太受罪了。"当时我就被感动到了，但顾不上感谢，赶快抱着小宝进了诊室。诊室内一位中年女大夫，戴着眼镜，口罩遮住半个脸，眼神略显疲劳，非常柔和地问询了孩子的症状后，开了验便单。我拿着化验单，三步并两步交了款，快速上楼，二楼灯光微暗，只有一个亮光的小窗口，应该就是化验室。等了大约十分钟，化验结果出来，上面写着"轮状病毒"字样，心一算，半年前打过免疫针，刚好过期。大夫拿着化验单说："不用担心，没什么事，无须输液、开药，如感觉脱水严重可补充点儿淡盐水，不要喝奶，只喝粥类。"我们相互傻傻看着，这么折腾，什么药都不用？大夫看出我们的顾虑，又重新嘱咐一次，多休息，不用药，以粥为主。小宝回家休息，餐餐米粥，原本活蹦乱跳的他只想躺着，手里拿着玩具，握着无力，无精打采的样子看着让人心疼。躺了几天，症状渐退，终于自己要求下地玩一会儿。结果走路却像个小鸭子，摇摇摆摆，站起来感觉人也瘦了一圈。但眼神却格外明亮，学着皮诺丘的小眼神，来回晃动，向妈妈示意"小战神"的归来。

随着家人工作的变动，我们一家搬到了太阳宫附近，离单位近一些的区域。小区楼下是一家幼儿园和一所小学，交通生活都非常便利。小宝也到了入幼儿园的年龄，就选择在楼下这家幼儿园入园。入园当天，小宝回来后很兴奋，表示非常愿意和小朋友们一起生活、学习，老师也特别喜欢他。可第二天、第三天，放学后的表现都是衣服不整，鼻涕"过河"，吃剩的饭粒还在裤腿上粘着，戴着稍歪的帽子，眼里含着泪水，撇着小嘴说："这边是幼儿园，那边是小学，我都晕了。"看到他的小样，还能知道幼儿园毕业就是小学，想到自己以后都是在上学，不怪不晕哈。适应期过后，小宝驾驭了幼儿园的生活，眼见着就慢慢长高、说些大人话、写起小作业，还经常问，学到什么时候才能成为科学家，研究恐龙化石。

在小区里住了一年，业主的房子准备出售，我们也想着从大房子换到稍小一点的住房里，准备着找房搬家。这个小区的规划非常合理，楼群围绕，中心是个鱼形的小片水系，周边为四季花开的植物，孩子们玩耍空间大，人车分流较安全。考虑这些，我们又在同单元楼下找到一家适合的房型，启动搬家工程。从楼上往楼下搬，看看屋里物品，也没什么大件，自己完全胜任，无须搬家公司。决定先从厨房开始整理，将碗盘分类分箱，筷勺包装入盒，锅类用纸袋包装，折腾下来半天过去了。小区的小推车不大，装不下多少东西，一车一车慢慢来，装车卸车、擦洗摆放……电梯上上下下几个来回，可厨房还有堆了半个地面的东西需要搬。一天只完成了厨房的整理搬运工作，不知是东西太多，还是我进程太慢。总之，信心是降格了，明天不能这么干，要提高效率。第二天一早，脑子里已过了一遍程序，不再包装有序，直接原装运输，将衣架的衣服带着撑架一撸、被褥用大单一裹、书用绳子一绑，一车车上下倒腾十个来回。收拾得蛮有劲头，一心想着搬出成效，立马见到一个整齐有序的新居所。当天晚上，躺在仅有个小单小被的床上，才感觉胳膊腿发酸，最要命的是腰部发硬，侧身需要使点劲儿才能转动，心想这活是干得急了。第三天，看着满地的杂物，感觉越搬越多，不知该从何下手整理。宝爸把衣服一放："今天你休息，该我上场。""你今天不是有重要会议吗？不去啦！"宝爸一笑："今天我在，一定搬完。"看到他满身力量，我也增血一格，负责整理工作，宝爸负责搬运工作。宝爸一箱箱不知上下搬了多少次，仍然战神一样，支撑他的应该是七八根的雪糕。楼下客厅中堆放着成箱的、散落的杂七杂八物品。一个小小的家，堆积如山，这是对物质追求的结果。这才发现自己生活中的物品越来越多，不知不觉中，占据了我们的生活空间、时间。

转眼，小宝要上小学了，我们一家从5月份一直忙到

9月份。5月份张罗着幼升小证件录入系统，7月份期盼着学校的通知信息，8月份开始在学校附近找房，尽量离学校近一些。经过几波周折，我们就又从朝阳区搬回了西城区，学校到家的直线距离不足五百米。这回，心里的石头稳稳地落地了。开学第一天，家长与孩子一同参加了开学典礼，看着家长们领着自己的宝贝还在谆谆教诲，有的家长未老已是白发，内心波动感慨。每个家庭一路走来，每个孩子初成长入学堂，生活本素淡，但看到张张可爱的笑脸，有种疲惫后的轻松，抖落所有的不尽如人意，接受命运给予最好的奖赏，心境自然舒朗。

华灯初上，天空拉下黯黯的黑纱帘，夹杂在下班流动的人群中，行色匆匆的人们或有说有笑、或面无表情、或三三两两讨论着晚餐的去向。站在过街天桥上，望着川流不息的车辆，视觉被马路上形成的明亮、火红的灯线所吸引。犹如一条蜿蜒的火龙，来往的车辆都在上演着生活中的戏码，每一个人都在努力地寻找前行的方向，感受城市兴奋又无奈的呐喊。若赶上下班高峰期，多是选择坐地铁。先坐2号线，可以彬彬有礼地进出，礼貌地让座，淡定地刷着手机。地铁安全员也悠闲地看着进出站台的人流，他身穿黑蓝色的工作服，头戴一顶红色贝雷帽，腰间别着黑皮包，里面插着一把红色电击棍，肩膀左侧别着对讲机，大眼睛盯着一个地方发呆。车厢里传来"宣武门站到了"，现在要转到4号线。坐4号线，一定要整理好衣服，放好手机，拿好包，启动战斗模式，说成从天使变恶魔一点不为过。每到上下班高峰期时，人多到像南极企鹅相拥取暖的紧密度，脚步移动按厘米计算，每个车门前排出三四列，队伍可以排到对面的车厢跟前。在高峰挤车，每次只能上三四个人，排队的人群永远是被挤上去。进到车厢里，正面是一位女士抱着两岁左右的小男孩，男孩看到人群的拥挤不知所措，紧紧搂着妈妈的脖子，害羞地把小脸埋到妈妈头发里。侧面一个看上去像三、四年级学生的男孩，没有家人的陪伴，手紧紧抓住车把，努力把身体调正，书包把衣服也扯歪了，清秀的脸庞，满眼的纯真，但还是带有一丝谨慎。男孩子看着还小，能在成人的拥挤中挤进车厢，应该也是"训练有素"。我只坐一站，待车门开启，不用大动，就会有人用"洪荒之力"将你推出车门。到站台上后整理衣冠，包也歪了，大衣手袖的装饰按扣也开了。只好微笑，是这样的情景让人们变得如此可爱，让人们放下面具，真实地展示生活中匆忙的脚步。

清晨，望着天空，望着那飘远的云。云朵跟随着风去寻找更广阔的天空，风行云动，始终变化着姿态乐观同行。生活也是如此，变化着，跟随着，行走的不只是脚步，还有人生。

西城教育研修学院门前的变迁

侯映丽

西城区教育研修学院（原北京教育学院西城分院）地处新街口以西，西直门内大街北侧，坐北朝南，位于赵登禹路北口西北方向的东新开胡同67号。从前这地儿叫崇元观，为明代大太监曹化淳所建，俗称"曹老公观"。

明清两代，该庙有西城较大的定期庙会，旧历每月初一、十五开庙两天；春节期间，正月初一至十五开庙半个月。庙会期间，百货杂陈，游人络绎不绝。相传崇元观内藏有大量珍宝，以备观毁后，后人用此钱重修。崇元观在清末被毁，很多人便来此挖宝，加速了崇元观的破坏，使其彻底成为废墟，庙会亦随之冷落。1931年，国民党当局在原址建立了陆军大学，后为女十中占用。1997年，原北京教育学院西城分院（今为西城区教育研修学院）从西城三里河迁到此处。因其西旧有新开胡同（今并入西直门北顺城街），为避免重复，乃冠以"东"字并将崇元观并入，定为东新开胡同。20世纪90年代，赵登禹路是一个丁字路口，而现在，这里是一个十字路口。赵登禹路穿过西直门内大街向北延伸，正临学院大门。赵登禹路也是90年代才加宽的，此前与西直门内大街宽窄相仿。

20世纪80年代至90年代，十字路口周边都是清一色的老北京灰色砖房。这一带商店大多集中在新街口地区，到了崇元观，已门庭渐稀，稀稀落落间或还有几间小店，人气已大不如东边半站地的新街口。记得现在红绿灯处是一个圆形交通岗亭，位于十字路口的东北角。背靠着的是一个有着几十年历史的副食店。街坊邻里都称之为"八店"，可能它在西城区副食系统中排行老八。说是副食店，其实也卖一些日用品，包括小电器什么的。在计划经济时代，很多东西都依靠国家供应，有的需要凭购物券才能购买，很多日用品，大到家用电器，小到毛巾肥皂，人们都要光顾这个副食店。所以它人气最旺，给崇元观地区带来了长时间的繁荣。

但是，这里的卫生环境实在不敢恭维。学院大门到十字路口与赵登禹路相连，这一段路名叫"新开胡同"。顾名思义，一是说明它是解放后新开的一条路，过去就连这样的一条路都没有；二是说它窄，窄到登不了"路"的大雅之堂，只能称为胡同。到了21世纪，这"路"也已使用了几十年，年久失修，路面破损不堪，到处都是坑坑洼洼。由于没有便道，所以与路边土地没个挡头，一下雨，到处是泥。改革开放初期，新开胡同两侧都是自由市场，鸡鸭鱼肉、蔬菜水果一应俱全。周围老百姓都来这儿采购，胡同更是窄得勉强过车，当时学院出车都是一路左躲右闪，不时按几下喇叭、吆喝几声才能通过。胡同近南端西侧路边是一个灰砖砌成的公共厕所，南北各一小门，北面男，南面女。那时街面上的公共厕所也很少，所以新开胡同的这个厕所使用率也就极高。早年是旱厕，后来改成水冲。卫生情况之糟糕可以想象，而且还把着路口不远，是老师学生上学放学的必经之路，真是"晴天闻尿味，雨天一脚膘"。学院门前十米开外，向左和向右各有一条更窄的胡同。向左的胡同是学院通到现为北京教育学院附属中学的必经之路，窄得面对面难以错车。总之，学校深在胡同中，为市井重重包围。大门外永远是乱乱哄哄，人来

西城教育研修学院

人往。学校周边环境极差。

　　现如今，如同许多老北京的旧城区一样，新开胡同荡然无存。一种消失了形态的记忆，不知是否也会刻录在某张时代的磁盘上。赵登禹路早已拓宽，学院东侧一条宽敞的南北大路北通二环路，南接赵登禹路，成为西城区又一条南北新干线。地铁4号线也从学院门前经过。现在，站在赵登禹路上向正北方向看去，蓝天白云下，树荫顶上矗立着学院灰白色的教学大楼，楼顶上"西城区教育研修学院"几个红色大字跃入眼帘。

故乡与家

曹珊珊

　　过完农历新年，回到了工作当中。天空没有太多好转，还如1月份的北京城，雾蒙蒙的，让人振奋不起来。下班，坐在一样的公交车上，远方一片灰蓝色，好像是车窗玻璃结着一层薄雾似的。这场景，不由得使我又想起了故乡。

　　初入北京，时值五岁。跟着姥姥来探亲，坐了十多个小时的火车，从家乡来到了首都。在一条宽阔的大马路上，我偶然遇见一只憨态可掬的大熊猫。它的手里高举着一捧花，快乐地向前奔跑着，身后是长长的飘带。姥姥说，这是我们亚运会的吉祥物"熊猫盼盼"。我于是天天蹲守在电视机前，盼望着看到可爱的盼盼。现在已经记不太清楚盼盼的样子了，可这样的场景在当时入睡前一遍一遍地播放。随后游览北京的几天，我惊奇地发现北京的城墙是大红色的，人们的衣服是五颜六色的，小市场棚子是个个紧挨着的绿色的，冰糖葫芦是油亮亮的红色的。唯有北京的天是蓝色的，像极了我的故乡。

姥姥的姐姐，也就是我的姨姥姥，是一名随军家属，新中国成立后住在西城区复兴门外地藏庵片区。听她说，再早些时候这里有一座地藏庵，是用来供奉地藏菩萨的庙宇。我拉着姥姥的手，走在全国的心脏首都北京的街道上，尤其是这曾经供奉地藏菩萨的地儿，心里越想越美，越想越乐，撒开了姥姥，哼唱着"我爱北京天安门"，大踏步地往前走。我大声跟姥姥喊："我喜欢北京的天空！"就是那天，我想，长大了一定要来北京。

2004年，我考进北京的大学。从家乡到北京大约七百公里的距离，心中装着离家的忧伤和对陌生环境的期待，我不肯像其他乘客一样沉沉睡去，一直望着窗外。一片一片的白云从远处驶来，又飘去更远的地方，它们可曾被我在故乡仰望？从那以后，在北京与故乡之间一次次往返，我不知看过多少的天空。

我出生于1985年的山西。幼年时候，最爱在妈妈的牵引下来到厂区俱乐部广场，与三两互不相识的小伙伴四处疯跑。印象里，俱乐部门口有着高高的二三十级台阶，抬头看去，台阶尽头与远远的天空竟接在了一起，心中的殿堂从此深深地扎根下去。疯着玩着，警惕的心越放越松，常常"啪"的一声，趴倒在地。这时候，首先要做的事便是望向妈妈，一旦发现她盯在我身上，才放心地一边大哭起来，一边等待妈妈的救援。

山西姑娘基本没见过青山江河之类，处处灰头土脸，但凡有一点儿诗意，全从天上来。中学时喜欢的男生路过我身边，下了自行车推着走，说几句话。分别之后心里乱撞得停不下来，要去操场上跑几圈，喘着气找地儿坐下。天蓝得不知所终，头顶肥大松软的白云，过好久才笨重地翻个身。

苦闷时也盯着天看，幻想着北京地藏庵这时的天空。海子有句诗，深得我心："天空一无所有，为何给我安慰。"

到北京了。妈妈在入学前一天带我拜访了姨姥姥。我迫不及待地再次来到了魂牵梦绕的地藏庵。楼道进行了简单粉刷，街道管理更加规范，片区四周高楼迭起……地藏庵头顶的天空未曾改变，而我却隐约又清晰地感到，从此往后直至我的终老，心心念念的竟会是山西故乡的那片天空。

求学时每次想家，我都试图找一片天空，有时一个人呆呆地望着望着，便解了乡愁。忍不住的时候，就与家人通个电话，把每件事儿都掰开了、揉碎了细细道来，就好像舍不得太快说尽似的。有时，在路上看夕阳天边落去，载满下班人群的公共汽车一辆辆驶离，车窗的光亮在浓郁的灰蓝色中画出一道道明亮的直线。

一路披荆斩棘，我毕业了，进入心仪的单位，从学校所在的朝阳区搬到西城区这个皇城根儿下的老北京地段儿，从学生变成了国家工作人员。角色的变化让我感到忐忑又欣喜，北京西城这个既熟悉又陌生的地方，变成人生又一轮的起点，让我重新认识自己，改变自己。乘坐13路汽车往返于三里河与和平西桥之间，我喜欢放下手机看着窗外。今天，路边的小花开得甚欢；今天，一队小学生排着队等红灯；今天，大风把天空的雾霾吹散了……仿佛只有细细体会，才能明白这座城市吸引众人前往的原因。这座城市，熙熙攘攘，热热闹闹，每一个人的故事渺小如同沙砾，但却组成了整个城市的美丽画卷。

早上到了单位门口，马路边卖早点的一头，肯定有辆做煎饼馃子的小车，玻璃橱窗防风保温，橱窗里面是一位老北京，家就住旁边的胡同，橱窗正当中摆着一块圆形铁铛，被下面旺盛的炉火烧得滚烫。

"老板给我来套煎饼馃子。"

"香菜、辣椒、葱花要吗？"

"都要。辣椒少点儿，酱多点儿。"

只见老板麻利地在铁铛上刷一层薄油，浇一勺面糊，抄起竹蜻蜓那么一旋，一张薄如纸的煎饼就成了。拿个鸡蛋，一磕一掰又一转，金黄的蛋液就铺满了。撒葱花的瞬间煎饼就开始蒸腾热气，老板换上小铲子，铲开一条缝，两手一翻，煎饼调了个面儿。甜面酱、酱豆腐各来一刷，一道深褐一道鲜红，再依你要求小刷一点辣椒，撒点儿香菜、葱花，放上薄脆，一翻一折，就出炉了。"得嘞，您的煎饼，回见您。"

云朵被大风吹散，飘落在天空各处，天蓝得不像话。

此刻任风肆意，牙齿里薄脆的酥脆和鸡蛋的软嫩重重地碰撞，舌尖腐乳大酱的鲜甜咸和嘴里吐着的热蒸汽交织在一起。得嘞，上班去！

不知不觉间，这样的城市天空我竟看了快十五年。我几乎把故乡的天给忘了。然而一到年根儿，思乡之情又一次重重地压在我的心头。于是，一边迅速地忙着手头的工作，一边幸福地张罗着妈妈爱吃的点心，爸爸爱喝的酒，还有朋友们喜欢的小玩意儿。

归乡途中的天空总是最美的，途中的车辆也是最美的。你看，高速路上的车辆不论新旧，不论乘人多少，十有八九都能透过它们的后座玻璃看到里面堆放的小尖儿高的、各式各样的物件儿。最好认的要数棉被，也有一些烟酒、礼盒、衣衫之类的东西。看着看着，便成了一种乐趣。往后一瞅，自己的车身后方原来也堆成一模一样的小尖儿呢。我想，这是多么大的幸福啊。

三天前，妈妈通过电话确认了我到家后的第一顿饭——剔尖儿面。剔尖儿面讲究用铁筷子把面剔到沸水里，捞出来，配上卤吃。《传统面食》载：唐贞观年间八百里秦川大旱，李世民急火攻心，魏徵荐绵山高僧田善友旨令祈雨，后大雨倾盆解救了庄稼济助了万民。李世民为报祈雨之恩，带领满朝文武赴绵山还愿，皇妹八姑亦随同前往，叩拜五龙圣母为师，不愿再返长安，在绵山诵经修行为乡民采药医病。一日，八姑为一患病老妪配药、做饭，和面时软了加面硬了加水，最后还是将面和得稀软，眼看锅中水开，八姑急中生智，随手拿起一块木板将软面团放于板上，用一根筷子试着往开水锅中拨，竟拨出了一根根面条，煮熟盛碗。老妪吃得上口，就问："孩子，这叫什么？"八姑将"这"误听为"你"字，脱口说："叫八姑。"老妪误听为"拨股"，从此就有了"拨股"面，也就是最早的剔尖。

我对剔尖儿面情有独钟。小时候，听见别人说"下饭馆"，便仰着笑脸问爸爸："什么叫下饭馆啊？"爸爸笑了："走，我带你去吃剔尖儿面。"走进厂区的婚庆饭馆，人真多啊！爸爸给我找了个位置坐下，花了八角五分钱为我点了一大碗剔尖儿面。服务员把面和赠送的小米粥端到桌子上，爸爸浇了半勺儿醋，对我说："吃吧。"我点了点头。那短短的白得透明的面，不像是家里的长长的拉面，也不是机器压出的饸饹，样子也不像妈妈做的手擀面，它中间粗，两头儿细，像极了河里的小鱼儿，让人看

剔尖儿面

着很是欣喜。我大口地吃了起来，吃饱了，看看坐对面的爸爸正微笑着看着我，他那份满足、那份喜悦溢于言表。我忍不住又吃了起来，直到肚子滚圆。

"爸爸，我吃饱了。"

"再吃点儿吧。"

我摇了摇头，使劲儿憋出了一个嗝儿。爸爸听到声音后爽朗地笑了。

"再来口稀饭。"

我"为难"地喝了一口小米粥。妈妈说过，吃完面后一定要来口稀饭。

回家路上，吃饱喝足的我远望着天空，甜甜地睡在爸爸背上。我不知道回家的路程，挣扎着睁开一只眼的时候，已经躺在家里的床上，爸爸正给我盖被单，我闭上眼继续我的美梦。

一个城市最美的瞬间，竟是要看了千里万里的天空，走过无尽他乡路之后，再次相逢，才宛若初见，并潸然泪下。

到了现在，为人母的我，喜欢带着刚上幼儿园的儿子去饭店，要上一碗面，坐在对面看着儿子吃，尤其是看着他贪吃的样子，总是情不自禁地笑。正如当年我的爸爸。

在天空的尽头，那就是我的家乡。被呼出的热气弄蒙的公交车车窗玻璃，擦了又擦，也只能看见遥远的薄雾而已。再见，故乡，我已身安北京了……

红的黑

翟雨桐

程小姐站在这个城市的中央，光有些耀眼。她看过很多光怪陆离，和这个城市一起成长起来。曾经的灰扑扑的山坡、纯净的天空、清澈的溪水、河里面的游鱼，好像电影被按了快进键。塌陷，然后重建。

楼很高，甚至可以遮住太阳，可程小姐还是觉得刺眼。她知道什么都变了，可有些东西，对她而言，好像又有些顽固。在她的眼睛里，她看得见。

居民楼已有些老旧，青苔蔓延，铺到墙壁上，永无止境地向上爬。对门儿的奶奶出了门，行色匆匆。前几日她的孙子染了风寒，说起来也并不太严重，可奶奶不愿意往医院送，非说孩子是被什么不好的东西缠上了，要给孩子找个道士，破一破。老人家的背影带着些许焦急，慢慢就隐于这个城市的光影中，消失在一片一片的高楼中。

程小姐想，这都什么年代了。

可她又觉得无可厚非，这些东西在老人家心里存了大半辈子了，都算种信念了吧。

推开楼洞的门，正巧碰见楼上的一对夫妇，两位都在街道办工作，温温柔柔的。见了程小姐笑笑，说：欸，小程回来啦。年下快到了，以后啊就别买爆竹了，虽说什么"爆竹声声辞旧岁"，但怎么不都是图个吉祥气象，一家人团团圆圆地吃个饭就好了。那些烟花啊都太不环保了。身在这个城市中，就得有主人翁的意识啊。

程小姐也笑笑，应了一声。心里忍不住做出对比，想起隔壁楼的老孙，每逢过节总要放爆竹。街道办向他提过好几次了，但都没效果。老孙应承得好好的，可一过节就又放开了。不环保不说，也扰民不是？

程小姐进了屋，裹紧身上的羽绒服，屋里没暖气，冷冰冰的。程小姐默默地看向窗户外面。平平静静。像一本日记。

翻了一页又一页。

她想起，以前放烟花和现在可不一样。那时候也没有禁止，小孩看烟花的欢闹声好像现在还萦绕着她。她笑了笑。这几年变化太快了。平房变成了高楼，天空也不再纯粹，土坡被铺上了路。可生活也变得方便了许多，见得更多了，也懂了更多。

但也会想念以前，漂亮的天和清新的空气。

程小姐这样想，禁燃烟花也挺有道理的，虽说只是一个小环节，但积少成多嘛。

日日夜夜，除夕如今就在城市的斑驳光影中。程小姐回了老家，在饭桌上和爸爸妈妈谈论这一年发生的趣事，欢笑声悠然穿破窗户纸，飘得很远，很远很远，变得很淡。程小姐突然想起走的时候听见邻居们在谈论老孙，他们说，老孙每逢过节就放烟花是为了让女儿看见，他女儿前几年在一场意外中离世，老孙想给她放烟花，告诉在天上的女儿，爸爸在想她……

程小姐慢慢走到窗前。她不知道，没有烟花的今年，老孙的女儿会不会寂寞。

不远处，她看见几缕烟花，明明灭灭。红的、黑的。

燃到了云上，飘来飘去。

不想散。

人才荟萃

感受北京人物

崔 晨

　　北京是一座伟大的城市。她的伟大，不仅在于她拥有三千年建城史、八百年建都史的辉煌过去，拥有故宫、长城与鸟巢、国家大剧院等气势恢宏的传统建筑与现代建筑，还在于这里活跃着一批埋头苦干、默默奉献的"追梦人"和"奋斗者"，一批"先天下之忧而忧，后天下之乐而乐"的"中国脊梁"，他们是北京精神和中国精神的传递者、践行者、宣传者，是北京力量和中国力量的展示者、促进者、推动者。他们当中，有塑造灵魂的人民教师，有救死扶伤的白衣天使，有伸张正义的律政佳人，有为国争光的奥运健儿，有烛照人类心灵的文艺家，有勇攀科研高峰的科学家……他们还有一个共同的名字，叫"政协委员"。

　　有人将政协委员比作"书"，有着怎么品读都读不腻的故事；有人将政协委员比作"富矿"，有着怎么挖掘都挖不完的精神。有幸生在这座伟大的城市，身处这个崭新的时代，工作在这个团结民主之家，能够近距离接触政协委员、接触这些社会各界的优秀代表人物，了解他们的人生经历，领悟他们的内心世界，也时时刻刻为他们的言语行为所感动，为他们的闪亮精神所激励。

短篇小说之王

最早知道刘庆邦，还是缘于多年前看了一部叫《盲井》的电影。这部电影获得了第五十三届柏林国际电影节"艺术贡献银熊奖"，而电影正是由刘庆邦的小说《神木》改编的。不过，自己当时并没想到会在若干年后，因为工作的缘故直接接触到小说的作者，并与他成为笔友。

起初接触刘庆邦，是从编辑他的文章开始。当时我刚刚大学毕业，就职于北京市政协的北京观察杂志社。主编拿来刘老师的文稿让我编辑，对于他这样一位市政协委员、著名作家的文章，我只有激动拜读的份儿，只字不敢改。渐渐地，不用通过主编联系，刘委员会直接给我发来他的新作。我编辑的刘庆邦的大部分文章都是他写母亲和家乡的故事，每每读完，都感觉被浓浓的亲情所包围。这让我感到刘庆邦是一个特别重感情、心重的人，也正是"含心量"成就了他的感人作品。

他把深厚的故土情结全都融入自己的作品中，采用素描的手法把方言俚语、故事场景运用到小说里，给读者营造出一种原汁原味的乡土生活，小说富含浓郁的乡土气息。作品中，游子那种对家乡、对亲人的深厚、真挚、朴实的情愫表露无遗。

刘庆邦的作品中，一半是乡土，另一半是煤矿。一次深聊让我了解到，刘庆邦年少时有在新密煤矿工作的经历，因此矿区生活成为他无穷的创作源泉。刘庆邦的那支笔一直伸在矿井里，就像矿工手里的煤钻扎向煤层深处。"写作跟打煤井一样，要在一个地方打，打得越深才可以打出煤来，东打一个地方，西打一个地方，那是勘探，那不是采煤。采煤是选准一个地方一直地打，这样才能容易打出好的煤来，产量也会高。"刘庆邦总共创作了两百多篇煤炭题材的作品，其中最著名的要数中篇小说《神木》。2000年，《神木》刊发在《十月》杂志上，《小说选刊》《小说月报》都转载了这篇小说，在读者中产生了比较强烈的反响。有一位湖北的矿工还给《中华文学选刊》寄来信，用红布写成条幅，上面写着"感谢刘庆邦关注底层的打工者"，要求选刊这篇小说。《神木》荣获了第二届"老舍文学奖"。

从1972年开始写作到现在，刘庆邦共创作了《断层》《远方诗意》《平原上的歌谣》《红梅》《遍地月光》等九部长篇小说，以及三十多部中篇小说与三百多篇短篇小说。这一部部、一篇篇，都是在用眼泪和心血刻画着矿区与乡土人民的生命姿态与情感。这样的作品自然获奖无数，也为刘庆邦赢得了"短篇小说之王"的美誉。

真情关注生活、反映生活，用心叩问生命、体悟生命，这就是刘庆邦的作品及他本人能够赢得人民群众热爱的真谛。我想这也应该是所有文艺工作者努力的方向，是所有文艺精品能够流芳人间的密钥。

科技强军的尖兵

记得刚参加工作时，第一次独立采访的政协委员就是海军某研究所所长邱志明。我生在军旅之家，对军人有着天然的好感。初见邱志明，他身穿07制式海军制服，一身白衣白裤，洋溢着沉着而刚毅的军人气质。坚挺的军装，笔直的腰杆，看得出他是个经历长期严格军队生活锻炼的人；而平易近人的笑容，和蔼可亲的态度，又让人在无形中拉近了与他的距离。简单寒暄后，他开门见山，骄傲地说，我从小就有当兵的梦想，我天生就是为部队而生的，我的人生志向就是为国家建设强大国防事业做出自己应有的贡献。简单、明快而有力的几句话，让我一下子加深了对这位军人汉子的认识。

邱志明1978年考入海军工程大学，实现了当兵的梦想。从此，他的一颗红心深深融入蓝色的大海，扎根海军、建设海军的炽热之心始终伴随着海军建设的节奏有力地跳动。

建设强大的海军，科学技术是关键。这是邱志明从军之后最大的一个体悟，也成为他此后矢志不渝努力奋斗的方向。他至今还记得，1979年他第一次上舰实习，看到我国的舰炮武器还非常落后，许多操作都要靠舰员手动完成。这使他的心里产生了很大震动，一种加快提高我国舰炮武器系统科技水平的强烈欲望油然而生。也正是这种落后的现状，更加激励他刻苦学习、如饥似渴地获取现代高科技知识。通过不断学习，他先后取得硕士、博士学位，2001年又作为军事留学生到俄罗斯库兹涅佐夫海军学院军事指挥专业进行系统深造。三十年岁月荏苒，邱志明逐步从一个普通战士成长为一名研究员、博士生导师、技术少将、研究所所长、海军舰艇作战系统论证科研的领军人物。

多年来，邱志明紧密结合我国海军武器装备建设实际，瞄准学科发展前沿，组织开展重大课题攻关，解决了一系列关键性的技术难题。某型武器设计定型和生产定型时，遗留了输弹装置断裂的"老大难"问题。为了改进部队装备，邱志明选择攻克这个难题。当时有人劝他，这个项目难度大、有风险，短期内难出成果。可是他认为，在科研实践中惧怕失败就不会成功。于是，他一头扎进课题，进行大量的计算和实验数据分析，连续奋战了十个月，提出了改进装置的思路和初步技术方案。然后，他又将思路和方案应用到改进装备的实践中，亲自到工厂指导进行实际改装，经过大量实弹试验的考核，证明他设计改进的装置是成功的。这一新型武器加速机装置，解决了长期遗留的装置断裂问题，有效地提高了某型武器连续射击能力，这一装置已投入生产并装备部队，这项成果也和邱志明的名字一起被写进了"当代中国"丛书"海军卷"。

如今，邱志明已成为中国工程院院士，他所获奖项囊括了国家科技进步、军队科技进步、国防专利等几十个奖项。"这些奖项不仅属于我个人，更重要的是它们体现了我国军事科技的发展进步，这才是我梦寐以求的东西和真正骄傲的地方。"我想这就是新时代中国军人、科技工作者的精神风范。

缉枪治爆的女枪王

为了采访传说中的"女枪王"，我第一次走进了位于天安门广场东侧的公安部办公楼。望着门口整块石材雕刻而成的警徽，庄严肃穆之感油然而生。楼前迎接我的是一位英姿飒爽又不失端庄典雅的女警官，她正是市政协委员、公安部治安管理局副巡视员陈姝萍。很难想象面前这样一位质朴文静的女性，从事的工作竟是枪支弹药、爆炸物品、剧毒物品、放射性物品的安全管理。

就是这样一位女警官，"女枪王"的称号不是凭空掉下来的，而是实实在在干出来的。1992年2月，陈姝萍刚接管枪支弹药管理工作不到一个月，便遇到了北京西直门枪战等三起大案，这对她可以说是严峻考验和挑战。为了查清涉案钢珠枪的来龙去脉，陈姝萍和同事们亲自来到钢珠枪的主要产地江苏靖江等地明察暗访。经过十余天危险而艰苦的工作，他们查清了九万支钢珠枪的流向，并采取有力措施堵住生产源头、控制销售渠道，彻底消除了这一危害社会治安的隐患。

　　然而，非法生产销售钢珠枪的问题刚刚解决，其他枪支的问题又随之而来。陈姝萍很快认识到，这种"头痛医头、脚痛医脚"的治理只能是"按下葫芦起了瓢"。勤于思考的她深刻总结和反思我国枪支管理工作的疏漏，并注意吸取美国枪支泛滥、涉枪案件频发的经验教训，敏锐意识到必须从立法保障入手，从严管理枪支，从重惩处涉枪违法犯罪分子，这样才能彻底解决屡打不止、案件攀升的问题。这个想法提出后，立即得到了上级领导首肯，并指定她作为《中华人民共和国枪支管理法》起草小组的负责人。从此，陈姝萍与起草小组的同志一起，翻阅大量国内外枪支管理资料，几十次深入基层调查研究，反复推敲修改，度过了一个又一个不眠之夜，做了大量艰苦细致的工作。最终，《中华人民共和国枪支管理法（草案）》在全国人大常委会审议时，获得全票通过。

　　卓著的工作成绩使陈姝萍作为公安部派出的国家顾问，出席了在维也纳召开的第四届国际枪支管理研讨会，除了"国家顾问"这一神圣而特殊的称谓之外，陈姝萍还获得一个新头衔——"女枪王"。她作为出席大会的唯一女性上台发言，出席会议的各国顾问纷纷投来敬佩的目光，"没想到中国管枪的居然是一位这么温柔的女性！"陈姝萍还被联合国预防犯罪及刑事司法委员会聘任为中国枪支管理专家。她以自己的实际行动，在国际舞台上为中国女性、中国公安赢得了荣誉。

扎根山区教学一线的园丁

许铁成是北京延庆一中的老师，他的学生们都叫他"许师"。第一次见他的时候，我对他的印象很深：中等个头，身材微胖，圆脸盘，大脑门，弯弯的笑眼，垂坠的耳垂，天生一副笑模样，大家都说他长得像弥勒佛。人们常说相由心生，许师的言谈中、眉宇间就总是绽放着教书育人所带来的快乐与满足。

许师在我采访的人物当中算是扎根基层的优秀代表，在接触的过程中我一直被他默默奉献的精神所感染。他从小生活在延庆的一个普通家庭，而优异的学习成绩使他不再普通，他成为新中国成立后延庆地区考入清华大学的第一人，成为全县家喻户晓的名人。大学毕业后，他被分配到专业对口的兵器工业部设计研究院工作，这是一份很多人都羡慕的"高大上"工作。然而正值干得顺风顺水的时候，为了响应有志青年支持"老少边穷"地区教育发展的号召，他毅然放弃了优越的工作环境，回到培育他成才的延庆一中，做了一名普通的物理教师。

从大都市到小县城、从科研机构到中学课堂，工作生活环境上的巨大落差并没有让许铁成难以接受，只有一件事常常让他夜不能寐，那就是如何成为一名好老师。为了胜任教师岗位，他研读了《教育学》《心理学》《教学论》等一系列有关教育教学理论。他虚心向帮带教师请教授课方法，深入学生了解他们所想所需，有针对性地研究教学方法。他将自己在大学中所学的知识和参与工程实践的经验融会到教学中，不断总结独创的教学方法和教学心得。他坚持用传统的板书授课方式，便于学生边听、边记、边想，给学生留出更多思考、消化的空间。他反对学生采用题海战术，但自己每年做两千多道试题，每年暑假把全国各地物理高考题全都做一遍，并分门别类整理出来，便于教授学生。学生的成绩是检验老师教学效果的最好证明，许铁成教出的学生会考及格率100%、优良率80%以上，所带班级重点大学升学率达80%，他亲手将几十名山区学生送进了清华、北大，还带出过物理满分的全县理科状元。

为了自己的学生，许铁成拒绝了多次送上门的机遇。大学同窗好友曾动员他去深圳一起发展，他谢绝了同学的邀请；延庆一家实力雄厚的公司总经理找上门，高薪聘请他担任技术负责人，但他舍不得学生。"我到公司去，只是一个人才，而在教育战线工作，培养的是一批人才。"

三尺讲坛是许铁成眼中的神圣之地，他对学生的爱超越了世俗的眼光和名利的计算，他从没后悔也永远不会后悔自己的选择！

政协世家的商界巨子

在北京市政协第十届委员会总结表彰联谊大会上，一首深情款款的《你到底爱谁》和曲终一句高亢激昂的"我爱北京市政协"，让大家记住了这位既温文尔雅又激情满怀的市政协委员、恒通资源集团有限公司执行董事施荣怀。提到施荣怀，不得不提的是他引以为荣的政协世家。施荣怀的父亲是著名爱国企业家、书画家、全国政协委员施子清。除了施老先生担任过四届二十年的全国政协委员，施荣怀的大哥是江苏省政协委员，他本人是北京市政协委员，三弟是福建省政协委员，四弟是贵州省和深圳市的双料政协委员，可谓"施门五父子，全家皆政协"。如果再加上亲戚朋友的话，这个家族总共有八位政协委员，是当之无愧的"政协世家"。这在回归初期的香港家族里并不多见，一直被传为佳话。论经济实力，施家在香港是新兴家族；但在政治影响上，施家可算得上是为数不多的大宅门。

施荣怀并非人们想象的子承父业、没吃过苦、没受过挫折的"富二代"。在施荣怀眼中，"富二代"的"富"

说的是大家族、大财团的财富，他谦称自己未够资格；至于"二代"，"我的确是第二代，不过是爸爸和大哥带着我一起创业，刻苦、克勤克俭地打江山，不是一出世就有大把钞票。"了解多一些之后，我也认同了他的观点，他确实不应被标签化为"富二代"。

施荣怀小的时候，家里并不富裕。他比大哥只小一岁，当时的家庭条件并不容许两兄弟一起出来读书。大哥读完高中便出来做事，可以说是牺牲了自己的读书机会。而施荣怀自己也是在家庭条件得以改善后，才有机会留学美国。因此，施荣怀对自己的大哥分外尊敬，并且十分珍惜去美国威斯康星州大学读书学习的机会。

1985年，施荣怀从美国毕业回到香港。当时施家纺织原料业务尚在起步阶段，父亲就鼓励他帮忙打理家族生意。回忆起二十多年前，施荣怀说，自己当时还是帮助父亲和大哥打理生意的毛头小伙子。记得1986年，施荣怀第一次到北京谈生意。在他心目中，这个城市充满了神秘和陌生。他怀着既紧张又兴奋的心情踏上了北上的征程，人生的全新旅程就此展开。"我当时真的很紧张，提前两三天都睡不着觉，把到北京找谁、和人家说什么话都写好了。结果，我在北京待了一星期谁都没有见着。这些客户都是和我父亲年龄相仿的，我打电话过去想约他们见面，他们第一句就问：你爸怎么没来？接着又问：那老大呢？"当年给人第一印象略带学生腔的施荣怀，还是生意伙伴眼中不足以代表家族的二公子。但出师不利并没有挫伤施荣怀的志气，反而使他越挫越勇。在生意场上不断摸索的他，1987年在天津做成了自己的第一单生意。由他牵线，当时天津真棉织品公司从韩国进口了一批价值二十万美元的羊毛纱，作为中间商的施荣怀净挣了一万五千美元。

逐渐地，施荣怀在家族生意里开始扮演"前哨兵"和"先头部队"的角色。1988年，施家同辽宁省对外贸易厅合作，前往朝鲜开拓市场。施荣怀说，当时去朝鲜做生意算得上是苦差，交通和生活都很不方便，没有电视、没有娱乐，收钱要亲自数现金，每周只有一次航班……这些都让施荣怀很不适应，但也让他学到很多，并且至今难忘。

多年来，施荣怀始终秉持父亲的儒商理念，做生意不计较一时成本，但求薄利多销，建立诚信。记得当初接手生意时，不小心下错了订单价格使公司亏了钱，父亲还是坚持让其按照订单价格卖给客户，以树立施荣怀在商界的诚信。长期以来，施荣怀与合作伙伴建立了良好的关系，并逐渐从不足以代表家族的二公子变成了各界争相结识的商界名流，在香港商界打响了自己的名字。

长期在香港与北京等地之间奔走的施荣怀，亲眼见证了香港回归二十多年来香港和祖国内地的发展变迁。他常常深情地说，"香港与内地唇齿相依、荣辱与共"，道出了一位赤子和政协世家对祖国非同一般的情感。

与时间赛跑的白衣天使

走进世纪坛医院急诊科，紧张的节奏和氛围如影相随。而当我见到王真委员的时候，没有想象中的风风火火、雷厉风行，她的平和、冷静与温柔，中和了急诊室的氛围。"急诊干的时间越久，就越冷静，因为见得多了。"王真认真而坚定地对我说。

在逐步了解了王真更多故事之后，自己感觉她更像一名冲锋战斗在医疗领域"火线"的斗士。1990年，从北医三院急诊科组建起，大学毕业不久的王真就扎根急诊室。当时急诊科只有三名医生，还要一天二十四小时运转起来，王真一天要工作十六小时。这样三百六十五天全年无休的日子，王真一干就是好几年。都说急诊科留不住人，但王真始终没有调换过科室。2009年，她作为重点人才被引进到世纪坛医院做急诊科主任。

在王真眼中，每一次急救都是一场考试，在这里，她经历了无数次大考、小考。一次，全国"两会"期间，呼啸而来的急救车送来一位处于濒死状态的全国政协委员。他在就餐时突然倒地，驻地医生诊断为急性左心衰，可是用药后不见好转反而加重，就紧急将其送到医院。由于病人级别较高，院领导建议先将其送到高干病房。但王真决定争分夺秒，及时抢救，她凭借丰富的临床经验，冷静判断病人为异物窒息，仅用一分钟便将病人气管中的异物取出，病人呼吸通畅了，立即苏醒过来。事后，有人说王真胆子大。"院领导说送病房不就没你的事了吗，要是没抢救过来，你的责任就大了。""可我根本没有考虑过这些，就是从他的病情出发，完全没有想过他是不是高级领导，和生命比起来这些都是次要的。"

不仅没有考虑过利益得失，在急救的过程中，面对生死，王真也毫无畏惧退缩。2003年，王真发现并诊断了北医三院第一例"非典"病例。当时，急诊科收治了一名发热病人，经询问，几天前他曾与香港商人洽谈业务，仔细分析他的症状后，王真果断决定对其采取隔离。但病人并不理解甚至反抗。在等待检测结果的过程中，王真照看病人一天一宿。看到她疲惫的样子，院领导找人来替换她，王真拒绝了，她对领导说："我已经接触病人了，不要再让其他人接触了，要感染就感染我一个人吧。""这就像你在洗碗，家人要来替你，你手已经湿了，不想让他们再沾手是一样的道理。"如今谈起此事，王真依旧没有一点迟疑与后怕。最终，这位病人被确诊为"非典"患者，王真的行为保全了其他医务工作者与就诊患者免遭感染。由于只有她诊断过"非典"患者，王真就成了北医三院"非典"主检医师，一天二十四小时坚守医院，筛查"非典"病例，历时两个多月，直到"非典"疫情结束。

面对工作，王真敢于较真、勇于坚守，在急诊科一干就是二十多年。她经常是全天不关机，全年无休假，还曾经创造出一人一夜接诊一百二十余名病人的奇迹。王真用自己的职业道德和奉献精神，演绎了一幕幕"白衣天使"的动人故事。

永不言败的雪上公主

李妮娜是我接触到的少有的"80后"委员，她身材娇小、秀发及腰、眉目清秀、笑容明媚，让人很难与运动员联系在一起。谈及二十多年的运动生涯，李妮娜笑称，"本来是抱着锻炼身体的目的去练体育，没想到一发不可收拾"。

1990年，七岁的李妮娜在妈妈的鼓励下开始练习滑雪基本技巧。五年后，她转练自由式滑雪空中技巧。灵活的身材加上扎实的基础，以及从小培养出来的在空中的感觉，让李妮娜在自由式滑雪空中技巧这个项目中脱颖而出。

李妮娜的成名要从2002年她第一次参加冬奥会算起。2002年，十九岁的李妮娜首次出征美国盐湖城冬奥会，在名将徐囡囡发挥欠佳的情况下，她出人意料地夺得了第五名的不俗战绩。之后的运动生涯小高潮出现在2004—2005赛季。全年十二站世界杯分站赛，李妮娜拿了六个冠军、四个亚军、一个季军，几乎每一场比赛她都会站上领奖台。她还获得了当年世锦赛的冠军。尽管2006年、2010年由于伤病等原因，李妮娜与冬奥会金牌失之交臂，蝉联银牌，但她并没有放弃对金牌的冲击。2014年，虽然已过运动巅峰期，但李妮娜还是站在了俄罗斯索契冬奥会的赛场上，去完成自己的金牌梦。但命运似乎并没有偏爱这位老将。在索契冬奥会自由式滑雪空中技巧女子决赛最后一跳中，李妮娜延续使用了温哥华冬奥会最后一跳的两周台"超高难度"动作。但由于伤病的缘故，在奥运会前这个动作一共只练习了五次。最终由于腾空高度不够，空中翻腾和转体没有完成，落地时李妮娜头朝下趴在雪道上又弹射出去摔倒在坡道上。现场画面看着让所有人都很揪心。队医立刻冲上前去检查。大概一分钟后，李妮娜在搀扶下站了起来，她朝着观众席挥了挥手，露出美丽而坚强的笑容。虽然最后一跳失误了，但李妮娜表示无怨无悔，"朝着自己的梦想努力过就不后悔，只要发挥出自己的能力就好。我的任务就是在冬奥会决赛时，争取多一张中国面孔"。

告别赛场的李妮娜，依然没有离开冰雪运动，只是用另一种方式在续写着自己与冬奥的情缘。正式退役后的李妮娜在国家体育总局冬季运动管理中心自由式滑雪空中技巧队做管理工作，她还靠着自己的魅力和影响不断地推广中国冰雪运动的发展。作为北京申办冬奥会形象大使，李妮娜进机关、去学校，和大家分享自己的奥运历程与体育精神。作为北京申冬奥陈述人，李妮娜在崇礼云顶滑雪公园计划中的自由式滑雪及单板滑雪两个赛区场地前，向国际奥委会评估委员会成员介绍场地规划；在吉隆坡国际奥委会第一百二十八次全体委员大会上，李妮娜用流利的英语向与会成员推介中国。多年积累的大赛经验，让她从容不迫、充满自信。李妮娜说，当国际奥委会主席巴赫念出"北京"的那一刹那，她觉得自己像是获得了一枚奥运金牌，奥运生涯完整了。

奖牌的颜色并不能完全代表运动员的能力与追求。李妮娜用自己的行动向人们传达了一种永不言败、为理想拼搏的体育精神。

历史记忆的传递者

第一次见到徐定茂，怎么也看不出他是一位花甲之年的"老人"：高大挺拔，目光炯炯，气宇轩昂，充满了活力和"正能量"。徐定茂不仅是北京市政协连任三届的老委员，而且在第十一届委员会上曾因连续五年均提出了"优秀提案"而获得"突出贡献奖"。同时他还有一个格外特别的身份，就是民国大总统徐世昌的第五代嫡长孙。从他的身上和他多年来的一些工作，我们可以打开一扇历史记忆的大门，触摸到一段段尘封的历史故事。

最早接触徐定茂其人其文，是缘于2009年庆祝新中国成立六十周年策划一组"与共和国同龄"的文章。当时，我已做好收到一些"个人总结"的心理准备，而徐定茂的文章让我眼前一亮。"祖国十岁我十岁""祖国二十我二十""祖国三十我三十""祖国五十我五十"，他通过对个人成长经历的描述勾勒出整个时代的变迁。从此，他成了我的"金牌"作者。"小视角见证大历史"是他写作的初心，可读性是其文章的魅力所在。包括《清廷的赏赐》《欲而不贪》……一系列的"自命题作文"，旁征博引、议古论今，在漫谈深议之中穿越了时空隧道，再现了历史深处的一幕幕鲜活场景。

由于徐定茂特殊的身份，他在挖掘清朝末年和民国初期的历史资料方面具有别人无可比拟的优势。而近些年他所做的最突出的工作，非整理出版《徐世昌日记》莫属。《徐世昌日记》是徐世昌亲笔所写的私人日记，记载了自徐世昌1885年2月中进士之前，到1939年5月临终前半个月，五十四年间所经历的要事、政情、人事、交游等方方面面的情况，共计近百册、二百多万字，由北京出版集团公司、北京人民出版社出版发行，是研究晚清到民国半个世纪历史的第一手珍贵资料。这些年，徐定茂经常是一头扎进先人徐世昌的亲笔日记中，一看就是一整天。他一边研读一边撰写解读文章，发现了许多不为人知的史实真相，澄清了不少历史误读，先后由北京出版社出版了《读辛亥前后的徐世昌日记》《徐世昌与韬养斋日记》等多本著作。

理工科出身的徐定茂经常自谦在文史领域不够专业，深感自己责任重大。他常说的一句话就是："历史是客观存在的，容不得半点杜撰和夸大，写历史就得对历史负责。"他以此告诫别人，也是在告诫自己，他一直抱着如履薄冰、兢兢业业的态度，整理、研究、解读《徐世昌日记》，他想留下真正经得起时间、历史、实践检验的精品。

"通过我的这些工作，弥补档案之缺，不仅可以让人客观评价徐世昌，更重要的是科学认识那段风起云涌的历史，发挥存史、资政、育人的作用。"我想这正是徐定茂不懈努力的根本意义所在，我也相信他的努力不会白费，必将在历史文化研究的进程中留下美丽的身影。

清朝时的"异地高考生"

徐定茂

科举是通过考试来选拔官吏的一种办法。中国古代科举考试起于隋代,是通过科举而把读书、考试和做官紧密结合起来了。当时科举过程也是比较严谨的,以清朝为例,清随明,考试过程分为五级:一,县试、府试,应试者不分年龄大小,通过县试、府试后可称为童生;二,院试,考试合格者就取得了秀才的资格;三,乡试,由秀才参加,考中者为举人;四,会试,由举人参加,在国子监应试,取前三百名为贡士;五,殿试,录取三甲者为进士。其中一甲只有三名,第一名即为状元、第二名是榜眼、第三名叫作探花。

这里面的关键一层是乡试。因为一旦考上举人不仅可以进一步参加全国性的会试,即便未中也有了做官的资格,难怪范进得知自己中举后一下子发了疯。然而乡试也是最艰难的一次考试,蒲松龄十九岁应童子试,连考县、府、院三个第一,名震一时,却直到七十一岁还是个秀才。清末状元张謇前后也共参加了六次乡试才"更上一层楼"。

不过也不是任何一个人都可以报名参加科举考试的，按清朝时期规定，应试者的家庭出身如三代以内为娼、优、隶、卒的不得报名。这是因为考生如果考中举人的话即可获得一官半职，而一旦有了官派职位就可以封妻荫子，甚至褒封祖上三代。但如果祖上仅仅是个衙门里差役的"隶"，或一直为部队中普通士兵的"卒"，或是个演戏给人看的"优"，甚至是为妓女的"娼"，于名声上就不好听了。所以这几种人的后代不允许参加科考。

此外，清朝还规定考生家庭祖上三代以内如果没有秀才以上资历的知识分子，或者是没有任何官职的"白丁"，也不能参加考试，这叫作"冷籍不得入试"。

即便是合格的学员，要参加考试也有严格的地区规定，必须从最低一级的县试开始就要根据自己的籍贯来报考。这是因为如有外籍人员冒充本地人参考，就会挤掉本地区士子的名额。县试一般是由当地的县官主持，考生报名时要填写姓名、年龄、籍贯以及三代履历。因为当时没有照片及身份证等，所以报考时还要有本县秀才中的廪生给予考生保结，证明其身份、籍贯等准确无误才行。府试是由知府主持的考试，而到了更高一级的院试，则由各省的学政等来主持了。

这样一来，原本是"冷籍"的人员为了获取功名就不得不想方设法地去换一个"家庭出身"。由此也就出现了

"冒籍参考"以及"异地参考"的现象。

张謇，清末状元，江苏海门人。其祖上三代就没有一位知识分子，属于"冷籍"范围里的人员。但张謇自幼好学不倦，成绩斐然。故而任教老师便给他设计了一个"曲线救国"的方法，即为"冒籍参考"。顾名思义，就是冒充别人家的孩子去参加科考。于是张謇冒充了如皋一张姓大家的子嗣注籍，经县、府、院三试胜出，为如皋县的秀才。不料后来事发，张謇差点被革掉秀才的功名，几乎要下狱问罪。此后张謇报名参了军，和袁世凯一起随部队去了汉城。在此期间，张謇起草的一些政论文章逐渐引起了翁同龢、李鸿章、张之洞等朝廷要员的重视。再后来他随军回国，继续攻读应试，最终于甲午年慈禧六十寿辰特设的恩科会试中为一甲第一名状元。

张謇是海门氏人，"异地参考"进入了如皋的考区，主要原因还是因为"冒籍"。曾为"异地参考"而中举的则是翰林院编修徐世昌和壬午科举人徐世光。他们出生在河南，最终是入京参加的乡试。

光绪五年（1879），徐世昌、徐世光兄弟"异地参考"，从河南省的开封赶到北京，参加了己卯科顺天府乡试。

当时的科举考试和现在高考相一致的地方，就是按考生的户籍来安排考试的地点。而出身河南的徐世昌、徐世光兄弟是以天津籍贯报名，因此参加顺天府乡试。

现在可以查到的徐世昌当年"朱卷"上注明："徐世昌，字卜五，号鞠人，一号鞠存，行一。咸丰乙卯年九月十三日吉时生。直隶天津府天津县监生民籍。"

其实徐世昌兄弟自其太祖徐诚以来外居河南，至他们这一辈已然六代了。徐氏兄弟也都是在河南长大的，只是三世母赘天津张氏，故由此在津另立门户，为著籍天津之始。于是当年哥儿俩便以津籍参加顺天府乡试。就此其同年考生严修惊奇万分，曾言道："君家寄居汴省三世矣，君兄弟仍以津籍应试，壬午俱捷，乡人荣之。"

徐世昌自咸丰五年（1855）出生在河南卫辉，后来分别在洛阳、安阳、鄢陵、淮宁、武陟等地打工，治理文牍。直至光绪五年已经二十四岁的时候才第一次离开河南，也就是到北京来"异地参考"。当时是农历的六月，徐世昌、徐世光兄弟雇了一辆马车，启程后途中又遇大水，结果绕道走了二十多天才到达北京，借住在位于骡马市大街南侧潘家河沿的陈表叔家里。

考生想方设法进京参考也是有其原因的。

清时，直隶是为科举大省。由于受地理位置的影响，顺天府，也就是北京处于全国政治中心，和现在一样，自然有其教育方面的优势。

当时按照规定，各省的乡试均应在各省的省城举行。从清代的行政区域划分来看，直隶包括了十一府六州：顺天府、保定府、天津府、承德府、正定府、河间府、永平府、顺德府、大名府、广平府、宣化府、遵化州、冀州、赵州、深州、定州、易州。康熙八年（1669）定保定府为省治所。这样按照制度，直隶省的乡试应该在保定府举行。但因保定府不放主考，所以隶属于直隶的考生就要在顺天府，也就是北京的贡院参加乡试了。

历史上顺天府的乡试历来受人瞩目，录取的名额相对也较多。仅以同治年间为例：同治元年（1862），直省乡试录取名额为顺天185人，河南96人；同治九年（1870），顺天187人，河南99人。相对来讲，江南、浙江、福建、湖广、广东的名额也较多一些，均在百人以上。名额分配最少的是贵州，同治元年为47人，同治九年也才48人。其次是云南，同治元年与同治九年名额均为64人。

徐世昌兄弟以津籍报考，参加顺天府乡试，录取名额几乎是河南省名额的两倍，中举的可能性自然就增加了许多。

然而外埠考生即便混到北京来"异地参考"，也就是录取的机会可能要多一些，至于能不能"金榜题名"，还得看自己的功底。

比如后来被称为"国学大师"的"圣人"康有为，本是广东省南海县籍贯。在家乡三次考秀才都没考中，不得已只好以捐款方式买了个监生，欲以"同等学力"的资格来参加乡试。由于院试的不顺，便想离开广东换个地方讨讨运气，于是居然千里迢迢来到北京参加顺天府乡试，住在西城区菜市口附近的米市胡同43号院内。至于康有为究竟是如何办理的转籍手续至今仍是个谜。但康有为首次参加顺天府的乡试仍然"不售",也就是没有考中,只好又"转"了回去,最终还是在广州考取的举人。

然而康有为的北京赶考之行并非没有收获。其落榜后在回程中途经上海,接触到了资本主义事务,用《史学月刊》1997年第5期上登载的《康有为与〈诸天讲〉》里的说法,"购地球图,渐收西学之书,为讲西学之基矣"。康有为从中汲取了西方传来的进化论和政治观点,初步形成了维新变法的思想体系。

康有为几次参加"童子试"都没有取得秀才的资格,但规定要想参加乡试首先必须是秀才。为了康有为的前途,康家不得不出钱,为康有为买了一个"监生"。

监生,国子监学生之意,如有监生资格即为取得了"同等学力"。这是因为入关后一些清朝贵族始终有一种担心,即他们子女后期疏于学习,如果完全施行高考择优录取的方式就有被挤出精英阶层的危险。于是从顺治年间就开始出现了"捐监"政策,即"令民输豆麦,予国子监生,得应试入官,谓之'监粮'"。也就是说,如果向国家捐献若干钱粮就发给一个相当于秀才资格的文凭,从而可以直接参加乡试科考了。

采用跳过考取秀才而直接"捐监"的方法在清朝时期还是比较普遍的。电视剧《雍正王朝》里的"宠臣"田文镜在真实生活中就是监生，鲁迅先生《祝福》里的四叔也是监生，《红楼梦》中的贾宝玉从未外出去考秀才而"早早就援了例捐"。《儒林外史》里出现的第一个人物周进"年纪六十多岁"，却"还不曾中过学"，一次花钱进到贡院后，"不觉眼睛里一阵酸酸的，长叹一声，一头撞在号板上，直僵僵的不省人事"了。后来还是一旁的几个商人"每人拿出几十两银子，借与周相公纳监进场"，果然考中举人。大名鼎鼎的孔乙己也是"终于没有进学"，所以"连半个秀才也捞不到"，只不过是"愈过愈穷，弄到将要讨饭了"。可惜的是孔乙己不像周进，身边没有几个商人帮衬，终于无法"捐监"。

当年如果捐一个监生，所需多少费用呢？

由于各时期、各地方的情况不同，因此价位也就有所浮动。我所查到的是，在光绪初年需要白银四十三两。

见《海峡都市报》2010年4月登载的文章，南安罗东镇潭溪村民黄先生无意中在百年老房的偏屋木地板下面发现两张"纳粟入监"的执照证明。一张是光绪四年（1878）的，一张是光绪五年的。持有者为福建省泉州府南安县人。姓名、金额经核对后有用朱笔画的圆圈，盖有"户部之印"和"国子监印"的印章，同时盖有骑缝章。光绪四年的纳捐者交付了四十三两白银，买的是"武监生"；光绪五年的纳捐者取得的是"文监生"资格，费用也是四十三两白银。

那么清代的一两白银眼下又相当于多少人民币呢?

咱们只能大概算一下。查一下"黄金网"给出的纯银价格是3.76元/克。这样估算,"纳粟入监"的费用不过相当人民币数千元,在一线城市连半平方米的住房都买不下来。可见先"捐监",然后再想方设法地到北京"异地参考"确实是条捷径。

然而也有一个随叔父居住在北京的"读书人"兴冲冲地赶回原籍参加乡试,结果是以落榜告终的。

这人就是袁世凯。

袁世凯从小便随养父从项城到陈州,又到济南、南京。后来他的叔父又将已成孤儿的袁世凯带到京城抚养,并请了有举人、进士功名的教师,分别教授写作、八股制艺、诗歌词赋和书法。应该说袁世凯从小还是受到了良好而严格的教育,是有深厚的文化功底的。

袁世凯是以项城籍报的名,因此需要离京回到河南,在当时的省城开封参加乡试。结果则为名落孙山。

不过对于袁世凯大比之年的落榜,刘成禺在《世载堂杂记》里却有另一番解释:同治九年庚午大考,善化的举人瞿鸿禨以一等第二名得了一个六品的翰林院编修、超擢侍讲学士,外放河南学政。

其实学政根本算不上什么官职,在当时不过是个临时性的职务。学政在各个地方的待遇标准也不统一,完全由各地的领导人自主确定,并没有一定的条例规定。晚清时期各省的学政每次监考均可以得到数额不等的棚规，而棚规的来源其实就是考生所凑的用来贿赂考官的“份子钱”。当时河南方面一向是以五品为标准棚规的。但棚规也不是统一标准，里面还有大小之分。结果这一年的年初瞿鸿禨在归德时，知府安排了大棚规。后来轮到了陈州府，当地出身山东望族的吴重熹久居官曹，压根儿就没把一个区区六品的编修放在眼里。吴重熹不仅只送了瞿鸿禨一个小棚规，而且还发文通告各府，要求各地一律照此办理。

这样的处理对于吴重熹来讲根本没有任何问题。瞿鸿禨虽然表面上说不出什么来，但在心里记下了这一段恩怨。俗话说，山不转水转。直到两期、六年过后，到了光绪二年（1876）的乡试，瞿鸿禨又被派往河南。这次他终于等来了报复吴重熹的机会。瞿鸿禨私下决定，凡陈州吴所辖各县的优等生，一律不予录取。

而项城考试中的第一名正是袁世凯……

后来张联棻在《小站练兵与北洋六镇》一文中同样提到，袁世凯以世家子弟应试陈州，考列前十名，不幸被主考官摒出。时间也正是瞿鸿禨主持河南乡试的一年。

连一个地区级的乡试都不能通过，这对袁世凯的仕途之梦不能不说是一个重大打击，无论从性格上讲还是从自尊心方面都是袁世凯根本无法接受的。盛怒之下，袁世凯不顾家人拦阻，冲进书房，把几年来的文稿诗词全部扔到院内，付之丙丁，以示与科举的决裂。

当年瞿鸿禨即使是做梦恐怕也不会想到，由于他的滥用公权，使得晚清少了一个小官僚，而民国则多了一个大军阀……

宣南士人

许立仁

　　每提起宣南文化，总会令人心潮涌动，思古抚今之情挥之不去。展开历史的长卷，人们会发现，北京城宣武门外一带十几平方公里的区域内包容了无限多的文化生态。千百年的岁月磨砺，形成了上至皇家、士人，下到市井、平民的巨大文化空间，历史悠久、内涵丰富、底蕴深厚、包罗万象。这是历史的馈赠，还是上天的垂青？人们惊叹，在这一方宝地中竟能蕴藏着如此博大精深的文化宝库。她凝聚着影响中国历史前进的人物群落，印记着一页页惊天地泣鬼神的重大历史事件，谱写着一曲曲可歌可泣的动人旋律。人们赞美她"风雨宣南岁月深""北京城有多古老，宣南就有多古老"。宣南文化是北京文化的重要组成部分，是北京文化的精美华章。

　　明嘉靖年间，北京外城设七个坊，宣南坊是其中之一，即在今宣武门外、广安门附近的这一片区域内。而发生在这个区域内的文化生态现象被称为"宣南文化"。宣南文化具有先进性、包容性、开放性，既是传统的又是时尚的。由于先进使得宣南成为接受进步思想、率先引领和接纳新生事物的区域，由于包容使得北京具有京朝派的大气和良好的社会风气，由于开放形成了百家争鸣、百花齐放、人文荟萃的大格局环境。

清末民初，西风渐进。在城市发展建设中，宣南文化标新立异，从思想意识到建筑格局都体现出了鲜明的潮流特色。宣南文化的构成有着不同的版本，但基本上可分为九大系列：

一是以三千多年的建城史和八百多年的建都史为代表的京城文化；

二是以先农坛、法源寺、天宁寺、长椿寺为代表的皇家祭祀和庙堂文化；

三是以人文荟萃、重大历史事件集中为代表的士子文化；

四是以会馆、名人故居为代表的会馆宅邸文化；

五是以京剧为代表的戏曲文化；

六是以大栅栏为代表的老字号商业文化；

七是以琉璃厂为代表的诗书画印的知识分子文化；

八是以天桥、厂甸为代表的民俗市井文化；

九是以牛街穆斯林为代表的民族文化。

宣南文化博物馆

    宣南文化既依托于北京文化，同时又是北京文化的重要支柱，但又具有区别于北京其他区域的相对独立的特殊性。其中清代京师汉族士人文化就极具特殊性。居住于宣南的众多汉族士人所取得的文化成就在中国文化和思想历史发展进程中产生了重大影响。从这个意义上说，宣南文化具有全国范围的文化意义。下面，我谨从生活、居住、工作在宣南众多的历史名人中节选具有代表性的杰出人物，以飨读者。

    1. 顾炎武（1613—1682），字宁人，人称亭林先生，江苏昆山人，终生不仕清。漫游天下考兴衰得失，著述极丰富，为开清代学术先河的大学者。

代表著作：《日知录》《肇域志》《顾亭林诗文集》

宣南住所：报国寺。

2. 谈迁（1594—1658），字孺木，浙江海宁人。明诸生，不仕清，史学家。

代表著作：《国榷》《北游录》

宣南住所：骡马市街。

3. 孙承泽（1593—1676），字耳伯，号退谷，北京大兴人。明旧吏。清时任吏部左侍郎，著述丰富。

代表著作：《春明梦余录》《天府广记》《庚子消夏记》

宣南住所：琉璃厂孙公园。

4. 吴伟业（1609—1672），字骏公，号梅村，江苏太仓人。崇祯四年进士，翰林院编修，诗人、学者、画家。

代表著作：《梅村家藏稿》

宣南住所：魏染胡同。

5. 李渔（1611—1680），号笠翁，别称笠道人，浙江兰溪人。明朝秀才，入清不仕。戏曲家、诗人、小说家。

代表著作：《笠翁十种曲》《笠翁一家言》《十二楼》《无声戏》

宣南住所：韩家潭胡同。

6. 宋琬（1614—1674），字玉叔，号荔裳，山东莱阳人。顺治四年进士，官至四川按察使，诗人、书法家。

代表著作：《安雅堂诗》《安雅堂文集》

宣南住所：南横街怡园。

7. 龚鼎孳（1615—1673），字孝升，号芝麓，安徽合肥人。崇祯七年进士，入清为礼部尚书，诗人、画家。

代表著作：《定山堂全集》

宣南住所：海波寺街。

8. 施闰章（1618—1683），字尚白，号愚山，安徽宣城人。顺治六年进士，翰林院侍讲，山东学政，诗人、学者。

代表著作：《施愚山先生全集》

宣南住所：铁门胡同。

9. 毛奇龄（1623—1716），字大可，郡望西河，人称"西河先生"，浙江萧山人。康熙十八年进士，翰林院检讨，任职史局修《明史》，诗人、学者、书法家、音乐家。

代表著作：《西河合集》《仲氏易》《尚书广听录》《竟山乐录》

宣南住所：南横街四平园。

10. 陈维崧（1625—1682），字其年，号迦陵，江苏宜兴人。康熙十八年博学鸿词科，翰林院检讨，著名诗人。

代表著作：《湖海楼全集》

宣南住所：绳匠胡同。

11. 姜宸英（1628—1699），字西溟，号湛园，浙江慈溪人。康熙三十六年进士，参与徐乾学修《大清一统志》，曾任顺天府乡试副主考。

代表著作：《湛园未定稿》《湛园札记》《姜先生全集》

宣南住所：西草厂。

12. 朱彝尊（1629—1709），字锡鬯，号竹垞，浙江秀水人。康熙十八年博学鸿词科，翰林院检讨，诗人、学者，北京史志学者。

代表著作：《曝书亭集》《日下旧闻》《经义考》

宣南住所：海柏胡同。

13. 徐乾学（1631—1694），字原一，号玉峰先生，江苏昆山人，康熙九年进士，翰林院庶吉士，内阁学士，学者、藏书家，开清代学人幕府先河。

代表著作：奉旨纂修《明史》《大清会典》《大清一统志》

宣南住所：绳匠胡同。

14. 梁佩兰（1629—1705），字芝五，号药亭，广东南海人。康熙二十七年进士，诗人、书法家，"岭南三大家"之一。

代表著作：《六莹堂集》

宣南住所：永安寺。

15. 胡渭（1633—1714），字朏明，浙江德清人。终生未仕，治学一生，著名学者。

代表著作：《禹贡锥指》《易图明辨》

宣南住所：绳匠胡同。

16. 王士禛（1634—1711），字子真，号阮亭，山东新城人。顺治十五年进士，翰林院侍读，刑部尚书，诗人，总领清初诗坛四十年。

代表著作：《带经堂集》《池北偶谈》《香祖笔记》

宣南住所：火神庙西夹道。

17. 阎若璩（1636—1704），字百诗，号潜邱，山西太原人。终生未仕，学术著述丰富，经学家、科学家、地理学家。

代表著作：《古文尚书疏证》《四书释地》

宣南住所：绳匠胡同。

18. 李光地（1642—1718），字晋卿，号厚庵，福建安溪人。康熙九年进士，官至内阁大学士，程朱理学学者。

代表著作：《榕村全集》

宣南住所：珠市口西大街。

19. 洪昇（1645—1704），字昉思，号稗畦，浙江钱塘人。王士禛门生，终生未仕，诗人、著名戏曲家。

代表著作：《长生殿》《稗畦集》

宣南住所：宣武门外。

20. 孔尚任（1648—1718），字聘之，号岸堂，山东曲阜人。孔子六十四世孙，国子监博士，诗人、学者、戏曲家。

代表著作：《桃花扇》《小忽雷》《岸堂集》

宣南住所：海柏胡同。

21. 查慎行（1650—1727），字悔余，号他山，浙江海宁人。康熙四十二年进士，翰林院编修，诗人、文学家。

代表著作：《敬业堂诗集》《得树楼杂钞》《人海记》

宣南住所：魏染胡同。

22. 赵执信（1662—1744），字伸符，号秋谷，山东益都人。康熙十八年进士，翰林院庶吉士，诗人、学者、书法家。

代表著作：《饴山诗集》《饴山文集》《声调谱》

宣南住所：宣武门外。

23. 方苞（1668—1749），字凤九，号望溪，安徽桐城人。康熙三十八年进士，翰林院侍讲，内阁学士，礼部侍郎，桐城派古文创始人、学者。

代表著作：《望溪先生文集》

宣南住所：宣武门外三忠祠。

24. 黄叔琳（1672—1756），字昆圃，北京大兴人。康熙三十年进士，授内阁学士，历史学家、藏书家。

代表著作：《史通训故补》《文心雕龙辑注》

宣南住所：李铁拐斜街。

25. 沈德潜（1673—1769），字确士，号归愚，江苏苏州人。乾隆四年进士，翰林院编修，诗人、文学评论家。

代表著作：《沈归愚诗文全集》，编纂《唐诗别裁集》等多部诗集宣南住所：教子胡同寄园。

26. 梁诗正（1697—1763），字养仲，号芗林，浙江钱塘人。雍正八年进士，翰林院掌院学士，户部尚书，古器物研究学者。

代表著作：主编《西清古鉴》《矢音集》

宣南住所：杨梅竹斜街。

27. 齐召南（1703—1768），字次风，号琼台，浙江天台人。乾隆元年博学鸿词科，翰林院侍读，史学家。

代表著作：校刊多部史籍，《水道提纲》《历代帝王年表》

宣南住所：半截胡同。

28. 袁枚（1716—1798），字子才，号随园，浙江钱塘人。乾隆四年进士，翰林院庶吉士，诗人、文学家、评论家。

代表著作：《小仓山房集》《随园诗话》

宣南住所：南横街。

29. 程晋芳（1718—1784），字鱼门，号蕺园，安徽歙县人。乾隆三十六年进士，《四库全书》纂修官，吏部员外郎，学者、藏书家。

代表著作：《勉行堂诗文集》《桂宦藏书目》

宣南住所：火神庙西夹道。

30. 纪昀（1724—1805），字晓岚，号石云，河北献县人。乾隆十九年进士，翰林院侍读学士，《四库全书》总纂官，诗人、文学家、学者、目录学家。

代表著作：《四库全书总目提要》《阅微草堂笔记》

宣南住所：珠市口西大街。

31. 戴震（1724—1777），字东原，号杲溪，安徽休宁人。《四库全书》纂修官，乾嘉汉学集大成学者。

代表著作：《戴东原先生全集》

宣南住所：绳匠胡同。

32. 蒋士铨（1725—1785），字心馀，号藏园，江西铅山人。乾隆二十二年进士，翰林院编修，诗人、学者、戏曲家。

代表著作：《忠雅堂集》《藏园九种曲》

宣南住所：珠巢街。

33. 王昶（1725—1806），字德甫，号述庵，江苏青浦人。乾隆十九年进士，任大理寺卿，刑部侍郎，晚年主持"娄东书院"，学者、诗人。

代表著作：《春融堂集》，编辑《湖海诗传》《湖海文传》《金石萃编》

宣南住所：烂漫胡同。

34. 赵翼（1727—1814），字云崧，号瓯北，江苏阳湖人。乾隆二十六年进士，广西镇安知府，学者、诗人、史学家。

代表著作：《廿二史劄记》《檐曝杂记》《瓯北集》

宣南住所：珠巢街。

35. 钱大昕（1728—1804），字晓徵，号辛楣，江苏嘉定人。乾隆十九年进士，翰林院编修，乾嘉汉学学者。

代表著作：《潜研堂文集》《廿二史考异》

宣南住所：潘家胡同。

36. 朱筠（1729—1781），字竹君，号笥河，北京大兴人。乾隆十九年进士，安徽福建学政，学者、书法家。

代表著作：《笥河文集》《笥河诗集》，总纂《日下旧闻考》

宣南住所：李铁拐斜街。

37. 姚鼐（1732—1815），字姬传，安徽桐城人。乾隆十五年进士，翰林院庶吉士，《四库全书》纂修官，桐城派古文创始人，书法家。

代表著作：《惜抱轩全集》，编《古文辞类纂》

宣南住所：宣武门外。

38. 翁方纲（1733—1818），字正三，号覃溪，北京大兴人。乾隆十七年进士，翰林院侍读学士，江西、山东学政，诗人、金石学家、书法家。

代表著作：《复初斋诗集》《复初斋文集》《两汉金石记》

宣南住所：琉璃厂孙公园。

39. 章学诚（1738—1801），字实斋，号少岩，浙江会稽人。乾隆四十三年进士，曾主讲保定莲池书院。

代表著作：《文史通义》《校雠通义》

宣南住所：李铁拐斜街。

40. 邵晋涵（1743—1796），字与桐，号南江，浙江余姚人。乾隆三十六年进士，《四库全书》编修，汉学学者。

代表著作：《南江诗文钞》

宣南住所：南横街。

41. 洪亮吉（1746—1809），字君直，号北江，江苏阳湖人。乾隆五十五年进士，翰林院编修，贵州学政，诗人，乾嘉汉学学者。

代表著作：《洪北江诗文集》《乾隆府厅州县图志》

宣南住所：贾家胡同。

42. 吴锡麒（1746—1818），字圣征，号谷人，浙江钱塘人。乾隆四十年进士，翰林院编修，国子监祭酒，工诗词、善骈文，文学家。

代表著作：《有正味斋全集》

宣南住所：下斜街。

43. 黄景仁（1749—1783），字仲则，号鹿菲子，江苏武进人。武英殿书签，朱筠、毕沅幕僚，著名诗人。

代表著作：《两当轩集》

宣南住所：李铁拐斜街。

44. 孙星衍（1753—1818），字渊如，号伯渊，江苏阳湖人。乾隆五十二年进士，山东督粮道，钟山书院山长，古籍版本目录学家、藏书家。

代表著作：《岱南阁丛书》《平津馆丛书》

宣南住所：琉璃厂孙公园。

45. 张问陶（1764—1814），字仲冶，号船山，四川遂宁人。乾隆五十五年进士，翰林院庶吉士，莱州知府，诗人、画家、书法家。

代表著作：《船山诗草》

宣南住所：北半截胡同。

46. 舒位（1765—1815），字立人，号铁云，北京大兴人。九试不第，以馆幕为生，诗人、戏曲家、音乐家。

代表著作：《瓶水斋诗集》《瓶笙馆修箫谱》

宣南住所：盆儿胡同。

47. 包世臣（1775—1855），字慎伯，号倦翁，安徽泾县人。大半生在幕府官署中，参赞军政要务，学者、书法家。

代表著作：《安吴四种》《小倦游阁文集》

宣南住所：米市胡同。

48. 陶澍（1779—1839），字子霖，号云汀，湖南安化人。嘉庆十六年进士，翰林院编修，江苏巡抚，诗人，宣南诗社倡导者。

代表著作：《蜀輶日记》

宣南住所：永光寺西街。

49. 钱仪吉（1783—1850），字霭人，号衎石，浙江嘉兴人，嘉庆十三年进士。曾主讲"大梁书院"，史学家。

代表著作：《碑传集》《衎石斋记事稿》

宣南住所：兴隆街。

50.林则徐（1785—1850），字元抚，又字少穆，福建侯官人。嘉庆七年进士，翰林院编修，两江总督，湖广总督，禁烟英雄，诗人、书法家。

代表著作：《林文忠公政书》《云左山房文钞》《云左山房诗钞》

宣南住所：粉房琉璃街。

51.龚自珍（1792—1841），字璱人，号定盦，浙江仁和人。道光九年进士，内阁中书，学者、诗人、思想家。

代表著作：《定盦文集》《己亥杂诗》《春秋决事比》

宣南住所：绳匠胡同。

52.祁寯藻（1793—1866），字叔颖，号春圃，山西寿阳人。嘉庆十九年进士，户部尚书、军机大臣，诗人、书法家。

代表著作：《馤斻亭集》

宣南住所：铁门胡同。

53.黄爵滋（1793—1853），字德成，号树斋，江西宜黄人。道光三年进士，翰林院编修，御史，刑部右侍郎，诗人，《禁烟疏》发起者。

代表著作：《仙屏书屋诗录》《仙屏书屋文录》

宣南住所：莲花寺湾。

54.魏源（1794—1857），字汉士，号良图，湖南邵阳人。道光二十四年进士，高邮知州，史学家、地理学家、思想家。

代表著作：《圣武记》《古微堂集》《海国图志》

宣南住所：瘦藤书屋。

55. 王茂荫（1798—1865），字椿年、子怀，安徽歙县人。道光十二年进士，监察御史，户部右侍郎，清代金融币制改革家。

代表著作：《王侍郎奏议》

宣南住所：歙县会馆。

56. 何绍基（1799—1873），字子贞，号蝯叟，湖南道州人。道光十六年进士，翰林院编修，四川学政，泺源书院山长，诗人、书法家。

代表著作：《东洲草堂文钞》《东洲草堂诗集》

宣南住所：西砖胡同。

57. 李慈铭（1830—1894），字爱伯，号莼客，浙江会稽人。光绪六年进士，监察御史，诗人、文史学者。

代表著作：《越缦堂词录》《杏花香雪斋诗》《越缦堂日记》

宣南住所：保安寺街。

58. 翁同龢（1830—1904），字声甫，号叔平，江苏常熟人。咸丰六年进士，翰林院修撰，户部尚书，军机大臣，学者、诗人、书法家。

代表著作：《翁文恭公日记》《瓶庐诗文稿》

宣南住所：丞相胡同。

59. 潘祖荫（1830—1890），字在钟，号伯寅，江苏吴县人。咸丰二年进士，翰林院编修，工部尚书，学者、金石学家、收藏家。

代表著作：《滂喜斋藏书记》《攀古楼彝器款识》《汉沙南侯获刻石》

宣南住所：米市胡同。

60. 沈家本（1840—1913），字子惇，号寄簃，浙江湖州人。光绪九年进士，大理寺卿，刑部左侍郎，著名法学家。

代表著作：《寄簃文存》《枕碧楼丛书》

宣南住所：金井胡同。

61. 黄遵宪（1848—1905），字公度，广东嘉应人。光绪二年举人，曾任驻日、驻英公使参赞，诗人、外交家、思想家。

代表著作：《人境庐诗草》《日本国志》

宣南住所：香炉营头条。

62. 林纾（1852—1924），字琴南，号畏庐，福建闽县人。光绪八年举人，授业兼作文学，桐城派古文家，著名翻译家。

代表著作：《畏庐诗存》，翻译《茶花女》等境外小说一百余部传世。

宣南住所：校场头条。

63. 刘鹗（1857—1909），字铁云，号老残，江苏丹徒人。曾从医、经商、入幕，学者、文学家、收藏家。

代表著作：《勾股天元草》《铁云藏龟》《老残游记》

宣南住所：贾家胡同等。

64. 康有为（1858—1927），字广厦，号更生，广州南海人。光绪二十一年进士，授工部主事，学者、书法家、维新思想家。

代表著作：《新学伪经考》《孔子改制考》《大同书》《万木草堂诗集》

宣南住所：米市胡同。

65. 谭嗣同（1865—1898），字复生，号壮飞，湖南浏阳人。授四品军机章京，维新六君子之一，学者、诗人、维新烈士。

代表著作：《寥天一阁文》《莽苍苍斋诗》《仁学》

宣南住所：北半截胡同。

66. 梁启超（1873—1929），字卓如，号任公，广东新会人。光绪十五年举人，入民国任司法财政总长，维新思想家，近代文化大师。

代表著作：《饮冰室合集》

宣南住所：粉房琉璃街。

宣南士人们以满腹经纶的博学才华、毕生的研究成果、勇于担当的忘我精神，为中国的政治、经济、文化做出了杰出的贡献，在浩瀚的历史长河中，激扬文字，挥斥方遒。在传承、创新、发展的社会大变革中，取得累累硕果，他们从宣南凌烟标名，永垂青史。

宣南士人雕塑

天桥武生

许立仁

我家住在老宣武区西珠市口四圣庙胡同。这条胡同不大,西口连着赵锥子胡同,东口连着铺陈市胡同。铺陈市是南北走向的一条胡同,北口直对着大栅栏粮食店街,南头跨过永安路,一步就到了天桥。说起天桥那可真是个充满神奇色彩的地方。众所周知,天桥地名的由来是因天子每年到天坛和先农坛祭祀必由此桥经过。久而久之,天子走过的桥就落下个"天桥"的名字,也算是沾了皇家瑞气。当年这一带河湖港汊、流水潺潺、荷塘翠羽、杨柳依依。加之声声丝竹管弦,不绝于耳;处处莺歌燕舞,惊艳飞鸿,颇有些秦淮风韵。引得文人雅士、富商巨贾、贩夫走卒,于此乐不思蜀,流连忘返。清朝旗民分治、满汉分居,娱乐业不允许进入内城,使得天桥逐渐形成了三教九流、五行八作、什样杂耍、百样吃食的商业文化娱乐圈,也成为了北京民俗文化、市井文化的摇篮。

天桥真可谓包罗万象、雅俗共赏。这里鱼龙混杂,说书的、唱戏的、打把式卖艺的,蜂麻燕雀、金评彩挂,应有尽有。这方舞台也走出了不少名人，侯宝林、新凤霞、连阔如、梁益鸣、张宝华、张宝忠、朱氏三杰等都是天桥各路人物的代表。民国作家张恨水先生写的《啼笑因缘》、张次溪先生写的《人民首都的天桥》、老舍先生笔下的《骆驼祥子》等都从不同角度生动地描述了天桥的兴衰起落，悲欢离合。天桥就像一部巨大的百科全书，有汲之不尽、用之不竭的源泉。

四圣庙属天桥地区，我在这里土生土长，一住就是三十年，算是地道的天桥人。天桥极具个性，别看它五方杂地，却人杰地灵，讲的是一个局气，凭的是一个仗义。生在天桥，自然少不了受北京文化的熏陶，打小儿爱好那叫一个多，京、评、梆、曲、杂，没有不喜欢的，尤其最爱京剧，就爱在天桥、大栅栏的园子里扒着台口听戏，心目中崇拜的偶像就是久占天乐戏院的鸣华京剧团的统帅之一——大武生张宝华！

宝华先生家住天桥，去大栅栏的庆乐戏园子或鲜鱼口的大众剧场演出，每每打铺陈市经过。那时我还是个小孩子，遇到先生时，都会悄声站在路边，盯着先生看，一直看着背影远去，就像现在的追星族那么痴迷。看到先生骑车的潇洒范儿，联想到舞台上的英姿勃勃，觉得先生真是位了不起的人物。

先生的父亲名叫张起，最早是跟随唱河北梆子的崔灵芝先生从河北的武清县来到北京的。后来在天桥成了崔先

张宝华

生"群益社"科班的股东，培养皮黄和梆子"两下锅"的演员。先后培养出了梁益鸣、周益瑞、马益常、宋益俊、王益禄等人。张起老爷子在1937年又成立了"民乐社"科班。那时先生还小，整天贪玩儿，老爷子想让他收收心，读书识字，将来当个管账先生作为生计，就把宝华先生送到储子营上小学，可他根本不是念书那块料儿，压根儿不照学校的面儿。半年后，老爷子想考考他，结果他连自己的名字也写不出来，半行书也背不下来，气得老爷子直蹦高儿，拽过来一顿暴打！最后干脆像对《金水桥》里的秦英一样，把他锁在屋里哪儿也不让去了。后来经过宝华先生的妈妈和一位姓闫的经理讲情，才放了他。问了问到底今后打算干什么，他立马儿回答：学唱戏！看来真是什么人什么命，从此先生便和益字科的师兄们开始了学戏生涯，每天练功吊嗓子，边练功边学戏。开蒙戏是和谷德才先生学的《八蜡庙》里的贺仁杰，大伙儿一看，真是这里的事儿。之后一发不可收拾，陆陆续续学了《独木关》《搜孤救孤》《珠帘寨》《林冲夜奔》《斩黄袍》《定军山》《蜈蚣岭》《金锁阵》《殷家堡》《霸王庄》等戏，由于练功不含糊，嗓子也好，个头儿、扮相都有，又不惜力，文戏武戏、长靠短打，什么戏都学，最后扬其所长，定位在武生这个行当。

1942年"民乐社"改为"鸣华社"，1952年改为"鸣华京剧团"，1971年更名为"风雷京剧团"，这是后话。

宝华先生和大表哥梁益鸣先生、二哥张宝荣先生领衔演出，张老爷子总管事，爷儿几个在天桥天乐戏院（现在的德云社剧场）就演开了，把天桥的京剧市场搅得风生水起。梁益鸣先生正式拜马连良先生为师，有"天桥马连良"的美誉。《十老安刘》《春秋笔》《胭脂宝褶》《骂王朗》《舍命全交》《南天门》《借东风》《清风亭》等马派戏轮着贴，戏迷们争相来看"天桥马连良"。再加上宝华先生当家武生，宝荣二哥里子老生，三驾马车开道，以马派戏和武戏为主，逐渐形成了鸣华京剧团独特的艺术风格。当时，宝华先生二十出头，正冲的时候，有一次演《柴桑关》，铆上了！"口吐鲜血冒红光，人马来在南城往，某与子龙摆战场，我二人关前交一仗，只打得丢盔卸甲败走疆场，催马来在战场上。"在大嗓唱完周瑜这段唱儿后，扎着靠，四张高儿翻下，台下炸了窝，效果异常火爆，观众大呼过瘾。当时的戏码也多，每天轮换着演，主角儿戳得住，配角儿也卖力气，底围子也都齐心，玩意儿也好，座儿也愈来愈好！到天桥听戏，看张宝华成了大众的文化追求。

那时鸣华的戏也多，宝华先生和梁益鸣先生把鸣华带得声名鹊起。一天两开箱甚至三开箱，人也精神，戏也精彩。像啸聚山林、除暴安良、行侠仗义、杀富济贫、忠臣义士的剧目，如《武松》《英雄义》《大名府》《艳阳楼》《徐良出世》《酒丐》《四杰村》《田七郎》《白水滩》《九江口》，以及"八大拿"的戏，简直让人看不够。长靠戏诸如《铁笼山》《挑滑车》《长坂坡》等，扎大靠，份儿特大，出场一亮相，如同有磁场一样，一下就能把观众吸引住。白胡子老头儿戏，如《八蜡庙》《溪皇庄》《剑峰山》等更有独到之处。先生的猴戏也与众不同，记得"文化大革命"后复出在大众剧场首演的《三打白骨精》，也同样不同凡响。

先生在舞台上光彩照人，得益于能够融会百家之长，化为己用。在继承前辈表演艺术的同时，根据剧情发展、人物喜怒，在服装、道具、把子、档子设计等方面，也创编了很多合乎剧情剧理的新形式和套路，令人耳目一新，内行认可，观众叫好。看先生的戏总会被一种激情与活力所感染，享受着艺术的快乐。

最让先生津津乐道的是在天津傍着盖叫天先生演《白水滩》里的"青面虎"这段故事。按理说先生是武生，应工儿的是十一郎，可是这次盖老在上海的下串儿没跟过来，别的武花脸怵盖老的名头大，没人敢应这活儿，管事的找到宝华先生，先生没二乎，立马儿就应了，这等于从大局出发，跨了行当。天津这个码头太内行，观众是又懂戏又严格，台上出一点儿漏子都会喊倒好，让你下不了台。您深知这里头的难度。再说青面虎这个角色难度也大，跌扑繁重，真是难上加难。先生私底下和同台的其他演员商量，在翻跟头的时候怎么配合，人家也含含糊糊，也不说明白。为什么呢？当时戏班里的陋习，叫"抻练"
"抻练"，考考你到底有多大能耐。先生一看这阵势就明
白了，一咬牙，台上见。那时不像现在一出戏要反复排练
才能见观众，而是大家说说各自见面的地方，然后由攒
戏老先生一抓总就上场了。全凭着经验火候，更重要的是
得有扎实的功力，会的戏也得多，肚囊得宽绰才行。那天
整场戏下来，没有一点儿纰漏，先生更是超常发挥，跟头
翻得又帅又准，开打火爆炽烈，傍盖老那叫一个严实，盖
老高兴得一下子就看上了先生，非要带到上海去。宝华先
生当然舍不得天桥了，包括后来中国京剧院、北京京剧院
等一流院团都要请您加盟，先生都婉言谢绝了。因为您知
道，虽说去了对自己今后的发展肯定有好处，但鸣华就垮
了。为了全团的利益，放弃了个人的机会，这就是天桥人
最值得赞扬的一个"义"字。宝华先生就是这样一位侠肝
义胆，吐口唾沫能砸个坑的铮铮铁汉！

　　宝华先生不仅对艺术精益求精，不断进取，还把自己
几十年的表演心得、舞台经验，倾囊传授给年轻的演员，
为鸣华京剧团到风雷京剧团的薪火传承打下了坚实的基
础。从给孩子们看功，陪他们打把子，到把着手一招一式
地说戏，无不浸透着先生的心血。先生的门生，可谓桃李
天下，藏龙卧虎，当年的孩子们，后来有好多都成了各院
团、艺校的中坚力量，秉承着先生的教诲，为国粹艺术的
弘扬努力耕耘。

从对先生的高山仰止、景行行止到对先生更深入的认知，先生无愧于梨园界德艺双馨、义薄云天的菊坛翘楚。天桥这一方宝地，孕育了宝华先生传奇般的艺术人生。回顾先生的个人经历，我们不仅可体会到您从艺之路的艰辛刻苦，体会到您一路走来取得成功的梅花苦寒，更能领悟出从一个私人班社发展成为艺术院团的八十年来创业守业的民族精神。

如今，由张宝华先生奠基开拓的风雷京剧团正在其钟爱的弟子松岩团长的率领下，在弘扬民族文化、振兴戏曲艺术的道路上，继往开来，一路高歌！

这正是：

菊坛奇才大武生，
昆乱不挡耀目明，
童龀起霸天桥市，
风云走边鬼神惊。
九江口畔觅酒丐，
溪皇庄内访黄忠，
义薄云天肝胆照，
德艺双映梅花红。

戏外"龙套"

蒋　力

　　京城虎坊桥路口西南，数十户居民迁走了，一片破厂房变样了，旧都名胜湖广会馆在原地复原了。青砖红柱大瓦房，画栋雕梁古戏台，变旧为新，又不走样离谱。人们看着舒坦亲切，品着够味儿，迎着锣鼓点儿迈进门，听一段西皮二黄，过一番十足的戏瘾。

　　门外戏牌横列，台上灯火通明，名角儿格外精神，连龙套都毫不逊色。观众未必知道，但戏迷心中有数，这其中还有一位"龙套"没登台。那是一位不上台的"龙套"，一位钟情国粹艺术的"大龙套"。这位戏外"龙套"，名叫许立仁，职务有三：北京戏曲博物馆馆长、北京湖广会馆大戏楼总经理、北京天桥投资开发公司总经理。三者的关系可以理解为：企业文化，企业投资办文化，企业经营文化，促使文化产业化，"两个文明建设"一肩挑。

　　1992年成立的天桥投资开发公司，是在小平同志南方讲话精神鼓舞下诞生的，最初的设想是改造天桥地区，期待十年大变。1993年，公司参与湖广会馆修复工程，负责工程的整体资金投入，迄今已累计投入三千余万元。身为公司副总的许立仁专门负责这项工程。在当时的副市长何鲁丽、区委书记刘敬民等各级领导的直接指导下，湖广会馆工程顺利竣工。1996年5月8日，湖广会馆戏楼率先开放，从此天天有戏，每年只歇大年三十这一天，一直唱到了如今。

天天有戏，在电视已经普及、娱乐项目日益丰富的今天，谈何容易？首先是台上要有人演，其次是台下要有人看，再次是戏票能卖出去，更主要的一点是要让人知道有这么个看戏的地道地方。经营的第一阶段，许立仁与北京京剧院签订合同，按天付酬，绝不回戏，保证了剧团的收入；邀请周围的戏迷来看戏捧场，保证了戏楼的人气；引进历史悠久的赓扬集票友活动，专人主持，活动定期，名家助阵，票价低廉；大力宣传会馆，借助了湖广会馆的无形资产——一百八十多年的历史和丰富的人文资源：孙中山先生在此出席中国国民党成立大会并多次演讲；谭鑫培、余叔岩、梅兰芳诸位老板（旧时对京剧大师的尊称）都曾在这里登台献艺。当时，世界十大木结构剧场建筑，湖广会馆就榜上有名。第二阶段，配备英文字幕和解说材料，与饭店和国内外大小旅行社建立联系，使看京剧逐渐成为港澳台和外国游客来京旅游的必备内容；精心研发出二十余道戏曲趣味菜，变戏名为菜名，改脸谱为菜谱，丰富了湖广会馆饭店的文化内涵。第三阶段，广邀京、津、汴各戏曲团体或名角在此亮相，邀请外国京剧爱好者在此一显所学；继续完善硬件设施，建成北京第一百家博物馆——北京戏曲博物馆；参与各种公益活动，如赈灾义演、配合学校和机关的爱国主义教育等。

　　"龙套"的角色，就这样一步步"套"上了，而当初许立仁的理想可不是当龙套，他是想当一个威风凛凛的京剧武生。立仁的外祖母是河北梆子刀马旦，母亲是京剧武生，后来成了戏校教师。立仁自小随着母亲和导师团转，在后台长大，对广和、开明、大众、丹桂等南城老戏园子无一不熟，看见大人练功就跟着比画，听见锣鼓点儿就兴奋异常。母亲不愿他接自己这个班，坚决要他去上学。立仁放弃了当武生的念头，课余时间学起了绘画，专画戏曲人物，还学会了扎靠，以微薄收入贴补家用。后来分到电影院，从跑片、出纳、总务一直干到副经理，之后调到宣武区文化局。他曾担任过电视专题片《城南史迹》的总撰稿，其中他最喜欢的那集叫《梨园之乡》。他说宣武区有许多可自豪的地方，与京剧的历史关系密切就是一例，凡是唱戏的，几乎没有和宣武区没渊源的，光是在宣武区住过的就能数出若干人。命运未让许立仁成为京剧武生，却戏剧性地把他推到了一个继承传统、弘扬京剧艺术的经营位置上，这分量也非同一般吧？也许是因为经营戏楼的缘故，许立仁从形象上仍与京剧演员难以区分，他总是留寸头，脚下生风，讲话脆生，话语中透着谦和与实在。谈起湖广会馆戏楼作为企业经营的成功经验，他说原则有三：以信取人，以诚待人，以情感人。信、诚、情，这该是湖广会馆成功的秘诀了。

老先生们格外眷恋这块儿宝地，因为他们爱戏，懂得其中的文化价值。年轻人觉得这里新奇，蕴含了那么多的知识。戏迷们把这儿当作找乐儿的地方，因为可以不时地"票"一段。曾为湖广会馆修复工程立下汗马功劳的黄宗汉先生，还兼任孙中山研究室主任，看着许立仁这"大龙套"率一班人马不断干出新的成绩，心中足感宽慰。学者张中行老先生不仅常来看戏，还在留赠湖广会馆的诗中流露出自己的遗憾："日课三餐饭，年华两鬓霜。梦余仍有恨，未作戏中王。"戏前戏后，漫步会馆院内，移步换景，文昌阁、子午井、楚畹堂、风雨怀人馆，景景有故事，不由得想到黄永玉先生在湖广会馆题写的"回梦千重"。是的，真让人回味无穷……

老宅门程家七兄弟

刘一达

小院往来无白丁

丁章胡同在西城区太平桥大街的北边路西，与羊肉胡同相对。在金融街改扩建中，这条有二百多年历史的老胡同基本上被拆了。丁章胡同15号院，时有十三间半正房及厢房。老树依然，这座小院当年曾是鸿儒往来、群贤聚会、琴声萦绕、浸透书香的老宅门。在小院即将消逝的时候，拂去岁月的尘埃，追溯昔日的景况，我们可以感受到京城宅门文化丰厚的底蕴。

丁章胡同15号院的主人是程俊良先生。俊良，号休竹村人，是20世纪40年代京城著名的没骨画画家。没骨画形成于五代，流行于明末清初，当时有名的画家是恽南田（寿平）。其特点是色润其表，骨在其中。程俊良祖籍安徽休宁。老祖程鹤年是盐商，家境殷实。俊良的父亲程祖阴在20世纪初来到北京，曾在北京国立艺专教务处任职，他的书法极佳，靠在琉璃厂挂笔单养活一家人。程俊良受父亲的熏陶，从小练习绘画和书法，二十多岁时与三姑夫陈东湖一起加入了湖社。湖社当年是京城有名的民间艺术团体。陈东湖的没骨画造诣很高，后来成名的田世光、孙菊生、钟质夫等画家都是陈东湖的学生。程俊良哥儿仨，那俩兄弟仅活了三十多岁便因病故去了。所以俊良很早就挑起了程家的门户，并在丁章胡同置了房产。

程俊良聪颖好学、多才多艺，他不但擅丹青，而且还是京城"名票"，曾拜著名琴师徐兰沅为师，学习拉二胡。手头拮据时，给戏班操琴，出场费能挣十几块大洋。他会修钟表，玩照相机，懂珠宝鉴定，曾设计出上百种的首饰图样。他性情温和善良，为人忠厚仁义，结交了许多书画界和梨园行的朋友，郑诵先、王雪涛、娄师白、王遐举、萧劳、齐良迟、李少春、侯玉兰、宋富亭等文化名流常到丁章胡同里的小院来，吟诗作画，吹拉弹唱。幽静的小院因此增添了浓厚的文化情趣。

七兄弟与书画有缘

程俊良的夫人是贤惠淑雅的娴静女性。虽然一直没参加工作，但她相夫教子，操持家务，使孩子们能健康成长。程俊良和夫人共生了九个儿子，九个儿子都是在丁章胡同老宅里出生的。老二茂宏和老六茂恒早夭，成人的七个儿子几乎都跟书画和京剧有缘。老大茂元，今年六十八岁，从小喜欢京剧，工的是花脸，得到过姑爷宋富亭的指教。曾考上戏校，奶奶心疼他吃不了苦而没上。后来当上了国家干部，退休后每天练习书法和唱戏。老二茂祯今年六十一岁，在邮电器材厂退休，酷爱京剧，工老生，当年曾登台唱过整场的李玉和。老三茂才曾任北京煤气用具厂副厂长，主持过亚运会主会场巨型火炬的设计和安装，他喜欢书法，退休后每天研墨挥毫。老四茂仁，曾任中国第四砂轮厂动力分厂的厂长，山东淄博市政协委员，自幼研习书法，是欧阳中石先生的入室弟子，退休后从山东回到北京，专心致志搞书法。老五茂煜，原北京煤炭公司二厂的工会副主席，幼时跟父亲习画，退休后以丹青为乐事，花鸟人物有相当功力，现在京城书画界已小有名气。老六茂启，积水潭医院膳食科的特级厨师，业余时间也能哼两句老戏。老七茂全，号淳一，在七兄弟里最为出色。他五岁学习书法，先拜黄高汉先生开蒙，遍习颜、柳、褚、欧诸家及北碑南帖，十二岁拜书法大师郑诵先先生为师，主攻章草，造诣颇高。茂全自幼随父亲学习绘画，擅长花鸟人物。他毕业于首师大书法专业，是中国书法家协会会员、中国楹联协会理事、琉璃厂宏宝堂画店经理、北京市政协委员。

忠厚传家做人有德

老北京人住家的大门上有一副特有名的对联："忠厚

传家久，诗书继世长。"程家可以说是忠厚传家和诗书继世的典范。

程俊良老爷子对七个儿子教育甚严，但他的教育方式不是打骂，而是以忠厚为本，言传身教。老爷子一生淡泊名利，却结交了许多朋友。对所结识的朋友，不分贫富都忠心耿耿，宽以待人。1981年老爷子去世前两个月，拉着茂全的手说出他做人的准则：交朋友吃亏行，占便宜不行。老爷子做人非常正直，即便是授艺，也强调人品。他的座右铭是"艺术道路，人品为上"。他对茂全说，秦桧的字写得非常好，但没有人说学过秦桧的字；赵孟頫的字写得好，但他是宋朝人却做了元朝的官；宋徽宗的字写得好，画也不错，但他亡了国。所以他不让孩子们练他们的字，也不让孩子们临他们的字画。老爷子临终前对儿子们说，我死后借我钱的人，你们不许要；我欠人家的钱，你们一定要还。老爷子这辈子牙掉了往肚子里咽，胳膊折了往袖子里揣，从没欠过朋友的情。他走后，他的朋友逢年过节偷着把一只鸡或几条鱼放在程家小院门口，不留话，也不留任何字据。还有一位朋友，每月给老爷子寄钱，茂全给他写信告诉他父亲已去世，那位朋友仍照寄不误，一连寄了两年多。20世纪80年代，老画家秦仲文、娄师白等家境困难，想卖画又胆小，程老爷子主动帮他们到琉璃厂卖画儿，他从中搭时费力，但不取分文。

程家在丁章胡同的人缘极好。七个儿子规规矩矩、知书达理、重视礼仪、非常仁义。邻居有了困难，主动上门相助。茂全小的时候常帮着邻居大爷大妈买煤、买冬储大白菜、倒脏土。住过胡同的人都知道，早起倒脏土是挺费神的事。垃圾站较远，茂全自制了辆小推车，每次倒脏土顺路把邻居家的都捎上。早晨临上学，母亲给茂全炸几个馒头片儿，他一出门就都分给了同学。

难得七孝子

程家的七个兄弟关系非常融洽，不但同胞兄弟之间从没红过脸，妯娌之间关系也非常好。程老爷子和夫人生前患有肺心病，每年冬天得住三个月医院。七家轮流照看父母，他们对老家儿真是无微不至。西城区曾想以"七孝子"为题拍电视片，后因故没拍成。有一年老六茂启家里失窃，辛辛苦苦攒的钱被人偷走，其他六兄弟都去他家慰问，见他挺难过，当即每人凑了一笔钱给他，让他渡过了危机。现在程家七兄弟已有第三代，七家加到一起有五六十口子，虽然父母已作古，但七兄弟每年春节都要聚会一次。人太多，在餐馆订餐得开五桌，比一个单位聚餐还热闹。京城像这样庞大而且相处和睦的家庭比较少见。程家是老北京，在北京的亲戚有五六百人，这些亲戚看到程家七兄弟处得如此和美，而且事业有成，都交口称誉：这是程老爷子留下的德行。

诵老起名叫淳一

茂全是程家老七，母亲一直想生个女孩，直到生了第九个，全是男孩，所以到他这儿打住了。由于是老疙瘩，父亲对他比较宠爱。当时程家作为大宅门，家道已中落，程俊良1963年做了胃切除大手术后一直在家病休，每月拿病休费二十块四毛。这点钱养活一家十来口人，生活状况可想而知。为了养家糊口，程先生只好卖画贴补。后来，画不能卖了，只好给美术工厂画灯笼片儿、画绢片儿和画鸭蛋。老爷子身子骨儿不顶劲，茂全就替他画，当时茂全还不满十岁。老爷子知道儿子从五岁就练习书法和绘画，但又怕总画灯笼片儿和彩蛋在以后的书法作品中会染上匠气，便把儿子介绍给了自己的老友，中国书法研究会的会员黄高汉先生。黄先生教了茂全两年，又把他介绍给郑诵先先生。茂全正式拜郑先生为师。

郑诵先是当代中国书法界的老前辈。他祖籍四川富顺，毕业于上海震旦学院，早年以诗享誉文坛。20世纪50年代，他与章士钊、许宝蘅、郭风惠、黄君坦、张伯驹等数十位中国一流学问家一同组成了文学社团"稊园诗社"和"庚寅词社"。1956年他与张伯驹、郭风惠、陈云诰、萧劳等共同发起并创建了新中国的第一个书法研究团体"北京中国书法研究社"，并任秘书长。1964年他与郭风惠、溥雪斋、康伯藩、刘博琴等先生联袂在中央电视台举办电视书法讲座，开电视授课之先河。书界皆知"北有郑诵先，南有王蘧常"。书界仰其大名，敬称诵老。

茂全跟诵老学书法时，诵老已七十八岁了。他的三个子女，老大郑必达是天津体院的排球教练，老二郑必俊在北京大学历史系任教，老三郑必坚在中宣部任职。他们工作都非常繁忙，无暇照顾老人的日常生活起居，茂全把诵老的家务事给包了，他每天到诵老家，给老人换煤气、做饭、洗衣服、理发。忙完了，再跟老人学习书法。茂全对老人十分敬重，在生活上对老人是精心照顾。1976年唐山大地震波及北京，茂全从家里出来，第一个先奔诵老家。诵老对茂全更是一百一，把自己的书法绝技都毫无保留地传给了他。

当时茂全刚十三四岁，文的武的，见什么都想学。他有个九姥爷叫王鉴如，是"醉鬼张三"的学生。茂全跟九姥爷学练少林功，又学正骨推拿，此外他还学装订、装裱、刻印、绘画、京剧、胡琴。每天黎明即起，他先练拳，后写书法，再来两段"朔风吹"。有一天诵老看了茂全临的碑帖，在上面写了一番话："吾友少子曰茂全，聪明好学性所便，丹青笔妙承家学，从我问字说同源，学如牛毛成麟角，偿其成者善琢磨……茂全好学而务多，书此冒力之，故又为之制字曰淳一，使勿杂也，质之，尊甫俊翁云何。"这段话的意思是让茂全别贪多，什么都想学，守住一样，专一门，并给他起名叫淳一。后来，茂全一直以"淳一"为笔名，一门心思攻章草了。

一幅小画见真情

中国书法艺术不只是表现在文字本身，更多的是表现在文化的综合素养上，即所谓"书中有法，书外有功"。茂全在这一点上得到了诵老的真传。有一次，诵老让茂全裱一副他写的"大观楼楹联"，茂全拿回家后，现临了一副。几天以后，他把自己写的裱好挂在墙上让诵老看，诵老以为是自己写的，随口说，我写的怎么会这么散呢？茂全连忙解释是自己的作品。诵老说："青年人喜作草书，然不识其章法，盲无准则，急在结疵。"启功评诵老的章草："不作圭角怒张之态，而笔力圆融，中涵古朴之致。"茂全从此潜心学习，深得诵老章草之法，即提顿断按，气度缓行，笔慢，顿挫圆，有笔画处重，无笔画处轻，笔笔断而后起，先是刻意，后则无意之中。数年之后，他的书法在继承诵老传统功力的基础上，又增加了个人的理解，形成了自己的风格。老七茂全的书法艺术终成大器。

诵老当年是丁章胡同15号小院的常客，在这里诵老结识了李少春，李少春在小院曾给诵老唱过戏，茂全也在小院和李少春合作过一幅画。艺术上的相互熏陶终成往事。

当年在小院唱吟挥毫的长辈们大多已作古。但前辈们留下的做人的道理却长存程氏兄弟心间。诵老为茂全写过一首诗："为人当自立，学习在多思。职业无高下，品流有尊卑。"这首诗一直激励着茂全。

后来，茂全在八中校办工厂开过冲床，在北京京剧三团画过布景，后来又到"致美楼饭庄"当服务员，端过盘子，炒过菜。不论干什么，茂全都牢记恩师诵老的话，没把书法扔了。1983年他在致美楼当服务员时，画的《双雀登梅》登在《北京晚报》上；1985年，他的书法作品获"日本千叶市教育长奖"，报纸还为他发了专访。当时致美楼的菜单，都是茂全写的，日本游客到致美楼吃饭时发现菜单犹如书法艺术品，纷纷要买。几年后，刘炳森先生见到茂全，戏言道，我当时的一幅作品也不过如此，你怎么这么快赶上我了呢？黄胄到致美楼吃饭，看到菜单上的字写得好，非要见见茂全。得到诸多名家的抬爱，致美楼也发现茂全才气不可多得，于是让他管起了业务。以后他又调到区饮食公司当了工会干事。1997年，茂全调到琉璃厂的"孔膳堂饭庄"当副经理，两年后，孔膳堂迁址到大观园，原址改为"宏宝堂画店"，茂全当了经理。李燕定字号，刘炳森题匾，欧阳中石书联，"宏制丹青称圣手，宝章翰墨见文心"。六十年风水轮流转，程家的前辈曾在国立艺专任教，书画作品在琉璃厂挂笔单，程家的后人茂全又回到了琉璃厂。

茂全执掌宏宝堂的帅印后，真是如鱼得水，才华得到了充分发挥。他继承父志，广交朋友，宏宝堂成了书画界、梨园界的文化沙龙。茂全根据店堂的实际情况，以"独、特、新、奇"为旨，以"真、小、精、廉"为本，相继搞了四届书画小品展、两届名人书画精品展、书画名家四条屏展以及五届名家百扇展，受到社会的好评。他本人仍坚持每天练书不辍，其章草书法又有了新的提高，堪称一绝。作品多次参加国内外的重要展览，并获得十多项大奖，一些作品被国内外艺术馆博物馆收藏。国内的许多艺术博物馆和店铺请他题写匾额和对联，荣宝斋还要出版他的木刻水印书法。他举办过两次个人书法作品展，还在电视台举办过讲座，并出了光盘。茂全成名之后，没忘恩师，在他的操持下，《郑诵先书法选》和《郑诵先章草千字文字帖》相继出版，以此来告慰自己的恩师。程家七兄弟，茂全最小，在事业上却最有成绩。

"淳一"书家

李 燕

程茂全，字淳一，现为中国书法家协会会员，北京市政协委员，北京书法家协会理事，北京联合大学管理学院客座教授，北京港澳台侨海外联谊会理事，西城区政协常委，西城区文联副主席，北京宏宝堂文化有限公司董事长，毕业于首都师范大学书法专业。

程茂全出生在一个书画世家，从小受父兄的熏染研习书法艺术，后师从章草名家郑诵先学习书法。1988年到首都师范大学专攻书法，师从博士生导师欧阳中石先生，借深造之机，又从启功、刘炳森、沈鹏等当代著名书法家那里广吸营养。家庭的熏陶加之自己的勤奋努力，他的书法技艺日见增长。1984年其书法作品在"中日友好书法展"中荣获一等奖，其作品多次参加国内外重要展览、比赛，并多次获奖，一些作品被国内外艺术馆、博物馆收藏。他本人多次被编入"艺术年鉴"和"名人大典"。

现在，享"书画家"称号的人士空前之多，我能记起的多为前辈。在我的印象中老前辈郑诵先的章草艺术在他仙逝之后几成绝响。郑老所作章草自然浑朴古拙，遒劲有神。当代最有国学修养的书法家启功先生评道：诵翁植基柳法，落笔自圆，以作章草，与西陲出土之古墨迹极相吻合。

郑老晚年，有一少年学生程茂全，聪敏好学，忠诚质朴，深得郑老喜爱，教其书法与国学知识，且赠其一字曰"淳一"，颇寓哲理。

"淳"者纯粹也，醇厚也，"一"者非数之"一"而系人文之"一"也。"淳一"即"志淳于一"，正是中年书家程茂全追求的事业方向。他的座右铭是"书山有路勤为径，学海无涯苦作舟"。他在插队务农的艰苦岁月中，依然临帖习书。20世纪80年代工作于首都饮食行业，笔下功夫照例不断。由他书写的菜谱，居然被赴宴者们当书法作品收藏。他专攻书法，师从名家，又从诸多当代著名书法家那里广汲学养，接受其父花鸟画家程俊良先生、启蒙老师书法家黄高汉先生、诗人书法家萧重梅先生等前辈的教导，自家风貌已现端倪，作品每见于报章、展馆与电视。

程茂全少时即多有爱好，凡国画、诗词、武术、京剧、漆画等俱非一般涉猎，其探讨痴兴与年俱增。这正是他人文素质中不可或缺的成分。他深谙郑老对他的教导："学如牛毛成麟角，偿其成者善磨琢，要知艺业在专精。"当今书苑画坛，意识到广博文化修养和博以养专之理的并不多，程茂全能够"既茂乎全而又淳于一"，并能如孔夫子教导"吾道一以贯之"，去从事他心中的事业，这种精神实在是难能可贵的！

如今的茂全，并非居家的专业书画家，而是肩负着经营一个国有文化单位的重任。身为琉璃厂古文化街要位之地"宏宝堂画店"的经理，他仍以其文化素质的优势特点，为弘扬中国书画艺术做出了颇有特色和影响的贡献。被观众誉为"独、特、新、奇、真、小、精、廉"的"当代书画名家百扇展""名家小品展""小型四条屏书画展"等，每逢开幕，画家云集，媒体传布，诚乃人缘在兹，艺缘在兹！郑诵先老人在天有灵，定为门下有茂全——淳一学子而倍感欣慰！

"淳一"书家

她是齐白石的亲传弟子

晓谕文艺

新凤霞原名杨淑敏，祖籍江苏，生于苏州，被人贩贩卖入津。六岁学京剧，十三岁习评剧，十五岁脱颖而出，她在《刘巧儿》《花为媒》《杨三姐》等名剧中的传神表演，被世人誉为"评剧女王"。

"评剧女王"是新凤霞最广为人知的头衔，事实上，她还是著名作家吴祖光的结发妻子，梅兰芳的徒弟，还因"生得好看"而被齐白石收为义女，学习国画。

这个女人究竟有多美？且让时光倒流六十年……

新凤霞和吴祖光，才子佳人的旷世奇缘

新中国成立初期，新凤霞创作了一大批歌颂新时代的评剧，《刘巧儿》是新凤霞青年时期主演的一出剧目，在全国产生重大影响，新中国时期无人不知新凤霞。

那年吴祖光从香港回来，老舍介绍他和新凤霞认识。表面上看两个人十分不般配，吴祖光出身于诗书世家，而

新凤霞出身贫民。她的父亲是卖糖葫芦的，母亲不识字，她要靠唱戏养活一大家人。

然而喜欢听戏的吴祖光第一次见到新凤霞就对她有好感，后来还专程为她做过一次采访。他欣赏她甜脆的嗓音，以及在舞台上表演时的脱俗扮相。那时吴祖光并不知道，新凤霞已久闻他的大名了。

她演过他写的《风雪夜归人》，十分仰慕他的才华。新凤霞心里想嫁的男人，就是吴祖光这样的。面对外界的压力，她说："评剧是我的生命，吴祖光是支撑我生命的灵魂。不能两全，我宁要祖光。"

于是，他们先结婚后恋爱，他教她认字、读书。她则帮他洗衣，连早晨的牙膏都为他挤好。

但恩爱幸福的日子还没过够，动荡的局势便将他们卷入波澜。吴祖光在被打成右派去了北大荒之后，新凤霞则搬进了集体宿舍。

文化部的一位领导把她招去时，说只要她同丈夫离婚，就可继续她正值巅峰的演艺事业。她却说："王宝钏等薛平贵等了十八载，那么我可以等祖光二十八载！"

就是这样一句话，新凤霞成了评剧院内定的右派。她白天挨批斗，晚上唱戏，从舞台上下来，就要去刷马桶。

好容易等了三年，把吴祖光从北大荒等回来，还没有喘息的机会，接着的"文化大革命"，又扰乱了他们平静的生活。吴祖光再次被揪了出来，新凤霞也一起受到牵连。在批斗中，她半身瘫痪，再也不能登台唱戏。

当所有风云散尽，留下的是已衰老的容颜和她残疾的身体。在吴祖光眼中，她依然是最美丽的女人。

面对不能再登舞台的事实，她很长时间不适应，也暗自哭泣。他却说：不许哭！他知道哭泣解决不了问题，他要为她重新设计人生。

他鼓励她绘画，在他的帮助下，新凤霞终于重拾生活的乐趣。在丈夫给她的书房里，二十多年，她完成了几千幅花鸟画和十几本回忆录。

他习惯了与她相伴的日子，习惯了他们在各自的书房里快乐地忙碌。可有一天，她突然病故，吴祖光一度失去所有灵感。五年后的同月，他也追随她而去。

他们用一生忠于彼此，不离不弃。他们用不求回报的付出，成就了一场绝世的爱恋。

齐白石："她生得好看，我就要看！"

新凤霞早年常在家剪裁戏服，刺绣、画花样，有些绘画的基本功，这为她学画打下了很好的基础。

一次，吴祖光宴请梅兰芳、齐白石、郁风等朋友来家里吃晚饭。齐白石看见凤霞便目不转睛地被吸引住了。旁边的人推了他一下说："不要老看着人家，不好……"齐白石生气地说："她生得好看，我就要看！"凤霞走到面

齐白石与新凤霞

前说："齐老您看吧。我是唱戏的，不怕看。"满屋子人全笑了起来。郁风站起来说："齐老喜欢凤霞，就收她做干女儿吧。"新凤霞立即跪在地下叫"干爹"。齐白石高兴地收了这个干女儿。

齐白石教新凤霞画画"很偏心"，几个学生同在他家时，他常常要其他人回去而独留下她一人，并且常常叫他最信任的裱画工人陪她同往。

吴祖光的父亲吴景渊擅诗文书画，在齐白石和公公的指点下，新凤霞渐渐对绘画有所精通。

由于毛笔字缺少功夫，新凤霞的每幅画要吴祖光题字才能成为一幅完整的作品。她对吴祖光说："干爹说的，我画画，你题字。夫妻画难得：霞光万道，瑞气千条。"

新凤霞因残疾告别舞台后，常泼墨作画，加之得到齐白石亲传，她的国画别具一格，作品同她的演唱艺术一样朴实无华、清新淡雅。

在嘉德的拍卖会上曾上拍一件吴祖光、新凤霞和吴欢同作的《行书七言诗，秋菊草虫》，上有新凤霞的画、吴祖光的题字以及吴欢的七言诗。画中题识："菊色三秋好，清香一室闻。新凤霞先母大人遗墨秋菊。余补蜻蜓草虫，乃得白石翁真传也。己丑年吴欢并识北京昌平寓中。"

1957年9月16日，齐白石因病逝世。当时，反右运动如火如荼，新凤霞和吴祖光都没能去与齐白石告别，更没能去给齐白石送葬。

行书七言诗，秋菊草虫

新凤霞拜师梅兰芳

1953年秋天，梅兰芳在天津中国大戏院演出的时候，吴祖光为拍梅兰芳舞台艺术电影片赶至天津，新凤霞也跟随先生来天津看戏学习，借此机会拜梅兰芳为师。

拜师仪式在天津登瀛楼饭庄举行，师徒合影之后，大家举杯畅饮。在座的有戏剧家田汉、张庚等人。梅先生风趣地说："我每次收学生都是学生请客，这次收新凤霞我自己请客。"

梅兰芳对新凤霞这样一位年轻的地方戏演员从不轻视，他和梅夫人经常观看新凤霞的演出，特别是新凤霞上演《凤还巢》时，他是场场必到，之后打电话给新凤霞，主动约她抽时间说戏，对新凤霞一个眼神、一个指法，都耐心地指点。

在"拜寿偷看"一场，梅兰芳给她讲了表露内心独白的动作，如含羞、斜视、偷看、点窗纸、退步、侧身等，这些没有语言的动作，都由梅兰芳亲自做了示范，新凤霞非常感动。

新凤霞在运用水袖上，向梅兰芳学到的是"美中有意"——一个好演员，在舞台上从不乱舞水袖，讲究水袖出即必美，而美中要有含意。直至今日，凡演新派《凤还巢》的，特别是新凤霞的一些弟子，都在运用师父的这套水袖功。

新凤霞在"文化大革命"中因惨遭迫害而留下残疾以致无法再登上心仪的舞台，她晚年坚持写作，著有《少年时》《新凤霞说戏》等。1998年，一代佳人就此仙逝，享年七十一岁。

有人说她生错了年代，而正是那个年代，造就了她跌宕起伏的一生，成就了她圆满的爱情、辉煌的事业，哪怕遭受迫害也笔耕不辍的精神。对于新凤霞来说，人间这一遭，不枉走！

行业春秋

别了，第二热电厂

侯勇魁

　　别了，北京第二热电厂……

　　当我打开电脑开始起草这篇小文时，输入的第一行字便是："再见，第二热电厂……"然而突然又感觉到这样用词实在缺乏准确。应该说是没有"再见"了，我们永远不会再见到印象中的第二热电厂。第二热电厂已经完成了自己的历史使命，从今以后不复存在了。

　　人们通常亲切地管"第二热电厂"叫"二热"。它当然还在，起码当地居民在一段时间内还会习惯地称呼天宁寺地区为"二热"，特别是我们这些当初的建设者和现在居住在电建二热生活区的受益者。但二热将会以一副时尚的、现代的、时髦的，甚至是更加气派的模样展现在人们面前。2015年10月29日的《北京日报》报道："有着30多年历史，肩负城市腹地稳定供热重任的北京第二热电厂老厂区正式宣告转型，进军文化创意产业，目前正在建设招商，明年'五一'即可开园。"

　　然而，它将不是我心中的二热，不是我青年时代为此流过汗水的二热了。

我和二热的关系形成主要是在20世纪70年代的后半期。我是1975年下半年来到第二热电厂的。严格来讲，是来到了第二热电厂的建设工地上。那时候的二热还没有高耸的烟囱，没有宏伟的厂房，没有隆隆作响的机组，更没有时不时就会随着微风而飘下一小撮细细粉灰的清烟。

那时候的第二热电厂只不过是堆码在西面空地上的一条条钢管、一排排立柱、一座座钢梁、一块块结合板、一轴轴电缆和一箱箱电器开关柜罢了。二热在等待我们去组装、调试、运行……

没错，我就职于电力建设部门。

我是1969年底毕业于北京水力发电学校动力装置专业的学生，分配到了一五〇工地上的二大队二连五排二班。看不明白了吧，这里让我解释一下。当时企业的建制实行军队化，而走出校门的学生都要到基层去"接受工农兵再教育""在灵魂深处爆发革命，彻底改造旧思想"。我去的单位是正在河北省邯郸市涉县施工建设的发电厂（一五〇）工地，由北京电力建设工程公司第二工程处（二大队）营建。我被分到电厂的锅炉工地（二连）焊接队（五排）的一个焊接小组（二班），当了名气焊工。

在我经历了河北邯郸一五〇厂、北京第一热电厂、石景山发电总厂的高井电站及珠窝电站的建设后，又转战到了北京第二热电厂。

可能是由于邻近原有的建筑物，待建的二热空地相对还是比较紧凑，其西面与北京钢厂隔着条小路遥遥相望，中间还插有一组双线的列车专用线。北面是个高坡，坡下当时仍种有少量的农作物。再往北走还是条小路，有一块公交站牌孤零零地竖在路口。如今已然忘记是几路车，但似乎从来就未见过曾有什么公交车从这里行驶过。走过小路，就是白云观了。不过当年白云观山门紧闭，外面也是人烟稀少。而位于场地东北角的，就是著名的天宁寺塔。

天宁寺塔是中国现存的密檐式砖塔中较典型的一座。据文献记载，这座塔在隋代时就已经有了。不过现存的天宁寺塔是辽代建筑，个别细部还在明清时期重修过。我们

二热旧影

要在这里营建起第二热电厂时，天宁寺塔就已历经九百多年风霜雨雪的考验了。

我们第二工程处的办公室就设在塔底下的西北角。这里有个小院，内有两排砖砌的平房，估计原先可能是当地社、队的院落。工程处的办公室、工程科、劳资科、行政部门以及食堂等就都分配在院内。院外当时还有一两户农户没有搬走，院内有狗，还有饲养的鸡，时不时还会蹿到办公区域的院内溜达一圈，晒晒太阳。

我们到食堂打饭时，都要从塔前走过。这座塔建在一个方形大平台上，塔的平面是八角形，但显著地分为三部分，即塔座、塔身和十三层塔檐。据说塔大约有六十米高，最下部是须弥座，塔身每层塔檐系缀风铃，每逢风起，铃声会响成一片。我们从塔下望上去，隐隐约约地可以看到浮雕上有金刚力士、菩萨、云龙等纹饰，形象十分生动。

一般来讲，发电厂的烟囱高度往往是锅炉的二至三倍，也就是第二热电厂烟囱高度要达一百二十米。旁边是锅炉房，大约五十米高。所以我们开工建设时就听说过，很多专家、学者对第二热电厂的选址是持反对意见的，认为高大的烟囱、厂房压抑了天宁寺建筑的高大。当然，这个意见很快就被否决了。1965年时北京市拆掉了宣武门，1968年拆除了崇文门，1969年为了修地铁而拆光了安定门和西直门。如今到了1972年选址在天宁寺前街的庄稼地建厂，不就是烟囱高点儿嘛，没全拆除干净了就不错。

20世纪70年代初，中央重点单位和使馆区主要靠分散的小锅炉供热，飞灰很多，严重影响城市环境卫生。而最主要的还是供热难以保证，因此市政府决定新建北京第二热电厂。二热待安装的锅炉是220t的蒸汽锅炉，这在当时算是比较先进的了。220t吨并不是锅炉的重量而是指它的热功率。简单来讲，就是锅炉每小时能生产出220t吨的蒸汽。换言之，也就是每一分钟都会把3.67m³的水烧成肉眼看不到的蒸汽。

第二热电厂同石景山发电总厂不同，二热除去发电以外还要输出热能，尤其是冬季，成为市区腹地一个重要而稳定的热源。发电厂一般为了节约用水，还要把蒸汽还原成液体水后重复使用，这就需要再建一组凉水塔。凉水塔的技术名称是循环冷却水系统。其外表如同国际象棋里面的战车棋子。和棋子外表不同的是，凉水塔通常为双曲线形而不是堡垒形。凉水塔上部是风筒，塔底为蓄水池。空气从塔底侧面进入，与水充分接触后带着热量向上排出。所以从外面看上去，塔的顶部总会有一团团蒸汽排出。外人们通常会以为这是一座科技先进的建筑，其实就是一个薄壳的建筑物，里面是空的，顶多有些淋水装置。

二热同时供热，也就不需要建立凉水塔。否则凉水塔会设计在锅炉房的侧后方邻近天宁寺的砖塔，而从凉水塔中冒出的团团热气也就可能给这座近千年的古塔造成不可估量的伤害。

天宁寺塔临街的对面是一条护城河。当年在广安门桥头的河边上停靠的都是公交车。这里是许多公交车的总站，如9路无轨电车。9路无轨另一头的总站在朝阳门外的红庙，旁边便是第一热电厂。

从广安门桥上往西走，也就是二热厂的正南方，沿街两边几乎都是平房了。这和广安门内道路两旁的商铺形成鲜明的对照。记得当时从广安门公交总站到第二热电厂施工工地尚有三四里路的距离。沿街只有一家药店和一家副食店。邻近北京钢厂的路口处是一个饭铺，也是一间大平房，黑黝黝的地面，主要经营炒饼和炒疙瘩。

到工地去需要穿过居民区。这片居民区是整齐划一的平房，没有小院，各个住房的屋门都是临街打开的。这些房屋，包括公用卫生间的墙面基本都涂成灰色。在道路与住房交叉口处有自来水管，而旁边往往就是集中收取垃圾的站点。垃圾站处砌有一米高的砖墙，用以堆放居民的丢弃物。穿过居民区，下土坡，就进入了工地。

参加二热建设对于我来说，最大的便利就是离家近，可以从广安门站起驶"跑月票"，天天回家了。

这是我参加工作六年来第一次能够"跑月票"。

毕业分配后在家里过了一个愉快的春节，我便去了位于河北省邯郸市涉县北面的一五〇发电厂工地。其实我还算是一个幸运儿，因为在我们学校同期的毕业生中有一半左右的同学被分配到了中国水利水电第五工程局，去了甘肃省文县的碧口镇，参加嘉陵江支流上的水电站工地建设。

当时我们从北京站去往涉县的一五〇工地需要走上一天一夜。前一天晚间11点左右在北京站乘坐开往甘肃/宁夏的普快，凌晨时分在邯郸下车，然后换乘开往磁山的普通客车，到后还要换乘从磁山开往涉县的"铁闷子"车。因为这段路还是窄轨，与铁路网尚未联通。这样大约下午时分抵达了涉县火车站。下车后还要步行八里地，才到一五〇厂。不过虽然是山路，但早已铺设规整了，走起路来并不吃力。

一五〇电厂三面环山。因为环山，所以敌机无法进行俯冲式轰炸，这在60年代末时被称作"三线战备工程"，不过据说这个厂后来早就被废弃不用了。两年后，我们回到北京，参加位于门头沟区的珠窝电站建设，同样是在三面环山的山窝里。当时大家住宿舍，每周六下午返城，周一乘早车回到工地，是在永定门火车站乘坐开往张家口的普通列车。列车运行整整需要一个小时。我们焊接队的所有人员（除女工外）统统住在一间用芦苇支撑、里外和泥的临时住房内。两边是土炕，中间有一堵用红砖砌的炉灶烟火墙。大家无论师傅还是徒弟，一个挨着一个地竖躺在炕上。只有我们二连的连长宋应申，因为也是焊工出身，所以临时也居住在焊工宿舍里，只是在门口处单独搭了个小木床。

工地食堂在山包的上面，大家往往一起夹着饭盆，走在山间的小路上去用餐。小路两旁大多是酸枣树丛。打好饭后就在食堂附近捡块砖头，围成一圈，坐着在那里边聊边吃，然后借食堂锅炉的热水把饭盆刷干净了，再夹着回到宿舍。

当年食堂的伙食还是不错的，当然，前提是要有足够的饭票：最贵的菜是红烧肉，三毛；然后是熘肉片、回锅肉、木樨肉、焦熘肉片、腐竹肉片等，都是二毛五；氽丸子，二毛二。这些算是甲级菜肴。乙级的基本上就是肉片白菜或肉末豆腐，含豆腐、豆制品一类的菜肴尚需多付一两粮票。丙级的菜肴有炒萝卜条、油渣白菜、熬白菜、熬茄子等，几分钱。我还记得当年在高井电站工地上进行锅炉大件起吊作业时，要求所有人员，无论是起重工还是安装工、焊工等十二小时对接，工程不能中断。结果某天到了用晚餐时间，大家来到食堂，看到挂出的菜谱是红烧肉三毛、炖吊子一毛五、熬白菜三分。排队在窗口的几个起重工要买红烧肉，食堂却回答，红烧肉还未炖好，只有炖吊子。结果起重工们就不干了，表明工作乏累，不吃红烧肉就没力气干活，而且拒绝回到工地。这事惊动了二大队的负责人之一黄运强，黄主任赶来后，问明情况，立即吩咐要把好菜供应给一线工人。不过如今，如果一份红烧肉和一份海带加猪大肠、肚、心和肺头的炖吊子摆在面前，在不考虑血压、血脂、血糖、尿酸以及胆固醇的前提下，他们又会怎么选择呢？

如今到了二热工地而开始"跑月票"的话就用不着关心食堂的伙食了，早餐和晚餐都可以在家里吃。

当年北京的交通月票同样分为职工和学生两种。职工月票又有四种类型。第一种，市区月票，价格三元五角，只能乘坐一位数的市内公交车，如9路无轨。市区月票的底版是红色的，竖版。第二种，郊区某支线月票，价格四元。当时一些驶出城四区的车辆为郊区公交车，排号是两位数。例如我上学的北京水力发电学校位于定福庄，门前只有一趟42路公交车，是从郎家园开往通县的。后来我参加施工的高井电站工地门前也只有一趟公交车，是从展览路开往门头沟的36路公交车。如果到电厂工地，在高井站下车；如果先到宿舍，就要在黑石头站下车了。市区月票是不允许乘坐郊区公交车的，这样就需购买郊区专线月票，如36路专线、42路专线等。郊区月票同样可以乘坐市内公交车辆，底版也是红色的，为横版。第三种，通用月票，价格五元。为了满足一些人员换乘两路不同的郊区公交车的需求，则有通用月票。顾名思义，是可以"通用"除去长途汽车以外的所有公交车辆的月票。通用月票的底版和郊区月票底版是一样的，只是每月贴上的号签不同。通用的就是"通用"二字，郊区支线月票的号签则是路号。第四种，公用月票，价格十元。月票底版是白色的，没有照片，是可以供任何持票人使用的月票。

当年初次购买月票是需要本人持工作证的，以兹证明持票人确系北京职工。以后如果是连月购买就不需要出示证件了，但若隔月，哪怕是仅间隔了一个月，也是需要出示本人的工作证的。

但我在"跑月票"还是"不跑月票"的问题上始终拿不定主意。这主要是因为当年时常要加班，如果加班，就会赶不上公交车，也就无法"跑月票"了。

当时安装一套50MW发电机组基本工期只有十个月。每年冬季是做一些开工的准备，像我们电焊和气焊工们是要进行技术培训及测试的。

发电厂的主要管线都是高温、高压，发电的原理用大白话讲，就是锅炉把水烧成蒸汽，而这些蒸汽要推动汽轮机，汽轮机还要带动发电机，发电机切割磁力线从而产生了电流。试想，这样的压力得多大呀。这就要求每个焊口的质量必须合格，我们在焊接的时候要焊透，也就是说甭管多粗的钢管，必须全部用焊缝将其连接上。同时焊缝中不能有过大的气泡、过大的夹渣，不能有一丝裂纹。因为裂纹是有扩展的可能的。所以当每上一个工程前大家都要焊一个试样去进行金相分析及物理拉伸、弯曲试验等，合格者方能上岗。

工程都是在开春时分就要进行锅炉组装，临夏时完成后大件起吊，把锅炉整体拼装起来。然后就是把各部件的总管道接通，同时安装楼梯、步道、锅炉的墙皮等。临冬前大致完成，开始点火试验、调试运行。

由此可见，自春至秋，是大好的施工季节。记得有工程的时候，一般"五一""十一"期间我就从来没有休息过。甭说是周日休息了，就连周六晚不加班都会倍感幸福。当年加班没有补助，只是记"倒休"。如果"十一"没休息，加了两天班，则记两天"倒休"，可以在任何时候用"倒休"来请假。当时我们大队很多师傅的家都在外埠。如我师傅刘保全，家在保定，所以对加班并不反感。这样攒足了"倒休"，可以在春节期间连探亲假一起，回家多休息一段时间。加晚班更是习以为常的事情了。通常加一个晚班可以记半天的"倒休"。大家食堂里吃完晚饭，喝口水，侃侃大山，约莫晚7点时背着工具袋上工地。食堂是夜里11点开夜宵，大家在此之前回来，洗洗手，去吃夜宵。当年加晚班同样没有酬劳，只是给一张有面值的食堂就餐券。我已经记不清就餐券的面值是几毛钱，只记得一张券正好可以换取一个义利的果料面包和一枚煮鸡蛋。

因为有可能时常需要加班，我的"跑月票"计划也就被搁浅放弃了。

二热工地邻近市区，所以当时也没有正式的职工宿舍。只是在靠近居民区的地方搭建了几套活动木板房。不过这些木板房在1976年的夏日间发挥了重要作用。那年7月底，唐山大地震，北京也受到波及，震感强烈。于是我们焊工队的几个人把工地旁的标语牌摘了下来，垫上砖，在木板房内支成大铺。中间拉上一条条电线，挂上帘布为隔断，全家都搬了进来。

由于河北唐山的陡河发电厂当时也处于扩建时期，单位的大部分老员工，包括我的师傅刘保全也就都派往陡河工地去了，第二热电厂的工作就必须由我们一群以二级工为代表的青年工人来完成了。为了保证工程质量，焊接队首先就是有针对性地进行技术练兵。

技术练兵的首选项目是钢架焊接。钢架的组合是通过结合板将各横梁连接起来，需要平焊、立焊和仰焊的全面技术的应用。钢架将支撑起整个锅炉，在工程质量上不能出现一丝误差。记得还是在涉县的一五〇工地上，当时#1炉的顶棚大梁在焊接后的第二天，焊缝上就全出现了裂纹。一五〇厂的锅炉在当时是新型产品，钢梁结构是首次使用了含锰、硅等材料的低合金钢。经过现场分析后技术人员认为，全面施焊时钢梁"热涨"，焊后"冷缩"，偏偏焊缝的金属强度不高，因此就被扯裂了。于是决定采用低氢钠型的结507碱性电焊条来替换原使用的钛铁矿型结503酸性电焊条。同时采取了一些防范措施：如焊接前先用气焊割把烘烤焊缝，使其提前预热；在焊完一层后用刨锤的尖头反复击打焊缝，以分散内应力等。当时是焊接队的顾顺然老师傅第一个系上安全带，站在五十多米高的悬空吊板上，用割把先把断裂的焊缝清理干净后，又认真地检查了一遍，才让电焊工们重新施焊。

有了几年前施工过程中的经验教训，在二热工地开始进行的技术练兵活动就是和生产紧密结合起来的。从组合阶段开始我们就组织了对锅炉后部钢架焊接的电焊比赛。由十二名青年二级焊工参赛的现场平均分布在一号组合钢架旁。在焊接排长苗文光的指挥下同时引弧开焊。经过多层焊接，最后根据焊缝的熔化程度和表面的整齐、美观等要求评出了我们二班里的钟芦生、郝连庆，焊接一班的李京龙为钢架比赛的前三名。锅炉工地党支部同时还向优胜者颁发了焊接手册，鼓励大家努力学习焊接技术。

郝连庆是1969年参加工作的"小字辈"，一开始为安装铁工，后因焊工后备人员匮乏才转为电焊工。一五〇电厂工程组合钢梁时他还不具备独立操作的资格，主要是给老师傅们递焊条，同时还要忙着用刨锤敲焊道。短短六年之后，小郝已经成为师傅了，此次荣获前三名，意义非凡。

钟芦生则是对待任何工作都尽心尽力的"老"师傅。当年他在认真练习焊接技术的同时，还在认真练习书法。尽管工作繁忙，却仍能挤出时间在中央工艺美术学院教授何宝森先生指导下学习绘画，后又拜徐北汀先生学习中国传统书画。数年中亦曾得到了苏士澍、刘炳森、张仁芝等名家的指授。就这样，1949年出生的钟芦生现为中国书协会员、中国电力美协会员、北京中韩书画联谊会员，其名亦被收录在《中国历代书法家人名大辞典》中，最终完成了由一名基建工人到绘画书法家的不可思议的转型。

刘保全是我的师傅。写到这里才提到师傅是因为刘师傅的形象很难用文字来描述。刘师傅平日不苟言笑，和工地上的一群年轻人打得火热，关系甚好。但若说到工作，刘师傅则极其认真。由于锅炉安装过程中的管道连接与组合厂上的施工不同，有的位置极差，可能焊口的周围有一些固定的物体挡住焊把的使用或焊工的视线，造成工作困难。这本是极其平常的事情，但有的人员下工后就爱满世界地吹嘘他工作的艰难和高超的能力。而我跟师傅这么多年，从未听到师傅说过一句对工作操作环境的评论。若干年来，凡刘保全师傅焊接的管口，检测全部合格，从未出现过质量问题。

在刘师傅的教授下，我在二热组合工作中开始焊接高压焊口。从碳钢管道的省煤器管、悬吊管、顶棚管道、低温过器管道，到合金管道高温段过热器管道等，随着超高压、超临界锅炉的出现，我们原已掌握的焊接工艺已经不能满足工程的需要了，为此又要学习氩弧焊打底及铝母线焊接等的新工艺。为了普遍提高技术工人的焊接水平，公司做出了三项重大决定。第一，在第二热电厂工地组建一个"焊接技术培训中心"，负责全公司的焊工技术培训和考核，为大型超高压、超临界机组的焊接工作做好技术和人员准备。第二，加强对焊接施工质量的控制。把关淑奇技师调到质量科任科长，再派出任永宁、杜乃彪、刘西昆到西安交通大学培训，用以充实焊接技术管理力量的同时，又委派我和水电校同学并同在公司焊接队的王兢（王桂林）到良乡电力研究所学习焊接和金属学，组成了焊接技术组。从此我的身份也就从一名高压焊工转变成一名焊接技术人员了。第三，合并原来分散在锅炉、汽机、电气的焊接班组而组成专业的焊接工地。宋应申任党支部书记，李义杰任工地副书记，苗文光任工地主任，温玉善任工地副主任，任永宁任技术负责人。自此为后来成立北京电建焊接公司和焊接培训中心打下了良好的基础。

在第二热电厂的每台机组安装的间歇期，焊培中心又相继举行了北京电建公司青年焊工比赛、京津冀焊工比赛、京津冀青年焊工比赛等，这些比赛中涌现出于芳东、祁万灵、孙宝庆、张富强、张京宝、郝连庆等一批优秀焊工。以至后来在他们的辅导下，又涌现出像朱越强、臧希中、任淑玮等这些驰名中外的"焊王"。应该说，如果没有当年二热工地上的焊接中心，就没有后来的北京电建公司焊接培训中心，更不会产生后来称霸全国的"焊王"及"焊接状元"。

虽说二热工地没有正式的职工宿舍，但在工程告竣后，当时的电业管理局还是在腾空了的原组合厂空地上兴建了几栋宿舍楼，使得电建公司一批整日漂流各地的基建战线上的员工终于有了个安定的家园。最后整个二热地区为我们公司员工解决二百多套住房。

然而，几十年过去，世事沧桑。据《北京日报》上的报道说："由'二热'脱胎换骨而来的文创园占地7.9万平方米，将采用修旧如旧的手法进行改造，保留带有工业遗产风貌的老厂房等设施。……在规划设计上将结合天宁寺、白云观等周边现有历史文化元素，形成现代工业遗产与传统历史遗迹相交融的文化特征。"

我知道，一切事物原本都是会变化的，第二热电厂也不例外。不变是相对的，而变则是绝对的。但二热于我，毕竟也是一段历史的记忆，毕竟也是我一生中亲手参加营建的大型电站之一，毕竟也是我从一名高压焊工成长为一名焊接工程师的开始……

还是让我们再重温一下北京第二热电厂的建设过程吧：

1972年开始筹建，计划厂区共占地十一公顷，由华北电力设计院负责总体设计。第二热电厂计划安装四台50MW上海产双水内冷汽轮发电机组和六台220t/h高压高温锅炉。

1976年破土动工。土建工程由北京市第二建筑工程公司负责施工，设备安装由北京电力建设工程公司负责。

#1锅炉和#1机组于1977年11月5日并网发电。

#2锅炉和#2机组于1978年9月23日并网发电。

#3锅炉于1978年11月3日点火启动，具备运行条件。

#3机组于1978年11月24日并网发电。

#4锅炉于1979年6月12日点火启动，具备运行条件。

#4机组于1979年11月28日并网发电。

#5锅炉于1979年12月28日点火启动。

#6锅炉于1980年7月15日点火启动。

至此第二热电厂按照设计要求全部建成，发电总量为220MW，供热能力320Gcal/h(1340GJ/h)。

2009年8月5日，第二热电厂关停并转。

……

别了，北京第二热电厂。

二热旧影

当物业经理的"四季"与"五味"

王志毅

　　我这个当年的海军少校，在部队服役了近二十年后，于1989年退役转业回到了北京。当时的政策不像现在，机关事业单位进不去，只能乖乖地到企业报到。我分配到的北京城市建设开发总公司，后改名为北京城市开发集团，2005年与北京天鸿集团重组合并为首开集团，我在这个国有企业一直干到退休。

　　1996年至2006年，我在城开集团下属的亿方物业公司第一分公司当了十年的经理。一分公司管理着分散在原西城区、宣武区的多个小区和单独楼座，管理面积五十余万平方米。有三座锅炉房，自供暖面积三十万平方米，还有二十万平方米的热力供暖（负责收费和楼内维护，之后全部移交给了热力集团），还有为外单位代供暖的，情况挺复杂。另外还有数十部电梯。在业主和住户中，有党和国家领导人、市区领导，有国家机关及其工作人员，有农民拆迁安置人员、落实政策人员、知名人士等，"党政军民学，东西南北中"，几乎北京市各类人士都有。收取的物

业费也是五花八门，有个人交的，有单位交的，还有单位
个人分着交的。这些年以来，除了供暖费因为煤改气有过
调整以外，标准几乎没有变。

1996年时，一分公司有员工三百余人，其中国企老
职工近一百人，合同工二百余人。后来公司成立了电梯公
司，分出去了一百多人，还有一百多人。人工成本随时间
不断增加，一分公司最初每年除了上交管理费等费用外，
还能上交利润。后来，收入和支出几乎持平。20世纪90年
代，每月四五百元可以请一个有电工本而且技术不错的电
工，而现在每月三千元只能请一个五十岁以上的保安。作
为国有企业，我还兼任过几年党支部书记，"党政纪工
团"都要重视，一年忙到头，这十年期间，就没有在家过
过年三十。一年"春夏秋冬"四季，真是"酸甜苦辣咸"
五味俱全啊！首先谈谈我们物业人的"四季"。

春天，万物复苏。物业人除了日常工作以外，要忙着
房屋普查，忙着房屋大中修、设备检修。供暖结束了，锅
炉设备要及时保养检修，为下一个供暖季做好准备。热力
供暖，除了热力点要检修外，热力管线也要全部检修。房
屋及设备也要全面检修，对发现的问题，上报工程部核实
后，根据情况确定大中修项目。项目确定以后上报公司审
核，批准后组织实施。春天是施工的好季节，特别是露天
工程，主要是楼房防水工程。有一年，我们在小红庙小区
的一栋楼施工，天气预报近期没有雨，谁知道刚把楼顶的

旧防水层拆开，半夜里就下起了雨，急忙覆盖苦布，但是住户家依然漏了雨。给住户刷房不说，还要给住户们赔不是。还有一年，天气刚刚暖和，宣西大街后8号楼的消防管突然崩了，把楼道给淹了，还把一户住户家里给冲了。我赶到时，已经快半夜了，水阀关上了，维修工正在往地上撒盐，防止住户滑倒。那户被冲了家的女主人突然晕了过去，我们又七手八脚忙把她送到急救中心，到了那里，男主人说带的钱不够，我和段长又把身上带的八百元钱给了他，所幸经检查女主人没有大问题。

夏天到了，忙防汛和防暑降温。给我印象最深的是危电改造。当年建楼房时，没有想到用户的家庭用电发展那么快，结果供电系统不堪重负，频频跳闸烧保险，住户把保险丝由细的换粗的，由铅的换铜的，空气开关把小的换大的，有的竟然把电线杆子上的线路过载烧着了，我们叫"点天灯"，这时候只能拉闸。但是，一旦断电拉闸，投诉电话马上就来了，说什么的都有，怎么解释也不行。那几年，物业处的主任和维修工们，半夜以前没有能睡觉的。危电改造费时费力，资金投入也不少，有能力有条件的单位很少。后来在各级政府的大力支持下，我们通过集资，对集团分管的所有楼房进行了危电改造，这真是造福于民啊！还有一项麻烦工作必须要做，就是锅炉房进煤。每次进煤，要事先贴出通知，因为要半夜进煤，非常扰民。煤车卸煤时，要开着大灯，铲煤车铲煤时，柴油味很大，尤其是噪声特别大。小红庙锅炉房煤场就在居民楼下，因而住户意见非常大。每次进煤时，虽然多数住户能够理解，但是依然不停地有人来投诉。还有一年，刚刚进煤，有关部门找来了，说是把小凉河的河堤给轧坏了，不让走车，还要罚款。这是唯一可以进煤的路，不让走车怎么办？经过多次协调才解决。

秋天忙收费。秋天是物业公司的收费旺季，一分公司多数是福利房和安置房，基本上是单位交各项费用（供暖费除外）。这样有利有弊，它比一户一户地收要省事，但是一旦有几个收不上来，当年的收费任务就无法完成。我当经理的十年正是国家大力改革的时期，政策不断调整，几乎年年都有变化。任务量逐年增加，特别是房改房出售给个人以后。我们集中人力物力，忙的时候连办公室和维修工都要上，什么招数都用上了。开始时，通过银行划拨很有效，但是时间不长这招就不灵了。我们又采取以物抵债的方式，收来的东西五花八门，但怎么抵账又大费脑筋。记得我们在皮革厂收了不少皮鞋，二十五元一双，我们组织原价出售，因为价格便宜，卖得很快，但是也有卖不出去的。白菊牌洗衣机当年很火，20世纪90年代突然倒闭后，他们用积压的产品冲抵职工供暖费，我们要了几台放在了维修班；还收过牡丹电视机，发给了各个物业处和班组；"北冰洋"汽水也收过。我记得还收过"王麻子"菜刀，我还买了两把，现在还有一把没用放在家里。后来停用了这种办法，主要是账务上处理起来非常麻烦。再后来，主要采取法律措施，这样就比较规范。但是也有一些问题，主要是周期长，而且执行难，还有不愿意受理。有一回，我们与某机关打起了官司，该机关事务管理局局长很生气，把公司主管领导和我及有关人员找了去，说了一通。还好局长比较通情达理，让他们的有关人员解决了问题。问题得到了解决，我们马上撤诉。

冬天到了，该忙活供暖了。前面说过我们的供暖方式多样，主要分为锅炉房、外线和楼内几部分。燃煤锅炉很麻烦，除了司炉工、电工、水化工外，还需要运煤工等。锅炉房也有考核指标，比如耗煤的数量指标、室温指标（不低于18℃）、水化指标、含碳量指标等。节约燃煤有奖励，超额有处罚。最初有几年是暖冬，每年都能拿到节煤奖，后来气候转为寒冬，加之其他原因，节煤基本做不到了，住户还反映说不暖和。2002年左右，燃煤锅炉陆续改为燃气或燃油锅炉，工作环境改善了，人工成本有所降低，但是燃料成本却增加很多。特别是燃油锅炉，开始时，柴油每吨两千多元，成本尚可维持，但是很快涨到了四千多元，这就造成了赤字运营。经过上级的反复协调，北京市市政管委每年按照燃油价格给予我们补贴，这才基本解决了企业的困难。冬季供暖讲究看天烧火，原来全凭职工的个人感觉，后来安装了测温点，提供了供暖曲线图，系统加装了平衡阀，供暖效果大大提高。供暖刚开始时，怕供暖的管道系统"窝气"，一旦出现"气塞"，就需要放气。住户家中有人还好说，没有人就要到处找，因为系统是串联的，放不了气就要影响一串住户。后来工程部的想了个办法，在公共部位安装了一个自动"跑风"装置，才解决了这个问题。还有一年，某小区很多住户家中暖气片接连漏水，我们马上组织人力，采购材料配件，忙活了两个供暖季才基本解决。冬天还怕刮大风，某一年的大年初一清晨，一栋楼的墙皮被狂风刮下来一大块，砸坏了几辆车，幸好没有伤人，想想就后怕。

"四季"的故事要讲的还有很多，"酸甜苦辣咸"的"五味"，也全都融入其中。物业人确实不容易，但最不容易的是不被人理解。当然物业人自身的工作水平也必须加以提高。作为物业人，特别是开发企业的物业，不但要承担一些社会责任，还要为企业承担责任。某小区因为各种原因，未完工就进住了，业主们不满意而集体上访。我和维修工前往该小区，面对数十名业主，反复做说服工作，并把他们的意见反映上去，在上级的支持下，小区环境得到了改善，业主的情绪才基本平息了。有一年，某小区几位业主邀我去开座谈会，一位业主言辞激烈，我解释了几句。不久一封举报信告到了上级纪委，其中一条就是该小区的物业处主任请我到燕京饭店吃饭。找我核实时，我说我单位就在燕京饭店旁边，几乎天天路过，可是我连大门都没有进去过。当时心里虽然不舒服，但是也让我吸取了一个教训，就是和业主们对话一定要讲究方式方法。有一年，复外小区某栋楼下水道被堵，疏通机根本打不动，只好把下水管道用电焊切割开，维修工满身污水，发现是下水道被倒入了粮食，粮食一遇水就膨胀导致堵塞，淘了很长时间才恢复通畅。

还有常年都要抓的安全保卫工作、消防安全工作，处处都要精心。有一次，一名业主家中做饭忘了关火，厨房失火，我们的维修工提着灭火器冲进去灭了火。为了改善某小区自行车存放问题，我们修了一个存车棚，正在焊钢筋，街道消防科来了，说是住户反映，没有经过批准动用明火，罚款五百元。又有一次，我们的职工抓到了几个偷楼内消防枪头的半大小子，因为未成年，派出所教育了一顿就放了，可是我们每年都要补充不少消防枪头。还有一次，消防监督部门检查我们的地下存车处，发现只有一个出口，而且看车人态度不好，马上开出了罚单，我们立刻进行整改。还有一次检查时，说我们的消防水龙带没有防水层，长度也不够，我们马上整改更换。我们就是在不断的被处罚又不断的整改过程中前进的。

"酸苦辣咸"讲了不少了，唯独还没有讲到"甜"。某小区道路损坏，该社区书记找我，我和有关部门反复协调，终于争取到资金。当道路竣工时，社区书记反复感谢。类似情况还有不少，当产权单位提出问题得到解决时，住户和业主困难得到解决时，还有我上台领取先进单位奖状时。我记得1997年年底，我们完成了全年的各项任务指标，因为那是我当经理的第一个完整年，心里是甜甜的。

物业和业主是相互依存的，同时也是矛盾的双方。我承认，物业公司的整体服务水平和能力，确实有待提升。但是提出的问题物业能够想办法解决，这就是合作的基础。同时我认为，街道和社区应该在物业和业主之间发挥更大作用，这些年有了一些进步，但是还有很远的路要走。

2006年因为首开集团改制，我离开了物业经理的岗位。交接完工作，我如释重负，但是也依依不舍。现在回想起来，真是百感交集啊！前些日子战友聚会，互相聊起到地方以后干了什么。听说我当过物业经理，都说："受苦了！辛苦了！"当然说受苦是调侃，但是辛苦是肯定的。希望我们物业人的辛苦能够没有白白付出！

电影院情怀

李　繁

　　我本想将往事忘怀，但我留恋那逝去的一切，其中有着美好愉快的回忆，还有着我的失落与悲伤……

　　我对电影最深刻、最温馨的记忆是从北京西城的西单、西四附近的那几家电影院开始的。

　　2010年春天，我离开了生活、工作了五十多年的北京。本是去异地小住，可这一住就是好几年，直到两年前的夏天我回到了阔别已久的北京。我惊奇地发现，北京已经不再是那个我熟悉的北京了。偶然路过位于西四丁字路口的红楼电影院，抬头寻找那曾经熟悉的大招牌，却发现它已荡然无存。找到了电影院的入口，敲门进去，漆黑的放映厅里已是断壁残垣，银幕不见了踪影，座椅早已被拆除。看门的大哥告诉我，影院已经停业两年有余了，西城区文委准备在今年把它改成一家公共图书馆，目前正在等待整修改建。走出了红楼电影院，我的心里沉甸甸的，于是又向北走，去了相隔不远的胜利电影院。我惊奇地发现，这家历史悠久的老电影院，在保留电影放映功能的基础上，改造增加了非物质文化遗产展览展示功能。其中设有西城区非物质文化遗产项目展厅、"菲怡阁"民俗文化讲坛、民间工艺展示区、传承人工作室，以及影视厅、报告厅等多个功能厅室。我走到门可罗雀的放映厅门口，呼唤了几声没有人应答，休息厅西侧的售票处也紧锁着大门，看不到一丝曾经的热闹繁荣。

从小长在北京的人，对老北京的情怀与生俱来。北京越来越现代，有了环路、有了地铁、有了"中国尊"、有了大大小小的公园绿地……可无论怎么变，它依然是活在我心中的那座充满厚重古韵的老城。今天我就重点说说留住了我青春岁月的西四地区及那里的电影院。

北京有一句老话叫"东单、西四、鼓楼前"，这三个地方曾是北京最繁华的地区，西四虽不如西单繁华，但在当年也是名噪京城的。

西四解放前称"西四牌楼"，始建于元代，因原先在此地的十字路口的东西南北各有一座木质牌楼而得名。西四的牌楼始建于明永乐年间，与东四牌楼相对。南北路口的牌

西城非遗展示中心

楼上书"大市街"，东路口的牌楼上书"行义"，西路口的牌楼上书"履仁"。据说明代这里是处决犯人的刑场。

记得小时候，夏天每逢周末休息日，爸爸妈妈就带我们姐弟去北海公园游玩。当年我家住在西单，到北海公园要乘9路无轨电车，每每电车途经西四时妈妈都会告诉我们这里是西四牌楼，我们的外婆家就住在西四牌楼北面的大红罗厂。因此我对西四的记忆是从儿时开始的。冬天的周末爸爸妈妈就会带我们去电影院看上一场电影，离我家最近的电影院就是红光电影院，其次就是电报大楼对面的首都电影院。这两家电影院是我们经常去的，如逢满座无票时，父母也会带我们去稍远一些的西四去看电影。

当年的西四算得上北京西城很繁华、很热闹的闹市，那里有百货商场、菜市场、鱼店、包子铺、小吃店、邮局、银行，还有新华书店。最为重要的是，那么一块儿弹丸之地却集中了三家电影院，为西四这片繁华的商业闹市又平添了几许浪漫和清雅的文化气息。

胜利电影院坐落在西四十字路口的东边，光听这响亮的名字就已让人感到它宏伟气派的大家风度了。红楼电影院位于西四丁字路口造寸时装店的东面，它的外墙是红色的，影院的入口陈旧狭小，那未经雕饰的门脸儿总能使人联想起它经历的沧桑，追忆它曾经的辉煌。在西四丁字路口的西侧有一条长长的羊肉胡同，胡同深处坐落着一家地质礼堂，虽是地质部的内部礼堂，但平时也对外放映电影。妈妈说，到西四看电影不用害怕买不到票，方圆一公里之内有三家电影院可去。买好票，坐在舒适的电影院里，夏天舔着小豆冰棍，冬天则啃着冰糖葫芦，期盼着电影开演。电影终于开演了，欣赏着电影里讲述的故事，心里那种美滋滋的感觉我至今记忆犹新。

我与电影院正式结缘应该追溯到1974年。我下乡返城后被分配到"西城区联合影院"工作。当年西城区有七家电影院，行政所属西城区文化局，业务上则从属于北京市电影发行放映公司，是全民所有制单位。当年下乡返城的知青许多都分配去了街道、工厂或集体所有制企业，能在一个全民所有制单位上班是非常令人羡慕的。经过几天业务培训后，我被安排去了胜利电影院工作。

胜利电影院是一家老字号影院，至今已有近七十年的历史了。影院的前身是位于西四西安广场内的西庆轩茶

胜利电影院

园，1939年由日本人改建为电影院，当时叫北京电影院；1949年2月，北京市军管会接管，正式更名为胜利电影院，从此翻开了它崭新的一页。听在影院工作的老人们说，如今的胜利电影院还是1968年新建的，四十年前的旧址并不在现在这个地方。当时胜利电影院在现址北面约一百米偏东的西安市场北侧，跨在大糖房胡同和小糖房胡同之间，西临的小糖房胡同还设有一扇后门。此处顶部为半圆形砖墙，墙后是放映室，墙是红砖砌的，墙上有几扇窗，窗的上面有水泥塑筑的"胜利电影院"五个繁体大字。银幕在大厅东头，南面是正门，旁边是售票处，那里还搭有一个很大的雨棚子。影院北侧有一扇门（太平门）开在大糖房胡同延伸出的一小段南北走向的短小胡同的南端，平时是紧闭的，只有在电影散场时才会打开。

从新中国成立到我参加工作时，胜利电影院经过几代人的努力，已经成为一座新型的多功能现代化影院。几十年来接待了难以计数的观众，为社会主义电影事业的发展做出了巨大贡献。

电影院的工作分三大块，"放映组"负责放电影，"业务组"负责卖票，"场务组"负责检票、打扫场地等工作。我们这些新入职的员工当然是被安排在最脏最累的"场务组"了。70年代电影少，观众多，影院常常爆满，我们每天的工作都十分繁重。所幸的是在工作之余，每每电影开演后，我都可以钻到放映厅内去看电影。由于那时候文化生活匮乏，看电影自然就成为了一种奢侈的享受，许多电影我百看不厌，以至凡是1992年之前上映的影片，我只要闭着眼睛听到一句台词，就能说出影片的名字。

参加工作之后，我接触了无数的电影观众，逐渐领悟到电影的魅力。对于日出而作、日落而息的百姓来说，能在休息日花上二毛五分钱（学生五分钱）看上一场电影，来打发那千篇一律的日子，无疑是一种奢侈的享受。渐渐很多百姓有了对电影的期待，也徒增了几分快乐、几分激动、几分憧憬，日子便觉得过得很快，也很充实。在和煦的春风里，在灿烂的秋阳下，百姓们兴冲冲地奔走在西四的大街上。那时的天空总是很蓝、很高、很纯净，就像我们无忧无虑的心。

每当我站在电影放映厅门口检票时，发现看电影好像是许多观众心目中的节日，有些观众会早早地在电影院

电影院徽章

电影票

305

门口等待着入场。夏天，电影院门口，总有大爷大妈推着盖着厚厚棉被的冰棍车，大多数观众会举着三分钱一根的红果冰棍或小豆冰棍，奢侈的再加上两分钱，升级买一根奶油冰棍。在那个年代，这就是看电影时的零食了。舔着那甜滋滋、冰冰凉的冰棍，看着银幕上那演绎着的或悲或喜、或伟大或渺小的人生故事，心中充满了满足感。神仙过的日子也不过如此吧！而到了冬天，寒风刺骨，但依然驱散不了人们看电影的热情。影院门口卖冰棍的大爷大妈换成了卖烤白薯、糖葫芦的小哥儿。在电影院里，人们手捧一毛钱一个的热乎乎的烤白薯，用冻红的手指细心地剥下外皮，慢慢地吃着。品着那甜甜的味道，欣赏着令人着迷的电影，至今仍让我感觉到欣慰。当年物质生活虽然贫瘠，但一点儿也影响不了百姓的情绪，而有电影的日子总是那么美好……

那个年代电影院里永远座无虚席，热闹非凡。你永远不会感到寂寞、孤独。电影院里常常会与同学或邻居不期而遇，于是在看电影的同时，又加上一份朋友相见的喜悦。那时，我的工作虽然很辛苦，但和大多数电影观众一样，生活是充实和快乐的。

几年后，由于工作需要，我调进业务组工作。尽管卖票的工作十分枯燥无味，但工作之余，坐在售票窗口，看着大街上匆匆过往的行人，或是站在树荫下聊天、下棋的大爷大妈，感觉也很惬意。尤其是每场电影散场后，看许多观众匆匆挤出影院，钻进西四十字路口西南角的包子铺去吃包子，很是有趣。包子铺很小，常常满座，赶上饭口，包子铺门口便会排起长龙，许多顾客不厌其烦地排上十几或几十分钟的队，店内才会有空座位，可当他们吃上这一咬一流油的热包子时，脸上洋溢着的是大大的满足。没办法，谁让喜欢这口儿呢！

1978年，复映片、外国片一齐上映，各影院都门庭若市。那时电影院的售票员走到哪儿都是最受欢迎的人，各单位的工会负责人都会追着我们来买票。那时候真的是电影院的春天。无论是彩色的八个样板戏，还是打鬼子、捉汉奸的黑白片电影，还有那些非常走俏的港台片、外国的谍战片，许多观众看过七八遍还不厌，看得津津有味。时光流逝了这么多年，即便是曾为电影工作者的我，在此后看过无数的中外电影，也几乎没有一部能像那时候看过的电影那样深深地打动我。

在那样的日子里，在西四的街道上，留下了我许多青春的脚印。伴随着电影院里观众朗朗的笑声，或是悲伤的泪水，都那么让我难以忘怀。电影中讲述的那些动人的传奇故事，在无数个寒冷的夜晚，曾经充实和丰富着我和观众们平淡苍白的人生。当年那些电影中美妙动听的插曲，唱进了我和观众们的心里。那些歌声是那么熟悉、那么抒情，无论何时何地听到，都能引起我们的共鸣，唤起我们心中温柔的记忆，让我们心潮起伏，激动不已……

时过境迁，改革开放后各种娱乐活动都有了，电影就开始被冷落了。那时全国有六亿多电视观众，加之影院里上映的影片也不受欢迎，影院渐渐地招不来观众，票房上座率开始下滑，电影市场的不景气已经让一些经营不好的电影院转了行。就在这时，我又被调去做影院的宣传员。

当年，北京市区共有专营及兼营影剧院八十个，每个影院中都有一名"宣传员"。宣传员是电影院的职工，又都有一个北京电影发行放映公司颁发的绿色塑料皮的观摩证，证上贴有持证人的照片，还工工整整地写着"电影宣传员"的字样。"电影宣传员"顾名思义，为电影做宣传者也，干上这行后，我才知道宣传员的工作远非仅仅做宣传而已。

有人说宣传员是沟通影片与观众的桥梁，而我觉得宣传员是与电影有着特殊关系的人，他们是引导观众走进电影院的人。

当然这工作也不是所有的人都能干得好的。宣传员其实是电影院和各机关团体、观众之间的联络员。在别人眼里，这工作挺轻松，跟许多单位都有联系，又不像影院里的其他工作人员整天被拴在电影院。可不身临其境，谁都不知道这里的苦。

我开始接手这工作时，说实在的，真的是不太喜欢，但后来越干越觉得有劲头。我发现这个工作很适合我，可以说，我在电影院的观众身上，又一次找到了自己的人生价值，这也使我成为当时业内人士评价最高的宣传员之一。

电影公司要求宣传员准确、及时地宣传每一部新影片，组织座谈会、影评会，而电影院则要求宣传员多组织观众来看电影。用当时时髦的词叫"社会效益与经济利益一起抓"，这要求看似简单，做起来那才叫难呢！在工作实践中，我体会到宣传员这份工作，不仅是一种职业，更是一门学问。要真正掌握了，还是蛮有意思的。

1986年以来，企业管理中引入了竞争机制，在改革和竞争中，我一直摸索宣传员这份工作。当时电影市场不断滑坡，好电影却又千呼万唤不出来，观众的审美格调同时又不断提高。电影导演追求的是电影的艺术价值、保留价值，而我们宣传员得让影片（不管什么层次的）实现票房价值。怎样才能实现这一举多得呢？此时中国电影的"黄金年"已经过去，随之而来的是开始实行"电影票价浮动"，大众的业余文化领域在不断拓宽，旅游、运动会、音乐会都需要占用各单位的文体费用支出，在各单位工会的电影票经费没有同步调整的情况下，电影就更排不上号了，许多单位半年之中能组织职工观看一场电影就算很奢侈了。我们电影院虽然地处西四的繁华地段，但在方圆一公里之内还有两家同样规模的影院，凡是和我们有业务联系的单位（客户）又都和那两家兄弟影院有联系，甚至有的单位为了"平衡外交"，一场电影一半人在我们影院看，另一半人那家影院看，这就意味着我们要在竞争中争夺观众。

我并不赞成这样的竞争，所以开始接手这个工作后，我首先整理出四百多家以前和我们有联系的单位，然后骑上自行车去这些单位走访恢复联系。这些单位有拥有两千人的大工厂、大医院，也有只有两三人的自行车存车处，还有单位远在离我们影院十几公里外的西郊。整整一个夏天，我几乎每天都顶着烈日，早出晚归，一个个单位地上门拜访，辛勤的汗水换来了可喜的成果，我们影院终于又和这些老单位恢复了联系，同时又发展了两百多个新的团体单位客户。北京的电影观众的欣赏特点是有区域性的，由于历史原因，各区域的观众形成了自己特有的鉴赏习惯和特点。我根据他们的习惯和特点宣传安排适合他们的影片，让这类影片的上座率基本达到百分之百，其他类型的片子再想办法组织周围的机关、企业人员观看，效果也不错。

另外观众的欣赏口味真可谓是"萝卜青菜，各有所爱"，一段时间武打片场场坐满，后来就不行了，哪怕有一些在国外获了奖的影片，也只受到一部分观众的欢迎，而在另一部分观众心中则无法产生共鸣。这种差异是由多方面的因素促成的，对此，电影宣传员的敏感性是最强的。我们并不能要求各电影制片厂都拍出雅俗共赏的好影片，但我们周围却不能没有欣赏要求不同的各种观众。我觉得，这对任何一个宣传员来说既是挑战，又是必须要面对的。

两年中，许多单位的工会干部几乎都成了我的朋友，在工作中我们互相配合，既让职工们能及时看上新电影，又完成了我们的业务指标。当然这只是我工作的一部分。为了让观众能第一时间了解到新影片的内容，我还必须编写好新影片的宣传材料。我订阅了《电影文学》《大众电影》等杂志，而且平时注意积累电影资料，提高文学修养，力求把每部影片的宣传材料写得简练、生动。1987年，我们影院接待了二百三十万人次观众，夺得全市总放映场次第一，业务评比中夺得了四项第一，同时在北京市文化局和北京市电影发行放映公司举办的电影宣传演讲中取得了第二名的好成绩。

其实，电影院演出的每部影片背后都饱含着宣传员的劳动和汗水。有时，这种劳动还会隐藏在别人的成绩里。比方说，影院休息厅里展示的影评文章、电影简介等吸引观众的手段，这些工作也都是由我们宣传员完成的。另外组织观众搞好群众业余影评工作，协助市电影公司做好新影片的宣传、座谈，组织观众与新片剧组人员的见面会、座谈会，也是宣传员工作的重要部分。

说起群众业余影评工作，离不开各机关单位、企业工会对我工作的支持和帮助。记得当时八一电影制片厂拍了一部名为《雷场相思树》的影片，该片描写的是五名地方大学毕业生到军校学习，毕业时到前线实习的故事。他们塑造的军人形象光彩照人，带有鲜明的20世纪80年代青年的特点。影片上映后，我联系的一个团体单位北京汽车仪表厂工会组织他们全厂八百多名职工观看此片，并以该片为题材搞了一次全厂范围的群众影评征文比赛。结果有一百多人投稿，稿件的质量大都非常好，有些老工人写的稿子虽然文字非常朴实，但看得出稿子是用心写的。市电影公司宣传科又帮忙邀请了八一电影制片厂副厂长及《雷场相思树》剧组全体成员到北京汽车仪表厂就影片进行了座谈，座谈会中两个厂结成了兄弟厂。

以下是几部影片观众座谈会的纪要。

电影《大决战》座谈摘录：

观众：也可能是职业的关系和家庭的熏陶，从小受革命英雄主义教育，我喜欢战争题材和历史题材的影片。像《血战台儿庄》、描写三大战役的影片《大决战》题材都很不错。基本上把战争的残酷、指挥员的睿智、战士们的骁勇都表现得比较完美，并且把当时的历史也再现得比较真实。

编剧：拍战争题材的影片场面描写很重要，细节描写也很重要。战争场面表现一定要真实。情节安排一定要符合逻辑。

观众：有些场面无法让人容忍。比如子弹永远打不完，英雄永不死等。《大决战》影片虽然看着很过瘾，但有些爆破、枪战、肉搏场面我们军人看起来有明显的漏洞。还有一些战争片，漏洞最多的是道具的运用。如抗美援朝时我国才进口的武器，出现在抗日战争的战场上，50年代我国才进口的"吉姆"卧车，40年代的国民

《大决战》海报

党军官就坐上了，这些不但违背了历史的真实，而且编导的想象力也太超前了。

观众：说起现在战争片中演员的表演，比起五六十年代的演员好像差了点儿什么。影片里双方指挥员的表演者的化装虽然与历史人物很近似，但表演上总感觉不是那么回事儿。可能过了几十年，太进步了，找不到过去的感觉了。"史更新""丁尚武"比当年的"李向阳""高传宝"差远了。

电影《开国大典》座谈摘录：

观众：历史题材的电影《开国大典》有深刻的教育意义。让人对领袖人物和英雄人物有敬佩感，更多的是了解

313

历史，了解领袖和英雄人物的生活。艺术成就也很高，既现实，又抒情。演员的表演很有吸引力，通过事件让人们对历史有较深的了解。

观众：《开国大典》有深刻的思想内涵，很有看头。但影片的缺陷也很明显，领袖人物的塑造没有完全生活化，老有一种叱咤风云的感觉，不是多角度多侧面。演员孙飞虎饰演的蒋介石在这方面就很成功。

电影《最后的贵族》座谈摘录：

观众：著名演员潘虹在影片《最后的贵族》中饰演一个外交官的女儿，可谓是大家闺秀。可当她在美国遇到旧情人时竟然瞪着一双大眼睛，直勾勾地望着对方，一点儿不含蓄，不符合她大家闺秀的身份。不知这个镜头导演是怎么设计的。

观众：不喜欢影片中哭的场面，故事情节一到关键之处，男女主人公就泪如泉涌，呜咽不止，这种煽情的场面一点儿都体现不出美来。艺术虽然是源于生活，但不能失真。一个精神正常的人哪有那么多眼泪？

电影市场化改革后，全国的电影院就在业务和资本的纽带下分属于几十条电影院线，英文全称"theater chain"，是指以影院为依托，以资本和供片为纽带，由一个电影发行主体和若干电影院组合形成的一种电影发行放映经营机制。院线对旗下影院实行统一品牌、统一排片、统一经营、统一管理，真正形成了电影市场的概念。目前全国影院发展得非常快，从20世纪初的一千块银幕发展到现在五万块银幕。现在的很多电影院都从街道上搬进了大型购物商城里，西城区的七家电影院只有首都电影院还在继续着它的使命，位于西四的三家影院，红楼电影院改成了公共图书馆，胜利电影院改成了西城非物质文化遗产展厅，地质礼堂目前以"开心麻花"话剧演出为主，兼放映电影。

而今的北京西城有一种岁月沉淀下来的韵味。漫步街头，走进元代的白塔寺、明代的紫禁城、清代的王府花园、民国的名人故居，这些旧时的老物件儿，还静静地停留在那里，仿佛时光静止，仿佛伊人依旧。我想，我或许不会再去西四了。现在西四的一切还能在我心中留有一片痕迹，我怕下次再去的时候，见到的是一个陌生的西四。所以，我要让我心中的西四就此成为永恒。

这就是我的故事，我心目中的西城区电影院的情怀。

芳华，在这个伟大的时代绽放

方建国

    四十年前，我刚上小学。那时候，我只见过摇把子电话。当年，北京只有不足七万的电话用户，直到1988年，北京才有了第一部移动电话。

    回望四十年，改革开放取得的伟大成就，远远超过了我们当初的想象。芳华，在拼搏与奋斗中绽放。改革开放是中华民族的一次伟大觉醒，具有深远的历史意义和重大的现实意义。以1978年12月18日召开的十一届三中全会为标志，从农村到城市，从试点到推广，从经济体制改革到全面深化改革，我们开启了改革开放的伟大的历史征程。四十年后，中国已经成为世界第二大经济体、第一大工业国、第一大货物贸易国、第一大外汇储备国。改革开放的中国，成为世界经济增长的主要稳定器和动力源。四十年来，我们书写了国家和民族发展史上的壮丽篇章，不仅深刻地改变了中国，而且深刻地改变了世界。

    回望四十年，移动通信高速发展，成为拉动经济发展的重要引擎。截至2018年9月30日，中国移动用户数已达九亿，其中4G用户数已达七亿，中国移动有线宽带用户达到一亿五千万。四轮驱动融合发展，公司收入平稳增长。作为在移动通信领域工作了二十六年的中国移动员工，我感到非常自豪。

回望四十年，我们曾经见证了这个伟大的时代，我们曾经奋斗过。面向未来，我们不要辜负这个伟大的时代。在工作中立足岗位，把责任担在双肩。舍我其谁，时不我待。在生活上以身立言，让正能量辐射身边。始终以党员标准严格要求自己，在工作和生活中没有例外。

芳华，曾将奇迹见证

2018年，是值得铭记的一年。自十一届三中全会以来，改革开放已持续了四十年。在改革开放的第十个年头，北京有了第一部移动电话，当时人们称之为"大哥大"。

1988年，我在北京邮电学院就读一年级，在整个学生宿舍楼仅传达室有一部固定电话。1992年大学毕业后，我被分配到北京电信管理局所属的无线通信局工作，从此与移动通信有了不解之缘。

时光飞逝，三十年弹指一挥间，中国移动北京公司移动电话用户已超过两千万，物联网用户已超过四千万。今天的成绩，对当初的建设者来讲，确实是不可想象的，这并不是当初的设计者与建设者缺乏激情，而是后来的逐梦者跨越的步伐太大了，乘改革开放的大势，展翅翱翔，翼若垂天之云。

"其作始也简，其将毕也必巨"，用庄子的这句话概括移动通信的三十年发展，太准确不过了。移动通信发展之初并不起眼，但经历了三十年的大发展，极大地促进了产业的发展和社会的进步，全方位改变了人们的生活。回首三十年，北京移动通信事业可谓"大鹏一日同风起，扶摇直上九万里"。

回忆是一张网，在打捞脑海里的鱼。在北京移动通信大发展的三十年中，一些闪光的名字常常在眼前浮现。1992年，为了提高网络覆盖，无线局开展了"双开通"。为了解决网络对无线寻呼和移动电话的发展瓶颈，1992年从事网络建设的无线局职工在年底前的两个月奋力拼搏，全年开通近二十个基站，近二百个信道，这在当时是了不起的。为保证任务的完成，当时的天线队党支部书记柯秉信和班长赵连扛着天线杆徒步架设天线。奋斗者的汗水浸润着希望，希望在脚下延伸，五年后的1997年，无线通信局与兄弟单位并肩协作开展大会战，当年开通基站二百七十多个，开通四部交换机，史无前例。记得1997年4月20日晚上，我来到木樨园数字移动电话机房，现场灯火通明。接近凌晨1点，所有基站全部从西单机房割接到木樨园交换机房。工建部项目经理张志敏紧张的脸上流露着喜悦，此时他的手机由于一个多小时不停的通话已经发烫，他的右耳也已微微泛红。张志敏称自己是交换机开通的监工，熟悉他的人都称他为"工作狂"。他那张文静的脸上很难找到硬汉的证据，但他的血液里却流淌着铁一样的精神。自从交换机安装调试以来，张志敏的生活就没了休息日，在机房的时间比在家的时间长得多。"我怀疑张志敏离开机房，心跳都会不正常"，机房的年轻人善意地开着玩笑。虽然至今已过去了二十多年，但仍记得木樨园交换机房那些生动的脸庞和忙碌的身影。

向芳华绽放的路上回望，移动通信已悄然改变人们的生活，向着更便利更美好的方向奋勇前进。作为信息化引擎之一的移动通信，正在前所未有地拉动工业化的步伐，与电子信息、生物工程、新材料、新医药、人工智能一道扬鞭万里，逐梦未来。

还记得在1998年，北京移动电话达百万用户时，自己与一些电信专家畅谈未来，21世纪移动通信技术，将朝两个方向发展，一个是移动通信与互联网相结合，一个是宽带化特征。移动通信与互联网相结合，将使人们在任何时间和地点获得所需要的信息与服务，而宽带化将满足人们对更高移动性和更大数据的需求，二者将使人们更加深刻地体会到数字化生活的含义。

如今回望北京移动通信发展，正如当年所愿。

芳华，曾经邂逅多少美丽

芳华，曾经邂逅多少美丽。记得2015年8月初的一天下午，时任中国移动通信集团企业文化处处长的孟强打来电话。西藏移动公司的其美多吉夫妇在海拔四千七百米的营业厅坚守七年，被中宣部推作央企最美敬业人的候选，需提交反映先进事迹的诗词。孟强希望我在看过其美多吉夫妇的事迹后，能够填写一首词。看过事迹，我深受感动，遂填词《水调歌头·移动追梦人》：

窗外寒山静，红日醉流霞。七年追梦，苍天不负好年华。坚守人生无悔，责任铸就大美。冰上结奇葩，不辞寒与暑，斗艳格桑花。

清风定，心润朗，梦无涯。情系天网，身后众人夸。雪域风景如画，夫妇心有牵挂。辛苦为了啥？高原通信在，四海人一家。

后来其美多吉夫妇被中宣部评为央企最美敬业人，在颁奖典礼上，央视主持人朗诵了这首词。2017年，中国移动通信集团又开始了第二届最美移动人的评选。回首过往，我曾见证了许多移动人的美。

忘不了中国移动山东公司的田芳在大钦岛上的执着

坚守；忘不了海南公司的南沙团队不畏艰险，让中国移动的手机信号覆盖辽阔的海疆；忘不了北京公司的高疆带领网络保障团队付出巨大努力，圆满完成多次重大通信保障。

至今还清晰地记得2017年10月13日下午，北京公司召开了"十九大"保障工作"再动员、再检查"会议，会议进一步传达了北京市委以及集团公司领导关于"十九大"保障的指示精神。北京公司范云军总经理再次强调了"三个标准""五个确保""八个到位"的保障体系，要求各单位坚持"严之又严、细之又细、实之又实"的工作标准，切实做到认识到位、组织到位、协同到位、执行到位、预案到位、演练到位、值守到位、奖惩到位，为党的"十九大"召开做好全方位的保障。

高疆和她的通信保障团队敢于担当，不辱使命。2017年10月11日至25日保障决战期间，北京公司三级保障指挥体系7×24小时运转，网络监控实现了"3分钟发现故障，5分钟故障通报，10分钟业务影响核查，15分钟信息上报"。梳理制订每日值守任务矩阵，将七大岗位工作内容细化到小时，每小时最高二十二项任务，确保值守要求落实到位。通过认真落实各项举措，"十九大"期间北京公司生产运营保持平稳，实现了"核心区域零案件、重要部位零隐患、生产安全零事故、员工伤亡零指标"的保障目标。

10月11日至25日保障决战期间历时两周。两周过后，高疆瘦了，但却换来了"十九大"保障工作的圆满。作为移动通信人，高疆和她的团队始终有着"吾貌虽瘦，必肥天下"的情怀。

抚今追昔，想起一路同行的最美移动人，不由得慨然提笔，在金色的秋天，写下《满江红》：

> 朗润清秋，天山净，月出云破。春芳歇，七月流火，红岩赤赭。九天龙舞雷带雨，银河暗淡星摇落。水中鹤，独立望蒹葭，风萧索。
>
> 天放晴，烟霞没。人未老，千帆过。路遥梦为马，云汉可拓。清晓归来歌未晚，日出又赴山河约。海为心，九曲自西东，齐天乐。

向走过的路回望，我们一同见证了成长，我们还将一同放飞梦想！

芳华，曾坚定地对自己说"我能"

回望移动通信发展，不由令我想起家喻户晓的"全球通"品牌。

记得2002年"十一"长假刚过，我同负责新闻宣传的杨银娟商量如何提高新闻宣传的艺术含量。我建议杨银娟仔细地翻一翻节日期间的报纸，找一找公司品牌与社会热点契合的宣传点。杨银娟在《北京晚报》上看到一篇报道。10月6日上午8时45分左右，一艘载有一百二十八名中国游客的越南籍游船，从越南海防驶向芒街时，因为船长驾驶失误，在越南下龙湾偏离航道两千米后触礁。茫茫海面上，触礁船尾翘向空中，随着潮水的上涨，触礁船不停摇晃，沉船随时可能发生，百名游客生命危在旦夕。令人不可思议的是船上竟无任何求救设备，在所有游客感到绝望时，只有北京游客梁先生的手机有微弱信号，在危急时刻与外界取得了联系。经多方救助，五个多小时后，一百二十八名游客获救。在整个遇险、援救过程中，这部手机成了一百二十八名游客与外界联系的唯一手段。

看到这篇报道之后，我立刻与媒体记者联系，获知梁先生是北京全球通客户。随后，我就此事与时任总经理的沙跃家进行沟通。10月10日下午，梁先生应邀来到北京移动通信公司。沙跃家总经理向梁先生颁发了全球通俱乐部钻石卡和会员证书，并表示北京移动将承担该用户向外界呼救产生的全部漫游话费。记得当时梁先生从兜里掏出有些磨旧的手机说，"我是中国移动的一个老客户，通过这次事件，更加坚定了我对'全球通'的信赖。关键的时候，还靠全球通！"当天晚上，我到北京人民广播电台录节目，其间就此事进行了广播。第二天，中央和北京媒体进行了广泛报道。后来中国移动通信集团据此拍摄了电视广告：关键时刻，信赖全球通。

后来，"我能"成为全球通品牌的形象口号，让人记忆深刻。正是由于中国移动始终用坚定的语气对自己说一声"我能"，才成就了今天的辉煌。想到此，不由欣然命笔，抒发我的情怀：

> 豪情，在心中升腾。用坚定的语气，对自己说一声：我能。因为我能，才会让通向成功的距离死亡。才会让不可能完成的任务，在当期完成。亲爱的朋友，在任何时候，都要坚定地说一声我能，然后自信地将过去的成就归零。让美好的未来随着朝阳一同上行。

芳华，曾让火炬照亮梦想

宝剑锋从磨砺出，梅花香自苦寒来。多年以后，仍然清晰地记得中国移动服务北京奥运会的场景。2008年，北京奥运会成为检验中国移动实力的标志，中国移动圆满完成奥运通信服务的光荣使命，展现了一流的风采。

中国移动作为合作伙伴，扎实做好通信网络覆盖和网络优化工作，攻克了GSM大容量设计、WLAN高密度覆盖的世界性技术难题。深入参与奥运会开、闭幕式，赛事现场，火炬传递等通信保障服务，保障了开幕式鸟巢周边每小时十余万次呼叫的通话畅通。积极开展奥运营销、业务推广和奥运理念传播，推出了无线INFO、即拍即传等业务，创新进行服务业务展示，热情周到地完成奥运款待服务。以一流品质提供了奥运历史上技术最先进、业务最丰富、服务最周到的移动通信服务，展现了公司的实力和风采，赢得了世界同行的赞许和组委会的好评。时任国际奥委会主席罗格认为，北京奥运会移动通信的服务以创新的科技为全世界诠释了科技奥运的理念。

在与奥运同行的日子，我的身边涌现了许多动人的故事。有的同事刚领取结婚证还没来得及举行婚礼，就惜别了恋人；有的伙伴不能尽孝，含泪告别了抱病在身的亲人。有这样一位年轻的母亲，在生下女儿十个月后就离开了家。由于任务在身，她没有时间回家照顾女儿，随着时间的推移，孩子学会了说话，当这位母亲回到家中抱着宝贝女儿，期待她第一次喊妈妈的时候，女儿却用稚嫩而陌生的声音叫了一声"阿姨"。这位母亲顿时流下了愧疚的泪水。她就是来自浙江的援奥工作人员梁湘喻。离开家，离开女儿，作为妈妈的她心里非常难过，真的有一千一万个不舍，但令她更加难以割舍的是为奥运添彩，为祖国争光！

奥运会开幕式，鸟巢及周边地区有超过二十五万中国移动用户在通话，国际漫游用户达到两万多人，创当时网络单位面积承载最大话务的历史纪录。闭幕式期间，鸟巢及周边地区共有二十四万用户在通话，国际漫游用户达到两万人。中国移动北京公司国家体育场鸟巢奥运保障团队，为此付出了艰辛努力。由于奥运会每天比赛完毕、记者离开后都已是凌晨了，他们只有这时才能对网络进行调整。很多人嗓子肿得说不出话了，还有很多人中暑了，可他们没有一个人请假。有一次凌晨5点多，张华宁和他的伙伴们拖着疲惫的身体离开鸟巢时，门口站岗的武警战士突然向他们行了一个军礼，说："你们辛苦了！"

有这样一个团队，她们曾距鸟巢五百米。五百米近在咫尺，距离奥运赛场已是触手可及，然而对于她们，五百米却是世界上最遥远的距离。她们就是奥运接待中心团队。她们所在的位置距离鸟巢仅有五百米，在这里，她们曾向来自全世界的近万名嘉宾展示了即拍即传、WLAN、手机电视等新业务。2008年2月，中国移动北京公司从几千名员工中选拔出四十人，组成了奥运接待中心团队。为了保证服务的高水准，公司邀请了曾经为新加坡航空公司乘务人员做过培训的专业老师，为大家统一培训。大家群策群力，一起制订了十二套详细的方案，预演更是达到了数十遍。对于每一次预演，都反复总结，哪怕只是一个手势，都要练习几十遍。接待团队的每一个人都在无怨无悔地付出着、努力着。在奥运会举行的十七个日夜，她们用灿烂的笑容、温馨的话语，把中国移动完美地展现在世界的面前。奥运接待团队的每一个人，都在追求着服务的完美，有时候为了迎接一位嘉宾的到来，她们要在火辣辣的太阳底下站上几个小时。困了、累了，她们不是低头打盹儿，而是抬起头朝西南方向仰望，那熊熊燃烧的火炬正是她们不灭的追求。虽然，她们无法穿越五百米的距离，走进鸟巢去亲身感受体育比赛的激情，但是，正因为有了距离鸟巢五百米的奥运接待中心，才有了中国移动与世界的零距离。

回眸2008年，移动通信服务保障无疑成为北京奥运会成功的支点，而北京奥运会又是世人重新认识中国的窗口。透过这个明丽的窗口，全球享受了一场精彩绝伦的体育盛宴。中华民族五千年的文明和友善，在此次奥运会期间得到了淋漓尽致的展现。从笑容可掬的数万名志愿者，到热情似火的北京市民，无不向世界展示着昂首迈进21世纪的文明古国留给世人的最亲切的微笑。英国记者说，在北京有一种真诚的热情，每个人都会被一种世界上最伟大的礼仪所感染。北京奥运会，让世界看到中国的实力和潜能。8月的北京，已经折射出一个生机勃勃的现代化中国、一个充满魅力的文明大国、一个兼善天下的和平强国正在崛起。中华民族五千年文明的深厚底蕴和不屈不挠的民族精神成为和平崛起的源源不息的精神动力。

奥运服务工作中所形成的爱国精神、奉献精神、敬业精神、创新精神、团队精神，激励着中国移动通信人不断迈向卓越。

芳华，曾在无名高地上坚守

回首中国移动通信三十年的发展，不禁想起一个又一个接续奋斗的移动通信人。他们在平凡的岗位，默默无闻地坚守。正是因为他们的努力和奉献，才有了中国移动今天的成长与成功。他们有的在通信机房默默地值守，他们深知网络质量就是移动通信的生命线。正是他们日复一日的执着，才换来了客户对中国移动自信的选择。他们有的在营业厅里为客户热情服务，用微笑让更多的人们对中国移动不离不弃。中国移动的企业文化，并不是抽象的文字，而是他们在与客户的每一次接触中，给客户带来的美好体验。他们有的在咨询台，用微笑传播着中国移动最美好的声音。他们有的在基站建设的现场，用汗水将中国移动的品牌，矗立在客户的心中。

三十年，正是他们在无名高地上的坚守，才换来了中国移动在世界的赫赫之名。三十年，岁月蹉跎，中国移动人向上的激情，却没有消磨。昂扬的精神，永远闪亮着光泽！

回望三十年，移动通信已经全面深刻地改变了人们的生活，信息化有力地拉动了工业化。随着5G的发展，移动通信将与人工智能深度融合，为经济社会发展注入新动能。让我们一起在新的时代相约美好未来！

品茗胜地　京城茶街

刘　霞

北京作为古都，有许多值得去的地方，比如天安门、故宫、颐和园、长城等，但在好茶者心中，北京还有一个必去之地——马连道。

马连道是一个因茶而出名的地方，"中国茶叶第一街""京城茶叶第一街""北京十大特色商业街"等都是它的美称。马连道位于北京西二环广安门外，属西城区广外街道，街区总面积八十二公顷，街道主干路长一千五百米，以马连道路为中心，东起莲花河，西至西站南路，南连魏墙村，北抵广外大街。这里曾是金中都皇城的所在，附近的莲花池、莲花河、会城门、丽泽门、天宁寺等地名印证着历史的沧桑。

据史料记载，马连道明代以前为永定河河滩地，遍布沼泽和苇塘。清代出现零星村落，因村落周边生长野生马蔺（俗称马兰草）较多，故多以马兰草命名，如南马兰村、北马兰村等。后"马兰"演化为"马连"，马连道的称谓也由此而来。新中国成立前，此地多为农田菜地。小马厂、达官营、甘石桥、湾子村、马连道村、魏墙村、六里桥村，这些地名保留至今。

计划经济时期，这里是北京市重要的仓储基地，共有粮食、百货、轻工材料等大型仓库三十二个。那时候，从全国运往北京的物资，经广安门火车站的铁路直达各仓库区，然后再分送到北京的千家万户。随着市场经济的逐步建立，其仓储作用日益弱化。但令人惊喜的是，这里没有沉沦，在原宣武区政府的领导下，顺应时代潮流，结合区域优势，经过不到十年的时间，屹然崛起了一条新型茶叶街。2000年9月28日"京城茶叶第一街"开街，一批著名的茶企业、茶品牌应运而生。

京城茶叶第一街

到目前为止，马连道茶叶特色商业街已经拥有马连道茶城、国际茶城、马正和茶城、茶缘茶城等十六处茶城，营业面积二十余万平方米，云集国内福建、安徽、浙江、江西、湖南、四川、贵州等十多个产茶大省的商品，辖区茶叶商户三千余家，年交易额四十多亿元，是全国著名的三大茶叶集散地之一。

马连道茶叶贸易业态以大型茶城为主要综合业态，以小型化公司和个体商户为主要单体业态，同时电子商务等新的交易方式正在蓬勃发展。马连道是购茶者的天堂，不仅国内粉丝喜欢这里，就连许多外国朋友也被这里的茶文化所吸引。

作为特色茶叶街，这里品类全的特点是其他茶叶经销场所难以匹敌的。某些茶品由于不为人所熟悉，在京城他处难觅其踪，但在这里，只可能有顾客不认识的茶叶，不会有顾客找不到的茶叶。在茶城中，大大小小的经营场所有上千个，即使是在普通的一个小店中，经销的茶叶种类也会有上百种之多。而茶城的价格低也是其优势。同一款茶叶，在马连道的售价要比商场中的价格低一半甚至更多。据经营者介绍，价格低的原因是因为马连道内很多经销商同时也是生产商，省去了中间环节，自然形成了当前的价格优势。除了汇聚众多好茶之外，这里还有各种各样精美的茶具、有趣的茶宠、清雅的沉香以及带有浓郁传统文化色彩的茶服。

茶只有细品才能体会到本真。这里的茶叶"更立体、更直观"，充分展现了体验式消费模式。随意走进一座茶室，茶香四溢，沁人心脾，使人情不自禁地由衷赞叹：确实是一处品茗买茶、欣赏中国博大精深茶文化的好去处啊！走进茶店，店主都会热心请您品茶。和店主喝喝茶、聊聊天，细细品尝茶的滋味，游刃有余地选择自己喜欢的茶品，别有一番风味。

我在闲暇之时，经常去国际茶城的"唯鸿心茶业"喝茶。店主人是一对从福建安溪来的年轻夫妇，早在2007年9月国际茶城刚开业时就来到这里经商。他家已经注册了自己的商标品牌，经过十余年的打拼，已在北京安家，一对儿女在京上小学。男主人朴实厚道，女主人美丽大方，每天夫妇俩早出晚归，热情待客，诚信经营，回头客很是不少。他家有几十种茶叶，但主营家乡茶——安溪铁观音。来到他家，不管以前认不认识，主人总是会热情地请您喝一杯地道的铁观音。闲聊中，还会讲解铁观音的生长环境、品种分类、加工工艺、储存方法等知识。据男主人说，他每天到店后的第一件事就是先泡杯茶喝，如果一天不喝茶就感觉少了点什么似的。他们把茶当作一生的事业来做，而且要做到极致。嘴里呷着清醇的香茗，听着店主人与茶的故事，感觉此刻的茶水不光是茶与水的简单结合，它还有思想、有情怀。其实像他们这样的家庭，在马连道还有成百上千家，他们勤劳纯朴、脚踏实地、诚信经营，把家乡的茶带到了全国各地乃至世界各地。

历史回眸

八月初三日夜晚的法华寺

徐定茂

消息传开时康有为正在北京，居住在宣武门外菜市口附近的米市胡同43号院内。康有为自来京参加会试直至1898年戊戌变法失败都是住在这里，前后断断续续加起来有十六年之久。他居住的北跨院中间院内在当年有七棵树，所以又被称为"七树堂"。七树堂的西房三间为卧室，北房四间是书房。其中有一间似船形，康有为又称之为"汗漫舫"。

这个涉及外交方面的消息发生在几个月之前，当时德国军队强行武装占领了胶州湾。

见徐世昌日记：

> 丁酉　十一月十一日　晨起，会客，办公。到慰廷处久谈。得胶州电，德事诒棘。四更始寝。初，德意志借教案肇衅，强占胶州湾，令守兵章镇高元退出，复拘章镇。近复据高密、即墨，发枪施炮，令守兵退至烟台。

十一月十二日　晨起，会客，拟折稿。午刻与慰廷谈良久，又会客，三更后寝。闻胶州已为德人占据。

十一月十三日　晨起，看全军会操。午刻与慰廷久谈。闻章镇已由德军出，驻兵于平度州。又闻德人已设胶州巡抚（后见洋报，又派汉纳理西来华）。蔡恩新出示安民，命地方清理词讼、户口、钱粮清册，知州罗君已潜出矣。

对此，光绪皇帝忍不住在朝堂上痛哭起来。

戊戌　二月十六日　闻皇上以时局危迫，临朝通哭。（又传闻祭天坛大哭者，不知确否。）

德国人的出兵是有其"理由"的。当时有两名德国的传教士于1897年11月1日那天在山东巨野被杀害，即为日记中提到的"借教案肇衅"。其实在此之前德国还有恩于中国，曾在中国最困难的时候出手。德国联合法、俄，逼迫日本放弃了辽东半岛，保全了中国领土的完整。

德国大概也是觉得自己有恩于中国，于是就此提出了希望能够租借胶州湾的要求。而清政府也觉得如果能在东部沿海为德国找到一个基地，则有利于远东国际局势的稳定，所以也就大致同意了德国的意见。但问题出现在中国官僚机构的体制上，简单的谈判一拖再拖。正当德国人有点按捺不住的时候，山东偏偏又发生了"巨野教案"。

教案的是非曲直不必论述了，反正是德国的两名传教士被杀，对此清政府无言以对。德皇威廉二世得知后欢喜万分，认为是个难得的机会，并以此为借口命令德国舰队马上攻占胶州湾。

康有为自然不是因为外交危机才来到北京的，但在他得知这个消息后同样也认为"胶州湾事件"是个难得的机会。因为在此之前的几年里，康有为没少就政治发展方面的问题上书朝廷，但都没有什么影响。"胶州湾事件"则替康有为创造了一个发言的机会，于是他再次上书提出了他的看法。康有为认为，德国出兵强占胶州湾不过是各国列强瓜分中国的序幕。若德国如愿以偿的话，其他各国即会效仿。如此下去，"职恐自尔之后，皇上与诸臣，虽欲苟安旦夕，歌舞湖山，而不可得矣，且恐皇上与诸臣，求为长安布衣而不可得矣"。

康有为的上书引起了不同的意见反映。众多的读书人基本上认同康有为的危机意识。他们认为在经历了甲午战争的奇耻大辱后，中国必须改革政治制度，一意维新。但反观这两三年来变化不大，在列强眼里依然是被欺凌的对象。正如徐世昌在日记中的记述："二月廿四日得胶州信：德人又伤一即墨人。我政府大吏无敢据理直争者。伤哉，伤哉……"中央政府守旧的方针政策的确到了需要彻底调整、修正的时候了。

而一些政府官员觉得康有为未免有点小题大做。"胶州湾事件"只不过是一个外交事件，不像康有为说的那么邪乎。维新需要一步一步踏踏实实地推进，而不是放放空炮、说说大话的问题。再说外交和内政根本就是两码子事，由"胶州湾事件"引申到亡国灭种不过是借题发挥罢了。若就事论事而言，主要还是中国的国力不如人而已，无须上升到政治层面。

　　然而当光绪皇帝看到康有为的上书后心里却很满意。经过一番思索后，皇上终于郑重发布了《明定国是诏》，"百日维新"运动自此拉开了序幕。

　　恭亲王奕䜣在逝世前就曾建议皇上调任张之洞入京，取代翁同龢来加强政府工作，搞好改革。而翁同龢得知这个消息后自然不愿轻易放弃自己的权力。于是正当张之洞奉命离开武汉抵达上海后，翁同龢就以湖北沙市教案未结为由阻止了张之洞的入京安排。对此事中变因，《徐世昌年谱》里的解释为"有尼之者而止"。

　　其实因翁同龢的拦阻最终未能入京陛见的张之洞始终是皇太后以及皇上信任并依赖的重臣，他也始终是支持中国必须进行政治改革的。当初徐世昌同样是积极主张"请召张之洞"，见翁同龢日记："翰林徐世昌折：召张之洞来京决大计。"应该说徐世昌当年甚至有意去投奔张之洞，而后者也有意笼络之。光绪二十三年（1897）春，张之洞就曾给杨锐发去多封电报，谈论有关徐世昌的问题，甚至愿每年白送"乾修六百金"：

> 徐菊人太史，素所佩仰，如愿游鄂，必当位置一
> 席。惟两湖、经心久已定，到时自有办法。（丁酉正
> 月初三日）

> 徐菊人太史现想在京，鄂省两湖、经心各书院
> 去腊久已订妥，星海皆知。前电言徐君来必有位置
> 者，谓请至署内，由敝处送修金耳，并无它席也。望
> 婉商。如不来鄂，亦当每年寄送乾修六百金，似可省
> 跋涉之费。如愿来，亦照此局面。祈与仲韬商酌，速
> 复。（二月二十日）

> 徐菊人如愿来鄂一游，亦甚好，不必阻，但言明
> 非书院耳。望叩复（三月十一日）

> 徐菊人回京否？何时来鄂？（九月初五日）

"徐菊人"即徐世昌。

至秋日，徐世昌应邀动身去往武汉拜访张之洞。徐世昌此行明显兼负双重目的：一则答谢张之洞的盛情相邀；二则希望借机建立小站方面与湖北的联系，尤其是在练兵等问题上，加强合作。这当然也是为袁世凯所乐见。同时对于张之洞而言，亦有此意。

张之洞的侄孙张达骧先生在《我所知道的徐世昌》一文中说："张对来访宾客，一往无此优礼，因徐是袁在小

站练兵时的高级幕僚，且系袁之心腹，欲借徐以拉拢北洋实力派，所以如此。"

徐世昌在日记里详细记述了张之洞的改革思想：

丁酉　九月初七日　出门拜访张孝达制军之洞，谈良久。屡约游鄂，以事不果，至是始来。

十三日　张香翁来答拜，谈良久。香涛工丈一字孝达。

廿九日　芗翁约宴五福堂。久谈。问当今挽回大局之要当从何处下手。芗翁云："其要有三，曰多设报馆、多设学堂、广开铁路。而所以收此三者之效者，曰士、农、工、商、兵。其必欲观此五者之成，仍不外乎变科举。多设报馆，可以新天下耳目，振天下之聋聩。多立学堂，可以兴天下之人材，或得一二杰出之士以担挂残局。广开铁路，可以通万国之声气……"旨哉斯言，高出寻常万万矣！至于变科考，尚不可旦夕计，然终必至于变而后已。

十月初四日　登晴川阁看江景。秋气澄清，江山无恙。缅怀前人，感怀时局，无限苍凉。三更，芗翁约谈。极言科举之当变。而又申说其办法，缓急难易之故。

初七日　芗翁约夜话，小酌。论中西学术，论西政、西学之分，论时人之愚昧，太息痛恨。问余志学之所向，属择一事言之，各以时事孔亟，愿闻经世立身之道。云："目前新学，中年通籍以后之人，以讲求西政为先，西学随其兴之所近而涉猎之，仍以中学为主。"因论中学甚晰，立身，以必有守，然后有为。又论同治中兴诸名臣，寅正始就寝。

初十日　芗翁约夜酌，深谈。论各直省人材质性情。欲提倡直隶人材有三要，曰多看书、多走路、多见人。俟通俄干路成，能多出游历，方有实际。

十一日　芗翁约谈。小酌。论诸知名人士，论吾乡通知时事者，数都部门通知算学者。吾辈以通知西政为要务。论西学、西政之分，铁路成瓜分之说解，以联任免为第一要义，将计就计，不得不然。论当日既败后筹战大端。

十二日　芗翁约夜谈。小酌。言兵为日来立国要务，宜力讲求，与诸务并举，不可惑于邪说，先求致富，而后强兵也。

十三日　午刻，芗翁约饭于五福堂。久谈。论兵事，言练兵与临敌不同。故平日练兵，宜择识字、年最少者，以十六岁至二十岁为断。各省宜就各省招募，学堂为陈兵之根。

日记中的"芗翁"就是张之洞，字孝达，号香涛。张之洞的改革思想最后归纳在他的《劝学篇》一书里，其中经典的口号就是"中学为体，西学为用"。张之洞强调的是要树立民族自信心，用自己的民族文化去消化外来的东西。这和康有为激进的、反传统的思想是截然不同的。

戊戌　七月廿三日　晨起，送慰廷赴津，各统领来议事，办公。购得张孝达著《劝学篇》，秉烛读之。

廿五日　看《劝学篇》，平允切当，扫尽近今著论诸家偏僻之说，深足救当时之弊而振兴我中国之废疾，凡文武大臣、庶司百执事，下逮士、农、工、商、兵皆当熟读，奉以准绳。伟哉孝达先生，谨当瓣香奉之。

身为翰林院编修的徐世昌自然赞同张之洞的提法，认为中国人还是应该坚守自己的文化立场，仅取西方文明之长以补自身之短即可。徐世昌在日记中提到的"扫尽近今著论诸家偏僻之说"，无疑指的就是康有为。

徐世昌与袁世凯在政治上契合无间，徐世昌的态度必然会给袁世凯的政治立场带来一定的影响。所以当康有为考虑到当年曾与袁世凯在京会过面，有一定的思想基础后，便决定派徐仁录前往小站游说。目的是一旦变法发生危机，希望袁世凯能够坚定地出手来支持自己。但此时的他就已经打错了算盘、摆错了棋子。

徐仁录就是后来被称为"大难不死的戊戌第七君子"

徐致靖的侄子，一个年轻的举人，意气风发、勇于任事，和谭嗣同交情颇深。康有为之所以让徐仁录前往小站，除了徐仁录本是其得意弟子外，徐的姐夫的胞弟言敦源也正在小站充当袁世凯的幕僚。而袁世凯之所以接纳言敦源，也正是出于徐仁录的堂哥、徐致靖的长子徐仁铸的举荐。徐仁铸时任湖南学政，与梁启超等新派人物的关系绝非泛泛。

其实在康有为原定的计划里，袁世凯也只不过是个"备胎"。他最早想让王照利用自己的关系去拉拢聂士成。康有为曾委托谭嗣同及徐致靖、徐仁镜父子先后数次劝说王照，并承诺聂士成如能在需要的时候起兵拥戴皇上，则"且许聂以总督直隶"，但最终还是被王照拒绝了。王照在《方家园杂咏纪事》里提到了拒绝的原因："世人或议世凯负心，殊不知即召聂、召董，亦无不败。倘余往聂处，则泄露愈速，余知之稔，故不为也。"王照觉得像聂士成这样的军人根本不会有什么政治信念，也不可能听从几个书生的摆布。

王照与康有为一样，同样具有强烈的政治意识和改革意识。他们的区别在于，王照始终认为在现实中根本不存在着什么帝派、后派的斗争，这种派别的划分纯粹来自康有为"阶级斗争扩大化"。王照认为皇太后也不是为了贪恋权力而反对改革，否则《明定国是诏》就不可能颁布。只要皇上能够做到"早请示、晚汇报"，及时和皇太后沟通，冲突是可以避免的。

为了表明自己的意见，王照也曾起草了一份奏折。王照在奏折里特别强调，请皇上注意和皇太后搞好关系，不要被一些惯于投机的小人钻了空子。同时希望皇上能够在考虑政治改革、社会发展等问题时，充分利用皇太后的威望来开展工作。由此王照还特意建议皇上可以奉皇太后到国外游历，如去日本考察。

问题还是出在清政府官僚机构的体制上。因为王照的编制在礼部，所以当王照把建议书送交礼部后，却遭到礼部行政领导的拒收。礼部领导其实并没有读出建议书中的真正含义，而只是简单地按照字面上的理解，认为王照提出请皇上奉皇太后圣驾游历日本的建议简直就是信口开河。几年前李鸿章不就是在日本挨了一枪吗？这样的建议是置皇上、皇太后的安危于不顾，没有任何可操作性。于是礼部满尚书怀塔布和汉尚书许应骙达成一致意见，将此件扣押，坚决不予转呈。

王照当然不服，因此几乎是"咆哮公堂"了。一不做二不休，王照索性直接弹劾怀塔布、许应骙，理由为阻扰新政、对抗御旨。王照的依据是几天前皇上曾发上谕，宣布开放言论，允许士民自由上书，都察院及各部一律不得以任何理由稽压。就此皇上甚至还提出，如果呈请代奏代转件是封口的话，各衙门均必须原封呈进，处理该件是朝廷的事，用不着底下人代拆、代读，而且呈报的必须是原件，不准另行抄录。

其实礼部一直就没有把准皇上的脉。他们或许不知道皇上对出游甚至周游世界具有浓厚的兴趣，觉得实地考察可以增加必要的感性认识。因此皇上认为礼部的做法毫无道理。他们不仅仅是"有令不行"的问题，甚至是"有意对抗中央"。很快皇上做出批示，指出这不是一般的工作失误而是一个政治错误。至于如何处理，由吏部根据有关条例提出相应意见。

吏部参照《大清条例》的处分标准，建议对相关人员分别给予"降三级调用"的处分。然而皇上觉得这个处理意见未免太"轻"了，因为自己近日来一再强调各级官员要破除旧习，对于有上书者均不得以任何理由私自扣留。这样不仅可以多听取一些建议意见，亦可发现人才。但礼部人员竟然明知故犯，因此必须处理从严。皇上发布上谕，将怀塔布、许应骙等礼部六堂官即行革职。同时为了表彰王照的大无畏行为，赏三品顶戴以四品京堂候补。

就在礼部部分官员被集体撤职的第二天，皇上又以四品卿衔特加杨锐、刘光第、林旭、谭嗣同四人为军机章京，参与新政。这样做的目的显然是希望这些来自一线的年轻官员能够给萎靡不振的官场带来新气象。但问题还是出在清政府官僚机构的体制上。待新任的章京来到军机处上班时才发现，狭小的章京办公室里根本就没有他们的办公桌椅。经协调未果，谭嗣同当即甚怒，拔腿就走，后来还是王大臣出面干预，下令为四位新到任的章京设置了几张办公桌才算完事。但新老章京由此产生了严重的隔阂。

同时还有新章京身份定位问题。新章京的任命在军机处，由于皇上十分不满意那些昏昏沉沉的军机大臣们对于推行新政的不力做法，所以干脆把一些事情直接交代给了新章京。加之四位新章京个个年轻气盛，有了皇上亲派的特谕自然是雷厉风行，也没想到应事先和军机处的大臣们沟通一下，结果弄得军机大臣反而对皇上指派的若干重大事务一无所知。由此带来的后果必然是同样恶化了军机大臣们与四个新章京的关系。

不久，皇上颁布了一道上谕，引起了朝野的震动。皇上根据岑春煊的建议裁撤了光禄寺、鸿胪寺、太仆寺、大理寺、詹事府、通政司等衙门，同时还裁撤了湖北、广东、云南三省的巡抚，裁撤了河工总督以及部分省的河道、盐道、佐贰等官职。

裁撤冗署、裁减冗员本是从建立高效廉洁的政府着眼，问题是朝廷一下子大规模地裁撤机构，其中除了少量的原部门负责人另行安排外，大批一般干部就此变为失业者。这些"勤勤苦苦已度过半生"的原"公务员"们可没有"只不过是从头再来"的心理准备。一时间大家人心惶惶、不知所措。

几天前发生的王照事件就已在众多人员中产生了负面影响。其处罚明显大于过失，而且超出了《大清条例》，不免使得人人提心吊胆、惶惶不安。怀塔布怀着一肚子委屈在被革职的第二天便去天津找荣禄诉苦。怀塔布是叶赫那拉氏，满洲正蓝旗人。荣禄也因此在适当的机会下会在皇太后面前替他说说好话。

皇太后也觉得事态有些失控，于是便约皇儿喝茶谈心。皇太后的意思是要告诫皇上，大清朝的政治基础是依靠满洲贵族的支持，这是一条底线，无论以什么理由提出的改革都不能削弱满洲贵族的统治。所以在人事问题上要慎重，不要将一些即便如今已是暮气沉沉的老臣轻易罢黜。因为如果离开了满洲贵族的支持，最终将什么事情也干不成。

皇太后的约谈自然给皇上带来一定的震动。恭亲王又不在了，否则皇上还可以请皇叔出出主意。无奈之下，皇上想到了张之洞的亲信杨锐。

为了能让杨锐大胆直言，皇上私下给杨锐写了一份手谕："近来仰窥皇太后圣意，不愿将法尽变，并不欲将此辈老谬昏庸之大臣废黜，而登用英勇通达之人……果使如此，则朕位且不能保，何况其他？今朕问汝，可有何良策……尔等与林旭、谭嗣同、刘光第及诸同志等，妥速筹商，密缮封奏，由军机大臣代递，候朕熟思审处，再行办理。朕实不胜十分焦急翘盼之至。特谕。"

从手谕的内容上看，皇太后和皇上之间并没有什么原则分歧，只不过"皇太后圣意，不愿将法尽变，并不欲将此辈老谬昏庸之大臣废黜"。其实皇太后的担心不无道理。因为一旦满洲贵族统治集团集体发难，则可能"朕位且不能保"，还奢谈什么变法。但皇上觉得"朕亦岂不知中国积弱不振至于阽危，皆由此辈所误"。只是"但必欲朕一旦痛切降旨，将旧法尽变而尽黜此辈昏庸之人，则朕之权利，实有未足"。所以皇上叫杨锐与"诸同志等妥速筹商"。适当地调整一下政策，以利改革正常进行。

据《康南海自编年谱》云："初三日早，暾谷持密诏来，跪诵痛哭激昂，草密折谢恩，并誓死救皇上，令暾谷持还缴命，并奏报于初四日启程出京，并开用官报关防。二十九日交杨锐带出之密诏，杨锐震恐，不知所为计。亦至是日，由林暾谷交来，与复生跪读痛哭，乃召卓如及二徐、幼博来，经昼救上之策。袁幕府徐菊人亦来，吾乃相与痛哭以感动之，徐菊人亦哭，于是大众痛哭不成声。乃嘱谭复生入袁世凯寓，说袁勤王，率死士数百扶上登午门而杀荣禄，除旧党。袁曰：杀荣禄乃一狗耳！然吾营官皆旧人，枪弹火药皆在荣禄处，且小站去京二百余里，隔于铁路，虑不达事泄，若天津阅兵时，上驰入吾营，则可以上命诛贼臣也。"

康南海就是康有为，文里提到的林暾谷是林旭、复生是谭嗣同、卓如是梁启超、幼博是康广仁，二徐指的是徐致靖和徐仁镜。因为手谕是写给杨锐私人的，所以康有为并没有见到原件，他只是听了林旭向他转述大致内容后便绘声绘色地以"吾乃相与痛哭以感动之"的方式向"诸同志"进行了传达。出于义愤，谭嗣同痛哭后便去找袁世凯。"八月初三日谭嗣同夜访法华寺"的故事几十年来在一些电影、电视剧里有众多的展示，其内容基本上就是沿用了康有为的这段说法，在此就不再赘述了。只是根据徐世昌日记里的记述补充一些大多资料中通常都没有注意到的两点细节：一，张之洞在其中的影响；二，即便谭嗣同不是随同徐世昌一起从菜市口米市胡同来到法华寺的，但他同袁世凯交谈的时候徐世昌也很可能在座。

徐世昌在日记里记述：

　　戊戌七月廿六日　晚慰廷自津来德律风，约明日赴津。

　　廿七日　慰廷约赴津，黎明冒雨行，道路泥泞。乘车行三十余里，骑马行三十余里，日西到，与慰廷谈。嘱明日赴京。

　　廿八日　慰廷太夫人袁老伯母到津，往问起居。与清泉、慰廷略谈。上火车，申刻到京，宿梧生宅中。

　　廿九日　叔峤、钱念劬来谈。敬孚约早饭。慰廷到京，住法华寺。往看。天晚，遂宿城内。

　　三十日　出城到敬孚处早饭。午后到七叔祖宅久坐。

　　八月朔日　梧生约早饭。饭后到敬孚处。

初二日　到城内，住法华寺。

初三日　出城。料理回津。晚又进城。闻有英船进口。

初四日　出城到梧生宅，束装即行。上火车，申刻到津。

初五日　访范孙，久谈。到汉叔曾祖宅。慰廷出京到津。问英船已开去。晚与慰廷谈。

初六日　策马回营。各统领营务处来。

从日记中看，徐世昌对于这几天在北京的活动情况讳莫如深。日记里提到的人物除去袁世凯（慰廷）外，就是七叔祖、梧生（徐枋）、敬孚（萧穆）、叔峤（杨锐）和钱念劬（钱恂）了。"到七叔祖宅久坐"是为访亲，徐枋、萧穆都是藏书家，不属于政治人物。而杨锐、钱恂则为张之洞的心腹。杨锐与徐世昌谊属同年，而且新被晋升为军机章京，政坛上炙手可热。从康有为的记述里看，"二十九日交杨锐带出之密诏，杨锐震恐，不知所为计"。而二十九日这天却是杨、钱二人主动上门找徐世昌"来谈"。稍晚后袁世凯到京，住进了法华寺，徐世昌又"往看"。由此大体可以得知，杨锐可能将皇帝心情郁闷的原委告诉了徐世昌，并想听听有何建议以化解各方面的矛盾。当晚徐世昌自然会原封不动地向袁世凯进行转达。因此当四天以后谭嗣同夜访法华寺的时候，袁世凯并非没有心理准备。

袁世凯、徐世昌提出的建议还是推荐张之洞入赞枢廷，对此钱恂立即就向张之洞进行了汇报。不过在当时政治气候不稳定的情况下，张之洞决心不蹚浑水。《张之洞全集》中的《致京钱念劬》里记述，张曾回电指示，"袁如拟请召不才入京，务望力阻之。才具不胜，性情不宜，精神不支，万万不可。渠如以鄙人为不谬，请遇有兴革大事，亦电饬鄙人酌议，俾得效其管窥，以备朝廷采择，则于时局尚可有益，而于鄂事不致废弛，尚是尽职安分之道"。

直到八月初五日晨，袁世凯按照计划至勤政殿面见光绪帝时，仍然是请求任张之洞赞襄朝政，以弥补维新诸臣的不足之处，"古今各国变法非易，非有内忧，即有外患，请忍耐待时，步步经理。如操之过急，必生流弊。且变法尤在得人，必须有真正明达时务老成持重如张之洞者，赞襄主持，方可仰答圣意"。若从对张之洞的定位来看，无疑表明了袁世凯的政治倾向。

徐世昌在八月初三日的日记惜墨如金，刻意回避了一些情节。徐世昌在这一天的确是"出城"了，但没有记述去到什么地方。还是康有为提出"袁幕府徐菊人亦来"到了南海会馆。徐世昌"晚又进城"只能是回到了法华寺，这是他住宿的地方。同时在法华寺见到了袁世凯，袁告诉徐，"有英船进口"。

所以谭嗣同很可能是和徐世昌一起来到法华寺的，而且也是通过徐世昌的引见同袁世凯见的面。但用袁世凯自己在《戊戌日记》里的话来讲，却是"正在内室秉烛拟疏稿。忽闻外室有人声，阍人持名片来，称有谭军机大人有要公来见，不候传请，已下车至客堂。急索片视，乃谭嗣同也"。

在此之前袁世凯与谭嗣同从未有过交往，但袁肯定知道谭嗣同是一个新贵近臣，在皇上那里有一定的影响力，同时与康有为等人也不是一般的关系。但当年在既无身份证又无工作证等有效证件的情况下，仅凭一张印刷的名片就大谈诛杀荣禄并围困颐和园的计划似乎也过于草率了。无论目前我们怎样评价袁世凯，是狡诈也好聪慧也好，总之袁世凯绝非是一个莽撞之人。所以梁启超在《戊戌政变记》里说，"君（谭嗣同）曰：荣禄遇足下素厚，足下何以待之？袁笑而不言。袁幕府某曰：荣贼并非推心待慰帅。昔某公欲增慰帅兵，荣曰汉人未可假大兵权，盖向来不过笼络耳。即如前年胡景桂参劾慰帅一事，胡乃荣之私人，荣遣其劾帅而已查办，昭雪之以市恩。既而胡即放宁夏知府，旋升宁夏道。此乃荣贼心计险巧极之处。慰帅岂不知之"是比较合理的。有与谭嗣同结识的一位"袁幕府某"在座，必然提高了双方的信任度。

梁启超文中的"袁幕府"虽未注名，但有资格在一旁插话的也只有徐世昌一人。只不过梁启超本身并不是当事人，此说不足为凭。不过我们在袁世凯的《戊戌日记》中却仍然可以看到一丝痕迹。袁世凯在记述了当日"适有荣相专弁遗书，亦谓英船游弋，已调聂士成带兵十营来津驻扎陈家沟，盼即日回防"后提到"嘱幕友办折"。这里的"幕友"虽然也没有注名，但当时同在法华寺的也只有徐世昌。另一个当事人谭嗣同同样没有具体的说法，他在第二天只不过仅对毕永年提到了袁世凯的态度，"袁尚未允也，然亦未决辞。欲从缓办也……"因此八月初三日的晚上究竟发生了什么，作为历史谜团恐怕只能靠大家发挥自己的想象力去填补了。

在这里顺便再提及两点：一，几乎所有的影片、影视剧都把谭嗣同夜访法华寺一节的场景拍摄成暴雨倾盆，这可能就是为了突出紧张气氛而已。仅从徐世昌日记中看，并没有提到那一天有雨；二，袁世凯居住的法华寺并不像一些影片里描述的那样庭院幽深、香烟缭绕。法华寺不大，在东城区王府井大街报房胡同103号。但目前只能从多福巷44号进入原后半部，却早已凌乱不堪，只有后排屋檐下尚存两块石碑，其中一块已被砸断，碑上刻"大清乾隆四十三年仲秋吉日……"

初四日一早，徐世昌出城，再次来到了徐枋住处，"束装即行。上火车，申刻到津"。然而第二天徐世昌并没有马上奔赴小站，而是来到严修家中"久谈"。事后严修在日记里的讲述耐人寻味，"菊人来，留饭。内子回京

法华寺遗存石碑

寓检点，预备退京寓之房，全眷回津……"看来徐世昌是将康有为的表现、杨锐的信息、谭嗣同的计划以及袁世凯的意见和盘向老友托出，并就此奉劝曾以奏请光绪帝开设经济特科借以改革科举制度而闻名于世、此时正准备在戊戌变法中大干一场的老友赶紧罢手。而严修也正是听从了徐世昌的建议"全眷回津"，自此与张伯苓一起创办了南开系列学校，再也没有离开过天津。

几天后皇太后回宫，重建垂帘体制。而谭嗣同则在菜市口北半截胡同内的浏阳会馆从容被捕，留下《绝命诗》一首："望门投止思张俭，忍死须臾待杜根。我自横刀向天笑，去留肝胆两昆仑。"不过后来又有一种说法，称此诗其实是经梁启超修改过的，并不是谭嗣同的原诗。谭嗣同的原诗是："望门投宿怜张俭，直谏陈书愧杜根。手掷欧刀仰天笑，留将公罪后人论。"诗里的"公罪"指的是因公犯罪，意思是我们计划诛杀荣禄、包围颐和园是迫不得已，即便有错也是公罪而不是犯上作乱，是非对错留给后人评论。但对于康、梁而言，公罪也是罪，所以这句非改不可。经梁启超修改后的后两句表现为仰笑青天、慷慨就义，留下的是如莽莽昆仑般的浩然肝胆之气。

政治危机过后，难免有人会被冤枉，但也一定有人会占便宜。随着皇太后回宫第三次垂帘听政而皇上被囚入瀛台后，袁世凯的确捞到了政治资本。见徐世昌日记：

戊戌八月初十日　德律风传，慰廷代理北洋大臣。

姑且不论袁世凯是否出卖了谭嗣同，但袁世凯具有私心也是一个事实。袁世凯必然会利用各种机会向领导表一表忠心，因为他是一个有抱负的人。

而徐世昌仍在小站练兵营里。至夜外出巡营，驻足河边，静静地听着流水的声音：

己亥四月初五日　夜出巡查，在新农镇东新闸桥上听水声。徙倚良久。作诗一首。闭闸疏疏如泉声琤琮。远望数星灯火，扰攘之中得此清境良不易也。

徐世昌在日记里提到的所作诗为："十里营屯静不计，长桥星月照鱼叉。夜深海气侵衣袂，满面疏风听咽筎。"
毕竟是己亥年了。

清王朝的贪腐

徐定茂

清朝是中国历史长河中的最后一个封建王朝，其灭亡之日至今也就是刚过百年。清朝留下的不只有耻辱，还有更多的思考。

清朝灭亡的主要原因，在于中国的文明落后于西方，所以御外战争屡屡失败，丧权辱国的不平等条约使得全国人民对于清政府彻底失望。直至清朝统治阶级内部矛盾激化，贪污腐化盛行，人民群众终于觉醒。尽管孙中山数次发动的起义全部归于失败，但最终辛亥革命还是成功了。

自鸦片战争后清政府即面对无法收拾的局面，帝国主义的不断入侵和国内的内乱使得局面日益失控，腐败也一日胜过一日。在内忧外患的冲击和内部腐败的侵蚀下，清王朝终于一步步走向了衰败覆亡。

腐败是历代封建王朝走向崩溃灭亡的病根，无一例外，清朝自然亦是如此。只是清朝时期的腐败比起历代封建王朝而言表现得更加肆无忌惮。其从建国始即已酿成贪腐之风，如顺治年间就有了科考中"富家子弟每以关节幸中"的案例，随后愈演愈烈，康乾盛世时还规定了"捐银入泮"，由此产生了王亶望的集体贪污等事件。后至慈禧，老而弥贪，居然亲自收取"某国款回扣"，使得光绪皇帝面对翁同龢的询问也只能"长叹"一声罢了……

此说见《清稗类钞·廉俭类》："常熟翁叔平相国柄政时，借某国款，有司以回扣进。翁怒，却之，翌晨奏闻。德宗大怒，命密查分此回扣诸人之姓名。越日，翁入直，上曰：'昨日之事不必究矣。'言讫长叹，盖孝钦后于此亦有所受也。"

上行下效。《清宫遗闻·清宫大贿赂场》载，"慈禧时，宫中贿赂风行，为历史罕见。皇帝每日问安一次，索贿五十金，后妃以次各有差。宫眷苦之。家素封辄与津贴，贫瘠有因以致命者。近侍词臣，讫行省督抚司道等，有进献或赐膳观剧悉纳之，称宫门费"。

大量的贪占，使得满清贵族生活奢靡。见《清代述异·英中丞之浪费》："英翰抚皖时，蓄女仆甚多，皆年少美风姿者。英暇时，辄以宝纹錾成一二钱重之碎银块，抛弃满地，使婢女与女仆争相攫为己有，如扑蝶戏。英乃乐甚，几日以为常。"

清廷的各级政府官员都在充分利用手中职权而挥霍消费。据《清代述异·道光时河工之奢侈》记述："河岁修经费，每年五六百万金。然实用之工程者，不及十分之一，其余以供文武员弁之挥霍。大小衙门之酬应，过客游士之余润，凡饮食衣服车马玩好之类，莫不斗奇竞巧，务及奢侈。即以宴席言之：一豆腐也，共有二十余种；一猪肉也，共有五十余种。"

不过是区区一顿饭，就要做出二十多样的豆腐、五十多样的猪肉菜肴，确实是讲究而到了"奢侈"的程度。但就此而言，却也远远赶不上王亶望对饮食的起码要求。

《清代述异·王亶望之豪侈》里讲："王亶望食鸭必食填鸭。有饲鸭者，与都中填鸭略同，但不能使鸭动耳。蓄之之法，以绍酒坛凿去其底，令鸭入其中，以泥封之。使鸭头颈伸于口外，用脂和饭饲之。坛后仍留一窟，俾得遣粪。六七日即可肥大可食，肉之嫩如豆腐。"

王亶望是乾隆年间的举人，后来拿钱买了个知县，几年间一直步步升迁，直到调任甘肃后王亶望搞了一个"捐监冒赈"。说白了就是先向朝廷谎报一下灾情，说是遭受百年不遇的大旱，农间颗粒无收，故而申请赈灾补助。然后又提出自助的方案，申请官府允许一部分人以捐纳钱粮的方式来赈灾，借以换取监生的资格。清朝时期规定，要想参加乡试考取举人者首先必须是秀才，而监生是为国子监的学生，在科举考试中有便利条件，可以直接参加乡试而不必先考取秀才。

其实"捐监"并不是王亶望的发明。当时一些清朝贵族始终担心入关后他们的子女大多疏于学习，如果完全施行科举择优录取的方式就有被挤出精英阶层的危险。于是从顺治年间就开始出现了"捐监"政策，即"令民输豆麦，予国子监生，得应试入官，谓之监粮"，也就是说如果向国家捐献若干钱粮，就可以发给一个相当秀才资格的文凭从而可直接参加乡试科考了。

见《清朝史料·题名录纪捐银入学之例》载，在康熙年间同样有"捐银入泮"之说，"《眉叟年谱》纪康熙十六年丁巳，魏象枢条陈入学，每学四名，余俱捐银一百十两准入泮。近时钱泳《履园丛话》，亦纪康熙十七年戊午，有旨令该各直省童生，每名捐银一百两，准予入泮。一科一岁，后不为例"。

王亶望的问题是虚报天灾，同时又把借以赈灾名义收捐的银两全部私分了，而且是衙门上下，从总督到州县的大小官员人人有份。当时甘肃省半数以上的"公务员"均参与了"捐监冒赈"的贪污侵占，王亶望自己分得的银两自然最多。而乾隆帝始终还以为王亶望是个干吏，又将其提升为浙江巡抚。直至有人反映浙江地方官员在海塘工程中弄虚作假，才引起乾隆帝的怀疑。后又从甘肃的简报中发现当时、当地根本就没有出现过什么旱灾，自然也不存在粮食歉收的情况。乾隆帝这才派出巡视组去往浙江，对王亶望进行了严格的经济审计，于抄家中收没财产折合白银三百万两，而王亶望对此又无法讲明正常来源，只好招供认罪。王亶望被判斩首，同案犯中有五十多人被判死刑，还有五十多人被判流放发配。

作为清朝时期的贪腐案例来讲，王亶望的官职并不高，所贪腐的金额也不是十分巨大。但王亶望的"捐监冒赈"首创了"集体作案"的先例，性质是十分严重的。

"捐官"现象在清朝时期是比较普遍的。如小说《红楼梦》里秦可卿出殡前为了灵幡经榜上写得好看，贾珍特意给贾蓉捐了个"防护内廷紫禁道御前侍卫龙禁卫"一衔，而贾琏的"同知"也同样是捐来的官。至于"捐监"，贾宝玉从未考过秀才，却早早就"援了例捐"。鲁迅先生在《祝福》里提到的四叔也是个"监生"。《儒林外史》作者吴敬梓的祖父曾任"州同知"，同样是"监生"出身，小说正文里第一个出现的主要人物周进亦为"纳监进场"的受益者。

戊戌变法的代表人物康有为，后被称为康圣人。其实他接连两次县试都"不售"，就是没能考上秀才。最后还是由其祖父给他捐了一个"监生"的身份直接参加了乡试。

其实在清朝不仅仅是购买文凭资格中存在着贪腐，即便是在正式科考中也同样存在着徇私舞弊。

《清朝史料·江南丁酉科场案》载，"清初科场，富室子弟每以关节幸中。及顺治丁酉，江南溃败独甚。时主考杭州钱开宗，严州方猷，同考二十员，皆知推妙选。首题则贫而无谄全章。取中举人一百二十员名，揭晓后，关节颇多，物议沸腾，达于京师。皇上震怒，敕部严加复试。以春雨诗五十韵命题，黜落举人三十余名。主考房官二十二人刑于市"。

这是发生在清朝时期第一起大的科场舞弊案。丁酉科杭州乡试科考成绩公布后，士子大哗，聚众文庙而大哭大闹。当主考官员乘船离开浙江时，这群读书人甚至追到河边，一边大骂一边往船上扔石头、泥块等杂物。顺治帝得知详情后大怒，下令要所有录取的举人于次年开春后全部到北京来，在太和门前复试。果不其然，重新考试的结果很不理想。最后通过严查，主考钱开宗等人确实存在营私舞弊等问题。因此顺治帝下令，一律处斩了。

其实如果认真分析一下，顺治帝及时下令对入选者的复试无疑是正确的，但这个科场案在最终处理上仍有些草率。此案涉及的人员为浙江士子，初春正月就由南方到京，所带衣衫均比较单薄。在太和门前考试，两旁还有大兵看守，双手冻得哆里哆嗦的，连墨都研不开，更甭说写字了。加之临场害怕、紧张，无法发挥正常水平也是很正常的。但只要没答好就怀疑有作弊行为，从而"黜落"发配，其中确实有含冤倒霉的。这一期里有个叫吴兆骞的，是位有名的江南才子，结果也没答好，于是也被认定为作弊而流放宁古塔，一流放就是二十年。在此期间吴兆骞于边塞写了许多诗歌，最后还是清朝的词人纳兰性德向他父亲纳兰明珠讲述了这些事情，并花钱托人把吴兆骞赎了回来。

纳兰明珠，叶赫那拉氏，字端范，满洲正黄旗人，娶英亲王阿济格之女，所以论辈分还是康熙皇帝的堂姑父。曾为武英殿大学士，太子太师，权倾朝野。此人表面为人谦和，实际上是利用和康熙的关系来卖官鬻爵，贪污纳贿。明珠后来终以朋党之罪被废黜。

见《清人逸事·明珠》载："明珠于康熙戊午迄戊辰十余年间权势最盛。盖明珠之为人也，性狡猾，貌慈善。见人辄用甘语柔言以钩探其衷曲，当时为所笼络者不鲜。凡督抚等官出缺，必托人辗转贩卖，满其欲壑而后止。故督抚等官愈剥削，而小民愈困苦矣。"

借以团团伙伙而搞朋党的还有清朝的开国元勋之一——鳌拜。鳌拜结党营私，专擅弄权。《清朝史料·鳌拜案》里记述："康熙初年，公爵内大臣鳌拜，专权自恣，擅作威福。与穆里玛等结成党羽，凡事在家定议，然后施行。倚仗凶恶，毁弃国典。圣祖遂特降谕旨，革职籍没。"鳌拜是被年幼的康熙帝指挥一群少年在宫中练习"布库"而擒获的。后廷议当斩，但康熙帝又考虑鳌拜毕竟历事三朝，效力有年，不忍加诛，仅命革职，籍没拘禁。后来鳌拜在牢中越想越气，居然把自己给气死了。

康熙皇帝因功而饶了鳌拜。嘉庆帝处治的和珅，也是从轻发落而被赐予自尽。

《清人逸事·和珅之贪黩》载："和珅伏诛时，谕旨谓其私取大内宝物，此实录也。时宫中某处陈设，有碧玉盘，径尺许，高宗所钟爱者。一日为七阿哥所碎，大惧，其弟成亲王曰：盍谋诸和相，必有以策之。于是同诣珅，述其事。珅故作难色曰：此物岂人间所有？吾其奈之何？七阿哥益惧，失声哭。成邸知珅意所在，因招至僻处，与耳语良久，珅乃许之。谓七阿哥曰：姑归而谋之，成否未可必，明日当于某处相见也。及期往，珅已先在，出一盘相示，色泽尚在所碎者上，而径乃至尺五寸许。成邸兄弟感谢珅不置。乃知四方进物，上者先入珅第，次者始入宫也。"

和珅的贪腐已然到了毫无顾忌的地步了。居然"四方进物，上者先入珅第，次者始入宫"，和珅宅第收藏物品的质量远远高于皇宫。而且其"私取大内宝物"的行为也是人所皆知的，所以成亲王永瑆看到哥哥永琮失手打碎乾隆喜爱的玉盘而不知所措时便提议"盍谋诸和相，必有以策之"。而和珅最后果然不仅"出一盘相示"，而且"色泽尚在所碎者上"。

和珅似乎从来就没有考虑过一旦乾隆帝故去他又会得到什么下场。嘉庆时和珅入狱，即曾诗曰："夜色明如许，嗟余困不伸。百年原是梦，廿载枉劳神。"和珅至此终于明白了，他二十年苦心孤诣地搜刮财富也不过"百年原是梦"，终为"枉劳神"矣。

《礼记·礼运》中有"饮食男女，人之大欲存焉"，其实每个人都是有欲望的。人人都可以爱财，但不能贪得无厌。恐怕没有人愿意走到"人为财死"的份儿上。所以还是应该记住老子的话："祸莫大于不知足，咎莫大于欲得。故知足之足，常足矣。"

后悔也晚了。

北京城宣武门门洞顶上就曾刻有"后悔迟"三个大字。宣武门外的菜市口过去就是处决犯人的地方，"后悔迟"无疑是为了警示罪犯的。

与袁世凯联姻的托忒克·端方，其女嫁袁克权。辛亥年率领湖北新军入川处理保路运动，途中为新军所杀。被杀前端方说其实他是汉人，本姓陶，以乞免死。端方被杀后首级放进装洋油的铁盒内运抵武昌，由黎元洪将头颅游街示众，一时万人空巷。端方同和珅一样，喜爱书画古玩珍宝。见《清人逸事·端方贪墨巧取》载："晚清各疆臣贪墨之法有直接、间接两种。直接纯以白镪交易差缺，间接则以书画古玩珠宝交易。端方在两江即纯用间接手段，攫取赃物也。凡属员家有存物，端探知面索久假不归焉。江南为文献之邦，荐绅家每存有古迹，端亦必多方罗致之。书画外又好金石铜器。其实端于此道盲人瞎马，惟二三幕宾之言是听。而幕友中有辈亦非于此道三昧。故其文房所罗列张挂，砂石并下。赝鼎鱼目，堆满眼帘。端但知慕名而已。"

晚清时的行贿手段也越来越有技巧了。有的行贿人先到琉璃厂去，找一个经营古玩字画的店铺，向店家讲明计划向什么人行贿以及行贿的数额等，再由店家出面到受贿者家中，以预定价格收购家藏的字画，最后再由行贿人把"收购"的字画作为礼品送回去，"完璧归赵"。

也有的贪官即便被窃，思虑再三，终因"虑风声外泄，不免有玷声名"而"忍气吞声"了。见《清人逸事·军机纳贿》："清制，京官之权重于外吏，而军机大臣以近水楼台，权势尤熏灼。光绪朝某军机者，耄而贪。暮夜苞苴，多多益善。一日退值后入密室中，检点黄白之物，充盈箱箧，顾而乐之。然细查之下，竟少去数封，为数约千两。心甚诧怪。以为能入此密室者，虽亲子弟，非奉呼唤不得入。忽失去此多金，殊不可解。若为一一根究，又虑风声外泄，不免有玷声名。只得忍气吞声，暂缓发觉。然扪心隐痛，固刻刻难忘也。"

"光绪朝某军机者"，未列其名，估计指的是庆亲王奕劻。奕劻是乾隆皇帝第十七子永璘之孙，由于在戊戌政变中全力支持慈禧而被封为世袭罔替的"铁帽子王"。荣禄死后，奕劻入军机处并任领班大臣。

尽管出了偌多的贪官，但清政府并非没有建立有效的监督检查机制。通常负责监督考察官员言行政绩的是御史，但清朝的御史也有无所事事者，最后拿街头巷尾的谣传作为重大信息报送朝廷，从而导致自己"褫职出京"。

《清人逸事·黎御史》中载："湘潭黎吉云者，道光时官至御史。黎性慷慨，平时尝诋言官蓄缩。既为御史，乃亟思建白。一日忽奏洋兵已破天津，至河西务，宜速发大兵抵御。宣宗得奏大骇，亟召见，问：军机大臣皆未见此奏，汝何得知此？黎曰：得诸剃头者。宣宗大怒，命褫职，即日出京。"

　　清政府近三百年兴盛衰亡的历史就像一幅生动画卷，展现了一幕幕封建王朝末世的肮脏丑态。正如恩格斯在《路德维希·费尔巴哈和德国古典哲学的终结》一文中讲的，让我们看到了封建社会已经"丧失自己的必然性，自己存在的权利，自己的合理性"而最终走向它的彻底崩溃。

清朝时的"北漂"买房吗？

徐定茂

清朝时期有"北漂"吗？这个问题有点复杂了，恐怕首先得看看如何给"北漂"一族定位。按现在一般的说法，"北漂"系特指那些来自非北京地区、非北京户口（即非传统意义上的北京人）而在北京工作、生活的人。他们由于没有相对固定的住所或相对稳定的工作总是给人一种飘忽不定的感觉而获其名。

而清朝呢，有户籍登记制度，但没有户口本。户籍只是登记一下姓名、性别、年龄以及籍贯等，一级一级上报，最后由户部出个统计数字。清朝的户籍制度是沿用明朝的，开始是三年统计一次，后来改成五年一次了。

因此，清朝没有现在意义上的"北漂"。但是清朝时期又的确有一批在京工作的"非京籍"人员。我们就将其称为清朝时期的"北漂"吧。

清朝时期的"北漂"一族大体分为两种人，一是奉调入京工作的官员，例如谭嗣同。谭嗣同原本在湖南老家建学堂、创学会、办报纸，戊戌年间被光绪帝征召入京，授四品卿衔军机章京，参与变法。

还有一批是刚刚通过了会试考核而晋升为留京的"公务员"。例如经过殿试后的状元授翰林院修撰，榜眼、探花授编修，进士们经考试合格者为翰林院庶吉士等。

经科考进京入职人员并非少数。每三年各地举人就要进京会试，虽无录取定额，但从历年常规上看，每科自百名至二三百名不等。乾隆五十四年（1789）己酉科最少，共取了九十六名；雍正八年（1730）庚戌科录取的最多，为四百零六名。

曾国藩就是经科考进的。嘉庆年间，他出生于湖南长沙府的普通家庭，祖辈以务农为主。道光十八年（1838）第三次参加会试，成功登第。殿试位列三甲第四十二名，赠同进士出身。后朝考列一等第三名，又被道光帝亲拔第二，选为翰林院庶吉士。

那么，终于进入了北京的"谭嗣同""曾国藩"们到底是买房还是租房？

在回答是否买房的问题之前，还是先算算他们的正常收入有多少吧。

据清乾隆《大清会典则例》卷五十一《户部·俸饷》载，亲王岁给俸银一万两，郡王五千两，贝勒二千五百两，贝子一千三百两。文官每年俸银，一品一百八十两，二品一百五十五两，三品一百三十两，四品一百零五两，五品八十两，六品六十两，七品四十五两，八品四十两，正九品三十三两一钱，从九品三十一两五钱。

不过清朝官员的俸禄分为两种，除去俸银外还有禄米。雍正时曾"高薪养廉"而建的"养廉银"是俸银的数十倍。但由于京官的部分须由国库支出，所以一般较少。到乾隆朝时又把支付"养廉银"的方法改为在京的文官俸禄加倍，也就是恩俸。

曾国藩中试时二十八岁，授翰林院庶吉士，没有品级，享受七品的待遇，也就是相当"县处级"吧。清朝时文正从七品的待遇是：年俸银四十五两、禄米四十五斛。

谭嗣同入北京的官场时三十三岁，授四品卿衔。清朝时文正从四品的待遇是：年俸银一百零五两、禄米一百零五斛。

然而朝廷发放的禄米往往都是陈米，所以价格比市场上经营的大米价格要低一些。市场上的大米价位参考曹寅在康熙四十七年（1708）三月初一日的奏折上说，"江宁上白米价一两二三钱……漕船一到则米价更贱"。

据清军机处档案记载，光绪十五年（1889），直隶省顺天府、大名府、宣化府的粮价以谷子、高粱、玉米三种粮食计算，均匀每仓石计银一两四钱六分。

清朝时，一石大米等于二斛。这样我们就暂以每石禄米可以换取一两零三四钱银子来估算一下。

曾国藩，文七品，年俸银四十五两，恩俸四十五两，禄米四十五斛（约折三十两），年总收入一百二十两。

谭嗣同，文四品，年俸银一百零五两，恩俸一百零五两，禄米一百零五斛（约折七十两），年总收入二百八十两。

就这点收入，看看能不能买到合适的房产吧。清朝时的居民不研究房价，而且大清朝也没有房地产开发公司，所以留存的资料较少。记得《红楼梦》里提到贾琏偷娶尤二姐时曾买了一处房产，"使人看房子，打首饰，给二姐儿置买妆奁及新房中应用床帐等物。不过几日，早将诸事办妥，已于宁荣街后二里远近小花枝巷内买定一所房子，共二十余间……"后经研究人员考证认为小花枝巷就是如今的花枝胡同，位于北京市西城区厂桥街道附近，可惜的是曹雪芹先生并未在书中注明价格。后又查到在《中国历代契约汇编考释》中登载的售价，康熙五十七年（1718）时北京大兴县北城日南坊有楼房出售，两楼两底，楼后有厢房一间，共五间房，卖二百一十两。此房楼下的两间是临街的门脸房，可以做生意用，因此价格较贵。

终于在拍卖网上找到一份买卖契约，为同治十年（1871）正月廿六日签订的"永远存照"：西直门内南小街的瓦房三间、灰房八间半，共十一间半，卖给了"镶蓝旗宗室溥姓名下永远为业……言定卖价京钱六百五十吊正"。

还有就是《清代前期北京房产交易中的问题》里的例子，道光十九年（1839）东四牌楼北十一条胡同内路南院，正瓦房三间，倒座灰房二间，西厢房二间，共房七间，价格三百吊。

老北京平房院内是以坐北朝南的房屋为正房，所以向北面开门的房屋叫作倒座房。其中灰房不同于瓦房，是用石灰抹顶，比瓦房廉价。

提到住房价位，还是先说说京钱和银两的关系吧。

清朝的银元宝，重量一般为五十两。但用银子计价有一个很麻烦的问题，就是成色。流通的白银都不会是纯银，所以成色较高的五十两大元宝实际面值是五十多两，用银子付款时就还要详细计算。此外若用散碎银两，由于没有标准，交付时要上秤，如果多了还要錾下一块来，这可就太麻烦了。

因此在日常生活中清代人一般用小额货币来支付，也就是铜钱。清代官方铸的铜钱叫作制钱。为了有别于各地私铸的铜钱，民间亦称之为京钱。官方设定一两银子兑换一千文，就是"一吊"京钱。

实际上由于银价飘忽不定，所以民间的银价和钱价一直在变动。尤其是道光朝后，由于国外贸易的影响，银价提升，兑换比率极不稳定，某一时期一两银子甚至可以换得二千多制钱。见老舍先生的《正红旗下》："母亲领了银子，她就手儿在街上兑换了现钱。那时候山西人开的烟铺、回教人开的蜡烛店，和银号钱庄一样也兑换银两。……她也既腼腆又坚定地多问几家，希望多换几百钱。有时候在她问了两家后恰好银盘儿落了，她饶白跑了腿还少换了几百钱。"

道光朝时期银贵而钱贱，"价格三百吊"大约是相当于银子二百两，但也超过"曾国藩"们的一年收入了。从中看来，买房对于"北漂"一族来讲还是相对较贵的。

问题是除了买房，清朝的"公务员"们其他生活开支也很多，比如置办工作服。清朝的官员服饰都是需要自己购置的，而服饰却又偏偏比较复杂。官场上就有朝服、吉服、常服和行服，此外还有便服，就是平日脱去官服后穿戴的。

朝服用于重大典礼或祭祀。一套朝服除了内衣、底袍外，主要由朝冠、朝袍、补褂、朝珠、朝带、朝靴等组成。朝冠，就是帽子，还分冬夏两款。一般官员的冠顶底座是镂花金座。像谭嗣同是四品文官，底座装饰为小蓝宝石，顶珠要青金石。至于曾国藩刚进京时仅相当于文七品，朝冠的底座用小水晶，主宝石是素金就行了。

较大的开销是在朝珠的购置上。清朝规定，其等级是由材质和绦子的颜色来区分，但各级大臣们的朝珠只要不用东珠而绦子为石青色的就齐活了。所以一百零八颗朝珠由碧玺、蜜蜡、象牙、牛角、檀香木、绿松石、菩提子等各种各样材料制作的，一挂朝珠动辄就得几百两。

吉服主要用于一般的喜庆仪式。此外还有迎诏书以及过寿、婚庆等。吉服也是对应等级的，同样包括了冠、袍、补褂、朝珠、朝带及朝靴等。朝服中的朝靴在于靴底厚而且靴勒高，即为"官靴"，走起来缓慢但稳当。吉服的朝靴特点则相反，底薄勒矮，活动方便，民间俗称为"快靴"。

平常在衙门里办公时穿的其实是常服。同样是由冠、袍、褂等组成，只是常服褂可以不缀上胸前的绣有仙鹤、麒麟等图案纹饰的补子。

除了官员自身，还有女眷。按规定，宫廷外凡七品以上命妇均有相对应的朝服制度。《正红旗下》里写道："大姐的婆婆是子爵的女儿，佐领的太太……气派与身份有关。该穿亮纱她万不能穿实地纱；该戴翡翠簪子决不戴金的。她的几十套单、夹、棉、皮、纱衣服与冬夏的各色首饰……"

好嘛，"几十套单、夹、棉、皮、纱衣服与冬夏的各色首饰"，这得占去多少银两呀。

置办好了"工作服"，大清的"公务员"们该去上班了。于是又涉及使用什么交通工具的问题。

电视剧里的清朝官员们大多坐轿，几个人抬起来就走。事实上远不是这么简单。

清朝官员们所用的轿子称作官轿，分为夏季用的"明轿"和其他季节所用的"暗轿"。夏季的轿子上部是"明"的，透气通风；而其他季节所用的轿体由各种布缎裹住，留有的窗子也是被帘子遮挡住，是"暗"的。和"工作服"一样，清代时规定，亲王、郡王可以用八人抬轿，三品官以上的用四人抬的轿子，其他人员只能用两人抬的轿子了。当然，轿子的材质以及颜色等也都有严格的要求。

抬轿子是个技术活，尽管是几个轿夫合作，但轿子必须抬得平稳。轿夫的月工资一般都比较高。由于轿子是由轿夫抬着走的，人力总有疲惫的时候，所以一般用轿子出门的时候同时还要配备两至三班的轿夫来准备替换。替换的轿夫自然不能在后面步行跟着，否则走累了也就无法接替了。因此轿子后面还得跟一辆牲口拉的车，当甲班在抬轿时乙班就在车上休息。这样就算是最小的两人抬的小轿子，不出远门也得分两班。这样，每月起码就得支付四五两银子，一年就得支出五六十两。这里面还不包括给轿夫们雇车的费用。

如果是使用车，首先当然是要买一辆车。此外还有马或骡子。赶车自然也是技术活，赶车人的月薪肯定要比轿夫高。清五品郎中何刚德在《春明梦录》里讲，"余初到京，皆雇车而坐。数年后，始以二十四金买一骡，雇一仆月需六金。后因公事较忙，添买一跟骡，月亦只费十金"。如此算下来，一年的费用都得上百两。所以当时很多人都是临时雇车。

因此，当年到北京来做官的"北漂"们迫于经济压力，一般都是租房。此外，清朝时的"北漂"买不起房还不仅仅是工资的问题。曾国藩一年积蓄再少，付个首付应该不成问题，但当时的钱庄还没有按揭这一说。当然，也有专门来北京做生意并准备在北京长期发展的一些人员是需要买房的，尤其是"前店后厂"带门脸的房产，买下来亦可解决住宿问题，比较合算。

谭嗣同的住宿更准确的说法应该是"住店"，租住在浏阳会馆，地址在西城区北半截胡同里。会馆正房五间中有两间为谭嗣同当年居住，自题为"莽苍苍斋"。

曾国藩一直也是租房。按《给曾国藩算算账（京官时期）——一个清代高官的收与支》一书中记述，曾国藩刚到京城时孤身一人，为七品"芝麻官"，于是租了位于现西城区南横街上千佛庵里的一个小跨院，四间房，月租金为四百文。道光二十年（1840）时散馆考试后，授翰林院检讨。三年后又升翰林院侍讲，钦命四川乡试的正考官，充文渊阁校理。在此期间，家眷进京，于是又搬到菜市口附近的绳匠胡同内，小院共十八间房，月租十吊。后随着升迁，添人进口，全家加上日用仆人共有二十多口，继而又搬到了前门内碾儿胡同的一所住宅内，共二十八间房，月租三十吊，也就是三万枚制钱。

曾国藩孤身进京时租的四间房，其实大约也就是三十平方米，使用面积不足眼下的一居室住宅，却要摆下一张床、衣箱、办公桌椅、放书籍和文牍的架子、放洗漱用具的架子、冬季取暖用的设备等。

当时说的间数其实和大小无关。简单地说，早期的住房是以木头为主，用立柱来支撑，上架横梁。这样每根房梁的长短，也就是两根柱子之间的距离，即为"一间房"。像前面提到销售价格为三百吊的东四牌楼北十一条胡同住房，是"正瓦房三间，倒座灰房二间，西厢房二间"，而其实只不过是三所房子。朝南的是有"三间房"的一所瓦房，背阴朝北的是"二间"的一所石灰顶的房屋，还有西面的一所瓦房，面积同样也是"二间"，以开间算，才有"共房七间"。

选择租房时自然要考虑到上班远近的问题，同时为了日常购物，最好离商业区也近一些。现在购物都是直接付现金、刷卡、手机支付，但过去花钱却是重体力劳动，因为没有腰揣着几个大元宝满世界溜达的，要知道仅两个银元宝就得有十余斤重了。至于铜钱就更不容易随身携带了，一枚铜钱大约重一钱二分，一吊制钱就得七八斤。要是扛着二十来斤重的铜钱上街，没到胡同口就得气喘。所以住宅最好离商业区相对近一些，这样可以和店铺采用记账方式。见《正红旗下》载："赊欠已成了一种制度。卖烧饼的、卖炭的、倒水的都在很多人家的门垛子上画上白道道，五道儿一组，颇像鸡爪子。钱粮到手，按照鸡爪子多少还钱。"其实当时即使是购置了大批货物也往往是记账，如果每每都"银货两讫"反而会引起商家的不高兴，认为很"没面子"。进店后看上什么东西了，随手一指；或者干脆给店主一份购物明细，比如"湖笔十支、徽墨廿锭、船牌肥皂三箱、毛边纸二刀",撂下一句"我是五条铁营胡同徐宅的"就行了,店家自会派小伙计送货上门。最后是阶段性付款,至于是月结账还是年结账则是另外一个问题了。旧时代的人讲求信誉,不会有假冒的,店家也不会记花账。

徐宅迁到东四五条是宣统元年(1909)的事,当时徐世昌刚从东三省总督的任上下来,回京就职,为邮传部尚书。《水竹村人年谱》载,徐世昌于"光绪十五年四月,考试于保和殿,公列二等,受职编修,到翰林院任……十月,移居八角琉璃井路北,为乾隆朝编修洪北江故居"。

琉璃井位于永定门外,属于犄角旮旯的房子了,但为前辈洪编修的故居,估计租金可能会适当优惠一些。几年后,"光绪二十一年(1895)正月,移居粉房琉璃街。三月,赁北门内四牌楼东胡同王宅移居。闰五月,移居松筠庵"。到了"光绪二十五年(1899)十一月,赁居椿树下三条胡同,曹仲惠之旧居也"。直至"光绪二十七年(1901)十一月,赁居东安门内北池子,南皮张文达旧居也。接眷由辉来京"。这时"政务处王大臣奏派公为总办政务处。政务处设于东华门内会典馆旧址"。

徐世昌由殿试入围后授翰林院编修,从正七品的文职京官开始,直到"宣统元年十一月二日,迁入东四牌楼五条胡同宅"。其间先后曾被派国子监司业员、商部左丞、兵部左侍郎、巡警部尚书、民政部尚书等职,但始终都还是"赁居"，也就是租房居住。此后又被授体仁阁大学士、内阁协理大臣，是为正一品官员。清帝逊位被授太保衔，却仍然没有购买住房。直至民国十一年（1922）辞去民国大总统职务后去了天津。

读民国时期的一份《政府公告》

王培璐

日前查阅资料，偶然发现了一册民国六年一月十六日的第三百六十六号《政府公告》。现将其中刊登的一份《通告》全文抄录如下：

公府庶务司通告。为通告事，本司自接办庶务以来，凡购买物品修理工程均以力除积弊为宗旨，是以一再通告，声明无论向何处交易，概无丝毫赊欠以及回扣等事。本司员役等亦皆束身自好，未敢逾越范围。现届春节期近，本司为杜渐防微起见，特此声明：凡与本司往来交易各商号，务各剔除旧习，不得私相馈遗，甘受损失。倘有假本司名义或本司员役等向商号赊欠及勒索小费等事，该商号幸勿为其所欺，务即函告本司或迳扭送官庭，以免流弊。恐未周知，特此通知。

民国六年，是于1917年。可见在当时的市场商品流通领域中"回扣"作为商号收买、拉拢官吏而进行权钱交易的手段之一已较为盛行了。这样的接受"馈遗"在民国政府的公告中，是同"勒索"及"赊欠"一起被划分在了行贿、受贿之中。有违反者，要"迳扭送官庭，以免流弊"。

通过回扣的方式贪污受贿在我国历史上是长期存在的一个社会问题，徐定茂先生在《清王朝的贪腐》一文中即提到了慈禧皇太后曾就向某国借款一事而借机收取过回扣。当然，这一段也可能是出于野史传说，未必属实。但慈禧本人确是急于敛财。同见《清朝野史大观·清宫遗闻》记述，慈安辞世后，逐恭王出军机，慈禧便"先修三海，包金鳌玉蛛桥于海中"，后又将历年查抄款、罚没款、变价款等七百余万两白银不列入"年终户部册报"而"有复圆明园之意"，最后还是挪用海军经费三千万两白银去修颐和园。至于从国外借款中又收到多少回扣，则无从得知了。

回扣从产生的那一天起，就成为了社会经济生活中的毒瘤。时至今日，回扣问题仍是相对比较普遍存在的。近日报载，某地一家国际旅游有限公司的佣金分配表曝光，其中在购物点消费而导游的回扣明码标价为：刀具、羊绒衫回扣30%，各种茶叶回扣40%，紫砂壶茶具、菊花茶等回扣50%……

不难看出，回扣破坏了市场规则，助长了不正当竞争的风气。成熟的市场要求公正、公开、公平的竞争，而回扣造成了竞争者不在同一起跑线上，结果竟是犯规者最终取胜。

回扣是假冒伪劣商品的护身符，回扣的收取者必然失去了对商品本身质量的关注。结果是回扣越高，商品越假。

回扣为单位的"小金库"提供了资金保障。因为入账没有凭证，出账自然也就打白条，乱收乱支，给公款吃喝玩乐、挥霍浪费创造了条件。

更主要的是权钱交易是回扣赖以生存的基础。一方面是审批、采购、招标等方面的权利，另一方面则是永恒的金钱。回扣之风败坏了党的形象，造成了经济损失并毁掉了一批干部。

其实关于制止回扣的问题在新中国的法律上也早有规定。20世纪50年代初制定的《惩治贪污条例》中就有"如在与国家人员交易时仍有小额回扣的事情，不论送者收者，均分别以行贿、收贿治罪"。

1981年国务院颁布的《关于制止商品流通中不正之风的通知》中也明确规定，"一切社会主义的企事业单位、经济单位之间的购销活动，一律禁止提取回扣"。

1988年全国人大常委会颁布的《关于惩治贪污贿赂罪的补充规定》中又提出，"国家工作人员、集体经济组织工作人员或者其他从事公务的人员，在经济往来中，违反国家规定收受各种名义的回扣……归个人所有的，以受贿罪论处"。

尤其是1997年通过的《中国人民共和国刑法》中关于破坏社会主义市场经济秩序罪的第三节，妨害对公司、企业的管理秩序罪的第一百六十三条中又进一步规定，"公司、企业的工作人员利用职务上的便利，索取他人财物或非法收受他人财物……在经济往来中……收受各种名义的回扣、手续费，归个人所有的……定罪处罚"。

从北洋政府的"力除积弊"到20世纪90年代末制定的《中华人民共和国刑法》，无不将回扣划分在禁止的行列。但由于回扣并非是在每次交易中必然出现的，它往往处于时有时无的状态，数量也是或多或少，不确定因素较强，有一定的隐蔽性，处理起来相当复杂，调查取证难度较大，从而也导致了回扣之风的屡禁不止。

在现实生活中，回扣事件发生一千，举报一百；调查十起，处理一起。由于这样发生率高而查处率低的"倒金字塔"的存在，致使大量吃回扣者逍遥法外，这也是回扣大行其道的重要原因之一。

然而，难查办不等于不查办。前一阶段见北京市西城区检察院披露的一些腐败案件中即有数件与回扣相关。如某医院矫形骨科需购进人工关节，结果几家供货商争先提出回扣标准。科里主治医师黄某负责主持采购，其共收取了回扣三十四万元，按手术的作用在院内进行分配，结果构成了单位受贿罪。中央国家机关住房资金管理中心的办事员节某，负责将本单位一亿五千万元人民币的国债委托到中国银河证券有限责任公司上海复兴东路营业部，就此多次将营业部支付的高息共九百余万元据为己有。案发后，被判死刑。

回扣的现象无法回避，对回扣的治理必须加强。除了进行日常教育、建立健全制度管理加强监督检查外，法纪之剑对回扣的问斩是遏制回扣所不可或缺的。回扣作为经济生活中存在的一种病态现象或许有千条万条其得以存在的客观条件，但绝没有一条放任其存在的正当理由。连北洋政府都曾对回扣"剔除旧习"了，更何况是在社会主义新时代的今天。

埋在甘水桥头的炸弹

陆　宁

几经筹措，汪精卫最后还是决定把炸弹埋在了甘水桥头。

沿着鼓楼大街向西又向南，细细地考察了一溜胡同、官房口、烟袋斜街后又慢慢地转到了后海。当走到小河上的一座石板桥的时候，汪精卫停下了脚步。如果过了这条小河，再向前就可以隐隐约约看见景山的背影了。过了景山也就到了紫禁城，那是摄政王载沣上班的地方。要选择合适的地段，只能就在附近。

尤其是小桥旁居然还有一条阴沟，恰好可以藏身。于是汪精卫决定，就在这座小桥口埋设炸弹。

这座小桥名叫甘水桥。

汪精卫其实并不叫汪精卫。他本名叫汪兆铭，字季新。因为汪兆铭的文章写得好，参与筹备同盟会后曾任同盟会机关报《民报》的编辑，后来颇受孙中山赏识，被召为秘书。当时汪兆铭在报刊上发表的文章，宣传三民主义，痛斥康有为、梁启超等人的保皇谬论。由于汪兆铭借用"精卫填海"的典故而使用"精卫"作为发表文章的笔名，后来大家也就习惯称之为汪精卫了。

汪精卫一心要刺杀载沣，主要也是为了和梁启超斗气。由于同盟会成立之后先后发起了六次武装起义，但都相继失败了，大量革命青年因此失去宝贵的生命。此时梁启超亦曾批评同盟会专心搞暴力革命，而同盟会的主要领导人孙中山却一直躲在海外，光是指使别人在国内闹事，白白送死。梁启超说，"徒骗人于死，己则安享高楼华屋，不过'远距离革命家'而已"。

于是到了1910年初，汪精卫和黄复生、喻培伦等人就准备搞一次轰轰烈烈的暗杀行动给梁启超等人看看，"以事实示革命党之决心，使灰心者复归于热，怀疑者复归于信"。汪精卫是同盟会的主要成员之一，主动去刺杀清朝权贵无疑是起到了挽救革命、挽救同盟会的作用。所以汪精卫的刺杀行动无论成败，梁启超的批判均不攻自破。临行前汪精卫还给孙中山写了一封信，"吾侪同志，结义于港，誓与满酋拼一死，以事实示革命党之决心，使灰心者复归于热，怀疑者复归于信。今者北上赴京，若能唤醒中华睡狮，引导反满革命火种，则吾侪成仁之志已竟"。对此汪精卫还下定决心，"此行无论事之成败，皆无生还之望。即流血于菜市街头，犹张目以望革命军之入都门也。"

汪精卫记得，几年前就有皖北桐城的革命青年吴樾，本与清朝指派出洋考察的载泽、绍英、戴鸿慈、徐世昌、端方等五大臣并无私仇，只是为了革命主义，挟炸弹而潜身入京，当日去车站施放……

绍英的后人马士良先生在回忆录中说："投弹者后知为革命党人桐城吴樾，当时是乔装为随从状混入车上，时有徐世昌仆人诘之曰，汝为谁？答以为泽爷之随从。其人又询曰，汝何时随泽爷？吾等胡不相识乎？吴以无从置答，又恐事败，仓促欲投弹，乃手未及出怀，而轰然一声，弹遂爆炸。吴本人遂首先牺牲，而徐之仆亦身受重伤。"另见《养寿园奏议辑要》载："该尸身穿新蓝布大衫，旁落红缨帽一顶，内着洋式小衣，面貌不类粗人，脚纹深细，发辫较长，右腿炸碎，左腿连皮，脏腑全出，中多碎弹，两手指落，身畔搜有未放枪子及碎铜片，经日无人承领，确系正凶无疑。"

徐世昌的这个仆人名叫王顺，徐亦在《韬养斋日记》里记述了此事发生的前后过程："乙巳年八月廿六日……登车后将发，忽炸弹爆发，烟气弥漫，车轨震损。泽公、绍越千各受微伤。仆人王顺受伤较重。车外毙踣三人，送行者受微伤甚多。随员萨荫图一家数人受伤。有死者。车内轰炸碎一人，似施放炸弹者。忽有此暴动之事，良可怪也。"

其实吴樾的本名也不是吴樾，而是吴越。这是因为事发以后袁世凯发现吴越当时是直隶大学堂的学生，如声张出去恐怕于己不利。于是马上安排人员到京，把遗留在桐城会馆的物品全部清除干净，再将吴越的名字加了一个"木"字旁来报案，以图尽快了结。

而汪精卫却觉得先烈吴樾的做法值得借鉴。面对面地扔炸弹，成功率较高。如不是那个徐家雇佣的厮役、下人、随从、家丁、听差的王顺没事找事，吴樾就极可能成功了。

汪精卫一开始是准备刺杀清廷新近委任的直隶总督端方。端方当时尚在湖北武汉，当汪精卫一行人到了武汉后便忙在汉口火车站一带踩点摸路，计划学习吴樾，手持炸弹来行刺。不料端方最后走了水路，刺杀计划自此流产了。尽管如此，汪精卫等人秘密携至的炸药最后还是留在了武昌的孙武那里，正好用于一年之后的义举。

汪精卫离开武汉而来到了北京后，首先考虑的是要有一个安身之处。于是便在宣武门外琉璃厂东口火神庙西夹道的地方开设了一个守真照相馆作为筹备暗杀的据点。开设照相馆是出于两个目的：一是因照相馆天天需要使用一些化学物品，如显影液、定影液等，其散发出的气味足可以掩盖制作炸弹时所使用化学物品的气味；二是照相馆内必然要有一两间房屋作为暗室使用，密封严紧，闲人免进，大家也不会怀疑，这样就可以在里面安心制作炸弹，相对比较安全。

这回汪精卫选择的暗杀目标是皇叔载洵和载涛。

当时载洵和载涛刚好从欧洲考察军事后回京，在前门火车站下车。汪精卫还是准备像吴樾那样去扔炸弹。没想到的是，等汪精卫拎着个外表打制成铁壶样子的炸弹到了前门火车站后才发现，清政府根本就没搞什么欢迎仪式，而偏偏载洵和载涛本身一向又不爱摆架子，也没带什么护卫，只是混杂在众多的乘客之中一起出的车站。特殊一点的可能就是二位郡王都戴了个红顶子的官帽。但当年乘坐火车的人中戴红顶子官帽的居多，不仔细辨认也根本找不到目标。即便是找了出来，汪精卫等也怕误炸无辜乘客。于是只好中止暗杀计划，把装满炸药的大铁壶又原样拎了回来。

经过考虑，汪精卫最后决定干脆把行刺目标锁定在皇上的亲爹、清朝摄政王、当时中国的实际最高领导人、醇亲王载沣的身上。

汪精卫还是认准了打算往载沣身上扔炸弹。

载沣居住的王府在后海北沿，当时摄政王上朝时习惯经过鼓楼大街。鼓楼前恰好有堵矮墙，汪精卫计划等到载沣通过时就把装有炸药的铁壶从矮墙后面扔过去，炸死载沣。结果当他们还没有准备好的时候，鼓楼大街又临时进行扩建马路的工程。由于施工人员多，容易暴露。当场扔铁壶的方案再次被否决了。后来又发现载沣上朝路线改道烟袋斜街，于是计划临时租一间临街房屋作为扔铁壶的掩体，但租房一事却因为手续不全又只好作罢。最后经过多方研究，汪精卫决定把炸弹埋在甘水桥上。

经调查得知，摄政王载沣外出乘坐的是一辆白色的由双马驾驶的四轮马车，每天上下朝都有一条固定的路线。邹鲁在《中国国民党史稿》一书中写道："初觅得鼓楼大街，因值修筑马路，不果。改觅烟袋斜街，以无铺保，亦不果。乃定于甘水桥。此地在什刹海之旁，三面环海，仅一面有居民数家，甚僻静，与鼓楼大街、烟袋斜街，均为载沣早朝必经之道也。"

其实早先在庚戌炸弹案之导源地究竟是银锭桥还是甘水桥的问题上一直存有争议。曾有人当面询问过汪精卫，然而汪精卫对此似乎并不在意，漫应曰："银锭桥而已……"

随后即有人撰文详细叙述了摄政王载沣上下朝路线及警戒情形，刊于1943年3月18日的《实报》上。据其考证，摄政王之白色双马四轮轿车每日上下朝有一定的路线。即出府门后向东，到马圈栅门前后经小桥向北，过甘水桥至鼓楼西大街。然后经鼓楼前大街向南直入地安门。下朝时有时可能走捷径，也就是进烟袋斜街，经鸦儿胡同过甘水桥迤南之小桥回府。而银锭桥远在官房口及一溜河沿，与庚戌炸弹案无关。此外且就桥的外形来看，银锭桥窄而高，摄政王之双马四轮大轿车是不可能走罗锅式之穹形桥的。

民间就此曾传说汪精卫刺杀载沣是在银锭桥，这可能就是因为银锭桥自古便有"银锭观山"之美誉，所以将默默无闻的甘水桥误传为名气颇高的银锭桥，也是为故事起到一种锦上添花的作用。而邹鲁的说明证明了事发地点是在甘水桥，而不是"燕京八景"里的银锭桥。

刺杀载沣是在初春时分，那时的北京夜间还有阵阵寒意，估计在这个时间段去甘水桥口埋炸弹应该是不会被外人发现的。其实这已经是汪精卫等人第三个晚上到这里来挖坑埋弹了。第一次来时发现，可能日间有什么人在这里翻过车，把车上的货物撒了一地。而这些货物偏偏又都是食品，所以到了晚间还有一群野狗在这里东闻西刨地找食，见到汪精卫等立即狂吠不止，大家也就只好回去了。第二次再来比较顺利，但当选好挖坑的位置后才发觉，由埋弹的地点到计划藏匿的阴沟距离较远，临时准备的电线不够长，又只好悻悻而归了。这一次到后虽然没受到任何干扰，然而没想到的是正在埋炸弹的时候，甘水桥旁的一户人家由于妻子有了外遇已然三天没有回家了，传出话来是要和人私奔。此户的男人郁闷得无法入睡，便披上棉袄外出散心。结果一出院门就发现前面影影绰绰的有几个黑影，似乎是在桥头埋什么东西。这个住户一惊，赶忙回到屋内。正当悄声关门时又突然想到，这很可能是有人在埋藏财宝，于是就又潜身出屋，借着黑暗而藏身树后偷偷观看，一心想着以后自己再偷偷挖走。看着看着，一直看到潜埋电线到了旁边的阴沟里时方感到不对头。于是掉头就跑，赶紧去报案，生怕"粘了包儿"。

这下子又白忙活了。

待清廷的公差们挖出了个大铁罐后，茫然不知其为何物。最后还是分别找了日本和美国大使馆的人员来鉴定，才知道原来是一个用电池引爆的自制炸弹。

汪精卫等人都曾留学海外，具有基本的化学知识，再加上所用的炸药是委托一个法国人由天津乘坐火车带到北京的，所以沿途没有遇到什么麻烦。而清廷的警务人员在检查时又发现，包装炸药的报纸是英文报纸。所以美方人员在查阅后提出，这个炸弹很可能是来自大不列颠及北爱尔兰联合王国的"原装产品"。

在甘水桥头埋了炸弹，目标自然是预谋刺杀摄政王了。但究竟是何人所为呢？从炸弹可能是英国货上又联想起载洵、载涛刚从伦敦回来，也就怀疑到这是庆亲王计划阴谋篡政，也有说法认为是载伦贝子计划除掉摄政王以便自己取代溥仪而当皇上。其实早先慈禧当政期间皇亲贵族中即有门户之争，但慑于太后的威严而不敢声张。慈禧一死，载沣既压不住台而又没有慈禧那套恩威并施的用人手法，皇族内部很快四分五裂，政出多门，相互倾轧。例如，慈禧在位时已成气候的庆亲王奕劻为一党；载洵把持海军，又与毓朗合为一党；载涛统军咨府，拥有陆军部权，收用良弼为一党；肃亲王善耆占有报馆和民政部，带领清廷的警政权势而为一党；溥伦勾结各议员为一党；隆裕以母后之尊宠任太监小德张为一党等，都有谋杀载沣以图篡位的可能。所以开始时并没有把暗杀同革命党人联系起来。直到日本方面由于铁罐的制作工艺过于粗糙而对美方的意见表示了怀疑后，清廷才意识到这可能又是革命党人所组织的一次暗杀行为。

为了加大爆炸的威力，汪精卫在装满炸药的铁壶外又套上了一个硕大的铁罐。但这个铁罐不过就是民间作坊打制的产品，自然十分简陋。载洵主管海军而载涛也一直主管禁卫军，他们要想找到一枚合适的炸弹并不困难，又何必使用民间的仿制品呢？就此也就基本上排除了清朝贵族们作案的可能。最后清廷的差役终于在铁罐的底部发现了一个小小的厂家印记。几经查访，有人认出这个印记是位于骡马市大街上永铁加工厂的记号。这个加工厂也承认是他们几天之前才给位于琉璃厂上的一个照相馆专门打制的，而这个照相馆的"法人代表"就是汪精卫。

汪精卫自知必死无疑，临被捕时的慌乱便转化为豁出去的无畏。不仅全部认了下来，甚至在长达数千言的供词里痛斥清廷。汪精卫原来文笔就好，在狱中又无事可做，也就成天以作诗来言志。"慷慨歌舞市，从容作楚囚。引刀成一快，不负少年头。""留得心魂在，残躯付劫灰。青磷光不灭，夜夜照楼台。"

当时负责治安工作的是肃亲王善耆。汪精卫刺杀失败后被捕入狱就是由善耆负责审理，而当善耆看了汪精卫的手稿之后感慨万分，生惜才之心。摄政王载沣自然是要力主斩决汪精卫的，却被善耆劝说了下来。善耆的意思是告诫载沣，革命党人行刺的目的就是杀身成仁。如果杀了汪精卫反而会激发民众对清廷的憎恶与反感。但如果从轻发落，以"误解朝廷政策"之罪名仅判处监禁，即可安抚人心。

载沣最后只好同意了这个意见。

仅过了一年时间，武昌革命爆发。清廷为了挽回颓势又只好释放了汪精卫。

每逢提到载沣时，总觉得这个王爷挺有意思的。载沣是光绪皇帝的胞弟，宣统皇帝的生父。论地位、权势、背景、血统，在当时恐怕是无人可比。但载沣想杀掉两个人却始终都没能如愿：一个是袁世凯，在慈禧死后载沣曾想杀之来为光绪帝报仇，却被张之洞劝下，理由是生怕由此控制不住北洋军，结果只是把袁世凯打发回老家去养"足疾"；几年后又想处死欲谋害自己的汪精卫，又被肃亲王善耆以怕激变民心而阻拦。看来载沣这个人真是比较好说话。

不过，当时如果真的杀掉了袁世凯也就不会再有"洪宪"了，我们对袁世凯的历史评价也就需要重新思考。同样，如果杀掉了汪精卫，在我们历史教科书中恐怕就会多了一名近代民主革命志士而少了一个可耻卖国的民族败类。不由得想起了白居易诗中的几句话："周公恐惧流言日，王莽谦恭未篡时。向使当初身便死，一生真伪复谁知？"

由此可见，载沣最终还是出了这口怨气。

历史摇曳中的"国会"剪影

宫兆波

　　北京有许多历史遗迹，例如当年的民国国会议场就是其中一处。

　　2015年5月，凤凰卫视《凤凰大视野》播出了十集纪录片《民国纸牌屋》，呈现梳理了民国时期八位大总统的权力斗争。《民国纸牌屋》一片是由北京水木欣欣传媒公司承制的，我应邀为总撰稿人。在此期间，摄制组有幸走进宣武门西大街，结缘民国国会议场。

　　民国国会议场，后世俗称"国会礼堂"，当年是参众两院开会之地，现为新华社大礼堂。举目望去，这组建筑砖木结构，风格中西合璧，清一色的灰砖水墙，显得古色古香，庄重典雅。

　　如今，夕阳西下，这里略显寒酸，但它曾是最高国家权力的象征，当年赫赫有名的"国会山"。暮霭沉沉之中，风吹过，落叶萧瑟，摇曳出一抹折射民国初年政治风云的历史剪影。

国会旧址

湮没的象房

民国"国会山"所在的地方原来叫"象房",是明清两代驯养大象的驯象所,附近的"象来街""象房桥""象牙胡同"等地名皆与此有关。现在宣武门西侧的"长椿街"正是由"象来街"改名而成。

大象在明清时期是中国的稀有动物,主要由东南亚诸国进贡而来。但在中国传统文化里,因为"象"与"祥"谐音,大象便被赋予了一层"吉祥"色彩。比如,儿童骑象,寓意"吉祥";象驮宝瓶,比喻"太平有象";象驮如意,象征"吉祥如意"。另外,"封侯拜相""万象更新"等词汇,都和"吉祥"的大象密不可分。因此,驯养大象,在中国历史悠久。时至宋代,宫廷甚至还专门设立了官署,名为"养象所",负责驯象事宜。

明清两代,宫廷养象更是皇家的盛事,而且长久不衰。因此,作为帝都的北京,也与大象结下了不解之缘。随之,"象来街""象房桥"这些地名开始出现。后来,又因王朝衰落,宫廷无力顾"象",曾有的"象"字地名也渐渐地淡出了历史视野。

1495年,大明弘治八年。其时,第九位皇帝朱祐樘在位,是为明孝宗。史载,朱祐樘为人宽厚仁慈,励精图治,"弘治中兴"气象万千。大明帝国蒸蒸日上,威震四海。原本藩属称臣的越南、泰国等东南亚诸国闻信来朝庆贺，他们的使臣带着大象，进贡给孝宗皇帝以示友好。

于是，朝廷下令设立"外象房"，属御马监管辖，专司驯养大象，地址选在宣武门内的西南城根，也就是现在的宣武门西大街，后来的民国国会议场所在地。

明代的御马监不光养马，也养大象，因此也称"内象房"。据史书记载，御马监曾专门开辟出九间象房，养过九只母象，不够时由"外象房"递补。可以想象，那时候的大象，如同现在的国宝大熊猫般待遇优渥，设有专门经费，日常生活由专人伺候。

不仅如此，因为分工不同，大象的等级也不同，连饲料都分品级。这种制度一直延续到了清末，由于经费被层层克扣，大象的待遇直线下滑，逐渐病饿而死，"外象房""象房桥""象来街"也变得空有其名。

明清两代，为讨"太平吉祥"的吉利说法，朝廷每逢重大朝会盛典，"午门立仗及乘舆卤簿皆用象"。每当此时，紫禁城里便会走来翩翩象群，有驾车的、有驮宝的、有站班的，训练有素的大象各有分工，憨态可掬地参与皇家朝拜礼仪。据说，百官入朝完毕，列立于御道左右的大象闻声而动，立刻"以鼻相交，无人敢越"。

对于京城百姓来说，大象绝对是珍稀动物。当年，每到农历六月初伏，天气热了，大象要走出象房，跨过"象房桥"，走过"象来街"，到宣武门外的护城河里消暑洗澡。据说，那时候，数十头大象迤逦而出，红帐为引，旗鼓相迎，壮观的场景引得万人空巷。这情形激动人心，正如清代大诗人朱彝尊所写："后园虚阁压城壕，溅瀑跳珠闸口牢。正好凭栏看洗象，玉河新水一时高。"

当时，护城河畔人头攒动，京城百姓翘首以待，他们守候在从外象房到护城河的必经之路上，等着、盼着，终于看到了象群的身影，于是高呼：象来了，象来了！"象来街"的地名，估计由此而来，也未可知。

史书记载，盛夏六月洗大象的风俗源于明代。明朝末年，旅京文人刘侗、于奕正合写的《帝京景物略》一书中

清光绪年间民间画家创作的绢本《洗象图》

说："三伏日洗象，锦衣卫官以旗鼓迎象。出顺城门（即宣武门），浴响闸，象次第入于河也，则苍山之颓也。"此书刊行于1635年，是为崇祯八年。此时，大明王朝已是日薄西山，距离倾覆亡国只有十年的时间了。

明朝以降，宣武门外洗大象的风俗一直延续而下。清朝咸丰重臣彭蕴章亦有诗为证："宣武城南尘十丈，挥汗骈足看洗象。象奴骑象游玉河，长鼻卷起千层波。昂头一喷一天雨，儿童拍手笑且舞。笑且舞，行骞骞，日暮归来洗猫犬。"

这诗写得趣味盎然，让人浮想联翩。可见，大清王朝即使到了咸丰时期，虽然内忧外患，但京城洗象的盛况依然不衰。

象运象征着国运，国运衰则象运衰。"康乾盛世"时，大清国的大象也迎来了繁盛时代。据说，康熙皇帝有一次南巡，銮驾行列中有十一头大象。乾隆作为历史上最会"摆谱"的皇帝，最多时象房养了三十九头大象。每天一头大象除了要吃一百六十斤稻草，还要外加三斗米，这相当于当时三十个人的食量。

1884年，光绪十年。一天早朝，走在队列中的一头大象突然受惊，一路狂奔，跑到西长安街，所过之处物品被踏得粉碎。不但如此，歇斯底里的大象还抡起大鼻子，把一个太监卷了起来，抛到墙壁上摔死了。消息传来，西城百姓吓得一天不敢出门。

从此以后，朝廷的仪仗再也不用大象了。万国来朝的盛世已成往事，大象陆续死亡殆尽。朝贡体系逐渐崩塌，再也没有来自东南亚诸国的新象补充了，象房也遭荒废。大清王朝也随之气息奄奄，"象来街"慢慢演变成了"长椿街"。

短命的资政院

1901年，光绪二十七年。经过"庚子之乱"后，大清王朝已是风雨飘摇，被迫实行"新政"，并预备立宪。这是发生在清朝末年的一场重大历史事件，其中一条改革内容就是废除科举，兴办新式教育。

这时候，惨遭荒废的象房派上了用场。当年，豢养驯象的这块地很大，于是朝廷拆了象房，盖起了新式学堂，名叫"京师法律学堂"，拖着大辫子的八旗子弟在此接受新式教育。曾经训练畜生的地方，现在变成了教化大清接班人的学校。几年后，大清王朝预备立宪的闹剧粉墨登场，于是设立了资政院。此时，京师法律学堂又被稍加改建装饰，从前的象房又变成了资政院的办公场所。象房之变迁，历史之诡谲，令人心生感叹。

清末资政院，相当于中央咨议机关，在地方各省设立"咨议局"。它仿效欧美政治体制，是清政府预备立宪的重大举措。清政府宣称："中国上下议院一时未能成立，亟宜设资政院以立议院基础。"也就是说，其目的在于培养造就未来的参众两院议员，为成立正式国会奠定基础，属于一个过渡性的立法机构。

资政院的议员，由"钦选"议员和"民选"议员各一百人组成。前者由宣统皇帝委派，后者由地方咨议局推选。表面上看，资政院拥有决议国家预算、公债发行、制定法律、修改典章、弹劾大臣等权力，但议决事项均须"具奏请旨裁夺"，方能生效。而地方咨议局，必须受到本省督抚的严格限制。由此观之，资政院只有议决权，最后还是由皇帝、督抚说了算。

在清政府参照日本宪法制定的《钦定宪法大纲》中，首先删去了限制君权的有关条款，满篇皆是"议院不得干预""非议院所得干预""不附议议院决议""议院不得置议"这些字眼。正式议院尚未成立，已是羁绊重重，遑论资政院这么一个不伦不类的过渡机构呢？

上有资政院，下有咨议局，这一体系的建立，却催生了一股新的政治力量，那就是清末民初赫赫有名的"立宪派"。

1910年，宣统二年。这年十月初三，资政院召开第一次会议，摄政王载沣到会亲致开幕词。据说，当时议员们早已到场恭候，军机大臣和各部尚书才姗姗而来，而摄政王载沣整整迟到了四个小时。王公贵族如此轻慢，可见资政院的地位何等卑微。

这次会议的会场正是京师法律学堂。它原是一幢西洋风格的两层小楼，改建时仿照日本国会样式，将"大讲堂"改为呈半圆形的"议事堂"，议员席也呈半圆形。上设御座，下设院长席、演说台，演说台下有速记席，两旁设朝廷官员答复席。同时，又把原来的教员室改为客厅、谈话室和休息室。

三周之后，正是十月二十四。这一天，资政院召开第二十一号议场，议员易宗夔提出了"剪发易服"议案。想想当年，大清入关之时，以武力强迫百姓剃发留大辫子，"留发不留头"，何等血腥残暴。此时的清朝子民易宗夔居然胆大包天，提出要剪去象征着大清王朝的大辫子。没想到的是，这样的议案，经一些议员赞同，也能堂而皇之地作为当天的议题进行辩论。

此议一出，资政院顿时乱成了一锅粥。经过一番唇枪舌剑的争吵，最后决定进行投票表决，结果是赞成102票，反对27票，废票6票。这时候，议员郭策勋发现赞成票中有人并未到场，存在舞弊，引起了一阵骚动。易宗夔据理力争，收效甚微。两方票数悬殊，重新投票浪费时间，最后这件事不了了之。

清末资政院算是中国民主制度萌芽的雏形。后来，这个临时议会机构居然连军机处也不放在眼里，照样进行质询弹劾，以至于当时流传着一句谚语：宁见义和拳，不见资政院。载沣、奕劻这些守旧重臣哪见过这阵势，紧急下令更换资政院议长，限制议员召集临时会议的权利。

1911年10月，武昌城头隆隆炮响，大清龙旗闻声落地。第二年年初，资政院终止活动，存活时间大约一年半。

哭泣的国会

1912年，民国建元。在南京临时政府成立的同时，孙中山还组建了南京临时参议院，作为中华民国的立法咨议机构。南北和议成功后，南京临时参议院决定北迁。

于是，曾经的清朝资政院开始破土动工，扩建为民国"国会山"。其中，参议院选址资政院旧址，在其东侧的清朝财政学堂基础上，改建众议院。这样，民国国会的参众两院紧密相连，参议院在西，众议院在东。旧象房南边的城墙根土路改称"国会街"，东边的"象房夹道"改称"众议院夹道"，即今天的"众益胡同"。

此时，德国设计师库尔特·罗克格被请来了，在众议院建筑群的西侧兴建起了一座"国会议场"，作为参众两院议员联席开会的场所。当年4月29日，南京临时参议院迁至北京，并在这里举行了开幕礼，正式更名为"北京临时参议院"，代行国会权力。至此，民国国会正式登上了历史舞台，随之而来的云谲波诡由此展开。

那一天，参加开幕礼的除了75名临时参议员，还有临时大总统袁世凯。当时，只见袁世凯腰悬佩剑，一身戎装，直奔议会大厅而来。不料，却被参议院议长林森堵了个正着。他神情严肃地告诉袁世凯说，参议院是立法的最高机关，严禁携带武器进入，请大总统解除佩剑入席，以崇法制。袁世凯闻听，不由得愕然片刻，只好解下佩剑，做出一副尊重国家法度的姿态。

这是袁世凯和民国国会的第一次交锋。它是一个巨大的政治隐喻，意味着北京临时参议院神圣不可侵犯，对他的大总统权力构成了约束和制衡。

1912年2月12日，宣统小皇帝在袁世凯的威逼利诱下，宣布逊位，两千多年的封建君主统治走向终结。第二天，孙中山递交辞呈，将中华民国临时大总统之位移交给袁世凯。然而此时，孙中山对袁世凯心存芥蒂。他提出了三个附加条件：中华民国必须定都南京；袁世凯必须到南京宣誓就职；新任政府必须遵守《临时约法》。

一个月之后，3月11日，《临时约法》由南京临时参议院表决通过，并正式公布。其中最引人注目的内容，便是将孙中山任大总统时的"总统制"改成了"内阁制"。

这三个条件看似不温不火，其实相当于给袁世凯戴上了三道紧箍咒。特别是在《临时约法》中，孙中山将中华民国的政体加以变更，其目的就是要虚化未来总统的实际权力，以此来限制袁世凯。北京临时参议院，正是这样一把锋芒毕露的开刀利器。

在袁世凯的眼中，民国共和几乎分文不值，他真正关心的是自己手中的权力。于是，深谙谋略权术的袁世凯见招拆招，孙中山设置的前两个障碍很快变成了一纸空文。接着，袁世凯假装欣然接受《临时约法》，因为他的大总统头衔还前缀着"临时"二字，他需要民国国会帮他抹掉，堂堂正正地当上真正的民国合法大总统。

按照《临时约法》规定，在十个月之内，由临时大总统召开国会。国会成立后，先制定宪法，替代《临时约法》，再进行正式大总统选举。从此，袁世凯与北京临时参议院一团和气。他非常配合民国初建的各项法理程序，特别是国会选举。

1912年12月，全国开始了第一届正式国会选举。按照《国会组织法》和《议员选举法》，正式国会由参议院、众议院两院组成。其中参议员由各省议会议员选出，共274人。众议员由各地选民直接选举产生，共596人。参众两院870个席位，当时民众将其比作救民于水火的"八百罗汉"。

不过，并非人人都有资格投票。"资格选民"首先必须是拥有中华民国国籍的男性，然后要至少满足每年直接纳税2元以上、有500元以上不动产、拥有小学或相当于小学的学历三个条件之一。经过筛选，"资格选民"占到了全国总人口的10.5%，人数达到了4000多万人。其中，400

多万人参与了直接投票，堪称史无前例的全国普选。

当时，办报自由，党禁开放。仅在1912年间，全国出现了各种大小政党团体达300多个，如自由党、社会党、统一党、共和党等。其中，国民党和进步党最为著名，在国会大选中脱颖而出。

1912年8月25日，国民党成立大会在北京召开，选举孙中山为理事长，宋教仁为代理理事长。而进步党是由共和党、统一党、民主党合并而成，精神领袖为梁启超。其班底为清末立宪派，基本上为袁世凯所操纵。

1913年3月，国会大选结果揭晓。在参众两院870个席位中，国民党取得了392席，虽然没过半数，但远远超过了亲袁的进步党席位。这个结果，加剧了袁世凯对国会的猜忌。恰在此时，3月20日，宋教仁在上海火车站被刺杀。民国第一大历史谜案震惊全国，一股不祥的气氛开始袭来。

1913年4月8日，在禁卫军的108响礼炮声中，中华民国第一届国会正式成立。按照法理程序，民国国会开始运作，先定宪法，后选总统。6月30日，参众两院各选出议员30位，一共60人成立宪法起草委员会。其中，国民党依然占了优势，取得25席。

可是，二十多天后，孙中山悍然发动"二次革命"，率领国民党籍都督江西李烈钧、安徽柏文蔚、上海陈其美、广东陈炯明、湖南谭延闿起兵讨袁。如此一来，南北之间，袁世凯与国民党之间，顿时刀光剑影，内战爆发。

当年9月1日，"二次革命"宣告失败，孙中山、黄兴等人被迫流亡日本。

这样一来，北京的国民党籍议员就非常尴尬，虽然他们大多数人并不支持武力讨袁，而是主张发挥国会的作用，通过选举把袁世凯选下去。"二次革命"爆发后，国民党就成了袁世凯口中的"乱党"，国民党议员自然成了"乱党分子"，袁世凯随时都可能以武力处置他们。但此时，袁世凯还不敢贸然下手。因为他这个临时大总统要"转正"成为正式大总统，还需要国会选举。国民党议员占了国会将近一半的席位，缺了他们，国会就没法开了。

"二次革命"硝烟散尽，急不可耐的袁世凯，不管三七二十一，暗中指使各省地方大员摇旗呐喊，他们斥责国会"推波助澜，枝节横生，遂使友邦尊重之念变为鄙夷，国人期望之心化为厌恶"，最后理直气壮地要求国会改变运作程序，先选总统，后定宪法。

于是，在临时大总统和地方大员的双重压力之下，国会只好妥协，先制定出了应该属于宪法一部分的"大总统选举法"，照此进行总统选举。

1913年10月6日，那天一大早，大总统选举会正式开始。当时在京的国民党议员全部出席，加上进步党及其他党派，合计出席759人。当天，从西四牌楼到宣武门外虎坊桥一带，都布满了由袁世凯安排的军警冒充的假公民，选举所在地众议院更是被"公民团"重重包围。

第一次投票结果，袁世凯得471票，黎元洪得154票，均未达到法定票数。时已正午，未选出总统，议员不能吃饭。在"公民团"的包围之下，议员不能随意出入会场。进步党本部送来面包点心，"公民团"阻止其进场，经解说系拥护袁世凯者方准进入。国民党本部也援例送来食品，则被阻挡场外，"公民团"叫喊："饿死也是活该。"

第二次投票，袁世凯得497票，黎元洪得162票，还是没有达到法定票数。当时已是傍晚时分，议员们饥肠辘辘，但总统未选出，还是不能散会。

根据"大总统选举法"规定："当两次投票无人当选时，就第二次得票较多者二名决选之，以得票过投票人数之半者为当选。"因此，议员们在袁世凯与黎元洪之间决选。

于是，第三轮投票又开始。此时，已是半夜时分，议员们忍饥挨饿整整一天，终于凑够了袁世凯的"合法"票数，最终袁世凯得507票，超过出席议员总数之半数，当选为中华民国第一任大总统。选举结束后，"公民团"高呼着"大总统万岁"散去。

1913年10月10日，中华民国国庆日。袁世凯身穿陆海军大元帅礼服，他没有到国会宣誓就职，而是选择在故宫太和殿举行大典。中华民国大总统安然端坐在曾经的皇帝御座之上，这个举动充满了深深的历史象征意味。

此时，国会已经变成了一种摆设。1913年11月4日，袁世凯发布大总统令，宣布解散国民党，取消国民党议员资格。命令一出，北京军警雷厉风行，当天，国民党籍议员证书徽章全遭抄查收缴，438人被取消议员资格。这样一来，国会中所谓"八百罗汉"议员，只剩下了300多名，远远不及召开国会的法定人数，国会彻底停摆。曾经喧闹异常的国会议场，变得冷冷清清，原本即将出炉的中华民国宪法——《天坛宪草》也随之胎死腹中。

1916年6月，一代枭雄袁世凯溘然病逝。黎元洪继任大总统，重开国会，再启制宪。但不到一年，又被解散。此后的安福国会和曹锟时代，国会更是徒留形式，彻底沦为了一个政治道具。民国国会议场闹剧不断，历史曲折而多难。

姓"京"的京剧

杨庆徽

　　京剧虽然姓"京"，却不是在北京土生土长的。北京这个地方，自打辽、金、元、明至清朝，都是一国的都城。天子脚下，万善同归。唯独戏班早期却是皇家及大官宦、王公贵族们自己个儿摆弄的。皇宫戒备森严，向来不许民间的班子进宫。所谓唱戏，也就是由几个太监充充数。到了清朝，一些达官贵人往往有两个炫耀自己的行为，一是设寺观，二就是建戏班。比如《红楼梦》中贾珍就让贾蔷下姑苏聘请教习、采买女孩，置办乐器行头，筹建了大观园的戏班。

　　京剧其实是由多种戏曲融合形成的，其中就包括产生于元末明初的昆曲，除此以外还有一些地方戏，如徽、汉、梆子腔等，统称"乱弹"。到了乾隆帝八十大寿之期，和珅知道乾隆可是位爱找乐子的主儿，于是便提出内府的班子不足以娱上意，建议招各地戏班子进京祝寿。二黄起于湖北，转到安徽后成了徽调，而西皮是一种梆子腔。以淮商为背景的徽班进京后，二黄调又吸取了秦腔的长处，徽调又和湖北的汉调逐步融合，在剧目、音乐、表演、唱腔以及服装方面加以改革，结合了北京的地方语言和风俗习惯，就在北京逐渐形成了新的剧种，这就是京剧。

京剧，又称为皮黄，由西皮和二黄两种基本腔调组成它的音乐素材，兼唱柳子腔、吹腔等地方小曲调和昆曲曲牌等，现已被称为中国的国粹。

京剧的大部分剧目是从《三国演义》《西游记》《水浒传》《杨家将》《东周列国》等小说中改编过来的，也有的是源于民间传说，主要是歌颂清官廉洁、痛斥贪官污吏，表达了人民的正义要求等内容。如《打渔杀家》，根据《水浒传》的故事进行延伸，讲梁山泊的宋江归顺朝廷后，阮小五不愿被招安，隐名萧恩，与女儿仍以捕鱼为生，最后还是不堪忍受渔霸的欺压继而反抗的故事。至于《秦香莲》则取于民间传说，歌颂了包拯铁面无私、不徇私情的清官形象。

有的剧目内容丰富，故事情节较长，要是慢慢地演，实在是费时、费力又费事。所以后来又发展到每次只演出其中最能展示演员水平的部分，也就是仅演出整部剧情中的一段一折，这就是"折子戏"。要是演整套的，叫"全本"。

《武家坡》就是一段折子戏，全本叫《红鬃烈马》。全剧有《彩楼配》《花园赠金》《三击掌》《闹窑降马》《投军别窑》《误卯三打》《探寒窑》《鸿雁修书》《赶三关》《武家坡》《算军粮》《银空山》《大登殿》等十三折。常演的为《彩楼配》《三击掌》《投军别窑》《银空山》《武家坡》《算军粮》《大登殿》等数折。也有以王宝钏为主线的"王八出"和以薛平贵为主线的"薛八出"等。马连良、谭富英、杨宝森、尚小云、程砚秋以及张君秋老先生等均演唱过《武家坡》。

《武家坡》讲的是薛平贵和王宝钏的爱情故事。王宝钏是唐朝宰相王允的三女儿，由于看不上王公贵族中的纨绔子弟，经过彩楼抛绣球，选中了做粗活的薛平贵。不料王父嫌贫爱富，无奈之下王宝钏只好击掌断绝了父女关系，独自住进了寒窑。薛平贵参军，屡闯难关，战功显赫，最后娶了西凉公主，当了国王。十八年后归来，王宝钏仍在寒窑苦守，周边的野菜都被挖光了，于是王薛二人寒窑相会。值唐王晏驾，王允篡位，兴兵捉薛平贵。由代战公主保驾，薛平贵乃登宝殿，王宝钏亦被封为正宫娘娘。

据说，目前西安城南小雁塔附近就有个叫武家

《武家坡》剧照

413

坡的景点，有一孔破旧窑洞，洞口题"古寒窑"三字。由此可见京剧艺术在社会上的感染力了。然而有意思的是，关于薛平贵、王宝钏的故事几乎完全是虚构的……

京剧剧目大多取材于一些小说的情节，如《定军山》取材于《三国演义》，《野猪林》取材于《水浒传》，《盘丝洞》取材于《西游记》，《穆桂英挂帅》取材于《杨家将》，《挑滑车》取材于《说岳全传》，《打棍出箱》取材于《七侠五义》，《坐寨盗马》取材于《施公案》，《三家店》取材于《隋唐演义》，《文昭关》取材于《东周列国志》，而现代京剧《红灯记》则取材于哈尔滨的革命回忆录《自有后来人》。偏偏王宝钏的故事尽管流传甚古，却不出正史，也就是在唐史里查不出任何有关薛平贵的资料来。这出戏的真正出处，目前尚在探讨中。

我们说京剧姓"京"的另外一个理由是，在京剧的对白中有很多地方使用的是北京话。如荀派剧目《得意缘》中，卢昆杰生了气，坐在椅子上呼呼乱吹。这时狄小姐走了过来说道："别吹了，三尾儿（yǐr）都蹦了。"演员念得出口自然，往往会博得满堂笑声。其实这就是老北京的一句俏皮话，指的是蛐蛐儿。因雌蛐蛐儿是非格斗的，尾部生有三个尖刺。"三尾儿的都给吹蹦了"，是以调侃"吹"的行为。

然而至今在京剧的对白及唱词中仍存有一些不合理的地方。如《四郎探母》中的《坐宫》一折里，公主出场便唱道"芍药开牡丹放花红一片，艳阳天春光好百鸟争喧"似乎就没有什么道理。因为芍药花是在5月中旬开放，而牡丹花一般是在4月份就开花了。芍药花和牡丹花根本无法同时开放。所以后来有人就改过唱词，但听众不认同，现在只好又改了回来。

听老人提及，早先曾有一个剧团在演出《空城计》时，把诸葛亮唱词"一来是马谡无谋少才能，二来是将帅不和失街亭"改成了"并非是马谡无谋少重用，皆因为将帅不和失街亭"。这样的改动其实不仅是把诸葛亮的责任推得一干二净，而且还给马谡翻了案。如果马谡真的是"并非无谋少重用"，为什么又要"斩马谡"呢？街亭一仗的失利完全就是马谡的指挥失误，同时诸葛亮也有用人不当的问题。因此演出后不久，也就又改了回来。

再如《三家店》。早先秦琼的唱词是"一不是响马并贼寇，二不是歹人和下流"。"下流"一词通常是指社会地位微贱之人，所以这个比喻不是十分恰当。到了50年代时，有的剧团在演出时就给改成了"爷本山东将门后，全凭金锏冠九州"。这样把表述自身并未犯罪而不应被捕发配到此变成了自报家门，还有"老子英雄儿好汉"的意思。其实唱词、唱段主要还是看其是否与剧情相关联，是否合情合理。所以目前唱词基本上又改了回来，改成了"一不是响马并贼寇，二不是歹人把城偷"。

也有修改比较成功的，如现代京剧《智取威虎山》。

据说当年上海京剧院排演的《智取威虎山》在公演前进京汇报演出，其中《打虎上山》一折里最早杨子荣的唱词是"我恨不得急令飞雪划春水，迎来春天换人间"。而经审查后有人提出建议，把"迎来春天换人间"改成"迎来春色换人间"。迎来春天过于直白，而迎来春色就有了一个崭新形象的感觉。不仅如此，"迎来春天换人间"在诗词的平仄问题上是"平平平平仄平平"，而换成"色"等于在中间加了一个仄音，唱词会更恰当。

当年也有一个经营唱词剧本的店铺，名叫宝文堂，在前门外打磨厂里。但当时的戏剧脚本通常都比较简单，只有唱词、念白，唱词后面用括号来注明曲调，如西皮、流水、快板、反二黄等。印刷也比较粗糙，薄薄的一本。封面通常是印成某种颜色的，如浅蓝色或浅烟色，最上面是戏名，为横排的大字，下面是该戏的剧照，但很模糊，只能隐隐约约地看出一个轮廓罢了。

剧目多是根据自己对剧情的了解并按照自己的特点来演唱，故而也就形成了各个流派。"四大名旦"中：梅（兰芳），嗓子好，扮相好，一般是饰演美丽、华贵的女性，如《贵妃醉酒》；尚（小云），有武功，大多演沙场女将，如《梁红玉》；程（砚秋），唱腔优美，跌宕起伏，在舞台上经常表现出年轻女性悲痛的内心世界，如《荒山泪》；荀（慧生），表演活泼，以饰演小姑娘、丫鬟为主，如《红娘》。故民间也有"梅派的样、尚派的棒、程派的唱、荀派的浪"的说法。

至于老生，早期就有"四大须生"的说法，即余（叔岩）、言（菊朋）、高（庆奎）、马（连良）。后来因为高庆奎老先生因嗓疾而渐渐退出舞台，谭富英崛起逐渐替换其位。再后来由于余叔岩、言菊朋老先生先后过世，即又产生了"后四大须生"。

20世纪40年代时一些媒体上有人写文章来捧马连良先生，也有人捧谭富英和奚啸伯。即有好事之人借《三国演义》里刘玄德"马跃檀溪"的典故而云：马（连良）跳谭（富英）奚（啸伯）。当时杨宝森与其兄杨宝忠在天津声名鹊起，也就自然而然地形成了马、谭、杨、奚"四大须生"了。

马连良老先生有个头、有扮相，舞台风度潇洒，身段也干净，代表剧目有《借东风》；谭富英老先生出身梨园世家，家学渊博，武功厚实，嗓子也好，代表作有《定军山》；杨宝森老先生因为其嗓音宽厚低沉，但相对音色不够明快，音域也不广，故而讲究稳健含蓄、韵味醇厚，代表作有《洪羊洞》；奚啸伯老先生是票友出身，个头偏矮，扮相穷，但出身满洲正白旗，文化程度较高，对剧中人物理解深刻，在表演中讲究字眼的发声吐字，在字音反切、四声运用上功夫较深，代表作有《范进中举》等。

然而有一些剧目，如《失·空·斩》，各派都唱过，但唱法也小有不同，都是根据自己的嗓音特点来设计唱腔。其实根据唱腔来讲，当时须生大体可分为"十大流派"，在旧、新的"四大须生"余、言、高、马、谭、杨、奚之外，还有麒（周信芳）、李（少春）及唐（韵笙）派等。各派各有其特点，用语言文字很难表达其唱腔音韵。比如周信芳老先生的麒派唱法是"化短为长"，其嗓音带沙但中气足；唐韵笙老先生的唐派艺术特征是讲究唱念、字真意透，表演以妙、巧、雄、奇、美著称……所以最好还是自己去欣赏、去理解吧。

其实最重要的还是要创造出自己的特色来。无论是"四大须生"还是"四大名旦"，他们都不是笃守师承、亦步亦趋，而是继往开来、启迪后学，各有自己的创作、各有所长。应该指出的是，须生名旦的排名不分先后，仅以其地位和艺术成就而言，各位艺术家各有特色。

由于清廷有法令规定，旗人只许做官、当差、当兵，而严禁经商，但不禁止从事文艺活动。因此也有一些满族人向曲艺、戏剧、音乐等方面发展。

程砚秋老先生就是满族，原名承麟，满洲正黄旗人。与北洋大臣荣禄是本家，父荣寿，故程为其侄辈。奚啸伯老先生祖姓喜塔腊氏，满洲正白旗人，祖籍北京大兴县。其祖父裕德是前清文渊阁大学士，后入阁拜相；父熙明，曾任度支部司长。奚啸伯自小随唱片听戏，后拜言菊朋老先生为师。玩票玩出了名，二十多岁下海，搭班演出了。

还有言菊朋老先生，蒙古正蓝旗世家子弟，姓玛特拉，名延寿。言、延为谐音，遂取以为汉姓。因嗜戏曲，诩为"梨园友"，乃自名"菊朋"。高祖松筠，清朝嘉道间名臣，曾官至武英殿大学士，军机大臣，卒谥文清；曾祖熙昌，官工、刑两部侍郎；祖父曾任职粤海；父为清季孝廉。言菊朋幼年就学于清末的陆军贵胄学堂，满业后，曾在清末的理藩院、民国以后的蒙藏院任职，后去职下海。

唱腔不过只代表了京剧的一部分。京剧继承了中国古代戏曲载歌载舞的传统，以唱（歌唱）、念（念白）、做（表演）、打（武技）为基本表演形式，分生、旦、净、末、丑五个行当。把生活中实有的事物通过抽象的表演进行艺术的再现。比如京剧脸谱，就极富有装饰性和夸张性，是使人目视外表即可窥其心胸的艺术形式。红色，象征忠义，如关公；黑色，象征严肃，如包拯；蓝色，象征凶猛，如窦尔敦；绿色，象征骁勇，如程咬金；水白脸则象征奸诈，如曹操。

最后，咱们再聊聊戏园子。

早期的一些戏台大多设在庙宇内，门口高挂纸榜，写明当天要上演的剧目。当年的戏台前面突出，三面都可以观看表演。台前有帐、台后是墙，有上下场左右两扇门出入，已经具备了我国传统剧场的基本形式。到了明末，京师的临时性剧场已被固定性剧场所替代，但这种剧场舞台结构成为后世剧场建筑物的源头。

戏园子

　　清朝时期，剧场的规模已较大，剧场内的装饰和布置也更加精美。在皇宫，紫禁城内就有畅音阁戏台，建在宁寿宫。慈禧六十寿诞时又在颐和园专门兴建了德和园大戏楼，上下三层，还配有扮戏楼、颐东殿、看戏廊等。戏台设计造型独特，上有天井、下有地井，台上有滑车，演戏时神仙可以由天而降，鬼怪可以从地下钻出来，在当时看

上去是很神奇的。

从清朝早期起，民间也已出现戏园子了。当时由于清政府实行了旗民分城居住的政策，禁止在内城开设旅店、戏园，所以当时的戏园大多集中开设在前门外繁华的闹市区内。大栅栏在乾隆年间就建成了宴乐居，后改名为三庆园，民国时期尚小云先生经常在这里演出。光绪年间又建起了广德楼，程长庚、余三胜等老先生均在此演出过。50年代时改称前门小剧场，又成为了北京曲艺团的演出场所。然而这些戏园规模较小，后台狭窄，演出武戏时不免受到限制。后来有中日商人合资修了一个有二层楼的剧场，整体为德式建筑，舞台台口也仿西式改成了半圆形，这就是开明剧场。建成后，梅兰芳、杨小楼先生等经常在此登台。同时开明剧场还首次设立了售票窗口，对外预售戏票。开明剧场在50年代改称民主剧场，到了60年代又被改称为珠市口电影院了。

早期的戏园的布置都是茶点供应的"茶园"式。即台前是两根大柱子，戏台前摆一张长桌或几张八仙桌，两旁是板凳。桌子上一般放有茶壶、茶碗及干果类的小食品。人坐着还要侧着身子看演出。两边的廊下和后排则是供散座用的大条凳。楼上前排全是包厢，包厢后面一般也是散座。直到20世纪20年代后，有的戏园才开始把座位改成一排排的长椅子。早期女眷是不能进戏园子的，后来逐步改成男宾坐楼下而女眷坐楼上，再往后才发展成为男女同坐的。

早期天桥的兴起就有其特殊的背景。第一是以经营旧货为主；第二是有集饮茶、休息、听唱于一体的书茶社，随来随往，符合城市平民的生活节奏；第三就是有当时较新的娱乐形式，如有以女演员为主的坤角戏园，男女可以同席看戏，这在当时是有很大吸引力的。

当时戏园子里很乱，除了捧角儿的胡喊乱叫外，正如侯宝林先生在相声里所描述的那样，有沏茶倒水的，有卖香烟、瓜子、桂花糖的，还有扔手巾把儿的，一片嘈杂。直到名角儿登场，大轴戏开台，才算稍静下来。

还有就是会馆的戏楼，则从另一个侧面反映了剧场和戏曲的发展历史。会馆是各省在京的地方住所，许多商贾和文人的活动多在会馆进行。一些会馆也建有戏台，是为了以戏曲节目宴请同行同乡，联络感情以利于经商交易的作用。会馆的产生主要也是明清以后科举制度发展和商业经济繁荣促进的结果。三年一次的会试使得各省举人来京应试，会试录取后还要参加皇帝亲自策问的殿试，于是民间便有了专门接待各地举子的客店，一些民户也出租单间客房以供来京考试的举子食宿。只是有的店寓房金昂贵，一般寒苦的读书人承担不起，所以希望能有一个初次来京即能找到，凭借乡谊能相互照应的同乡住所，于是便有了会馆。其中的湖广会馆、银号会馆（正乙祠）等均建有戏楼，众多名家也在此演出过。

当年比较特殊的戏园子是吉祥戏院。吉祥戏院建在东安市场的西北角，违反了清政府"内城临近宫阙，例禁喧嚣"的规定。其开办者是一位姓刘的内廷大公主府的总管事，有较深的背景、较大的权势及较高的地位。即便如此，开办最初也曾起名为"吉祥茶园"而没有直呼戏院。到了光绪末年，清政府的统治已然岌岌可危，对北京城内的管理和限制也不像以前那样严格了。也正是由于吉祥戏院后台大老板的名气与地位，当年京城著名的京剧名家都被请到戏园里演出过。在当时北京人眼里，"吉祥"可是个"捧角儿"露脸的地方。

吉祥戏院初建时并不大，但属于新型戏园，客座都是横排的长椅，能容纳七八百人。后来到了民国初年时东安市场着了一场大火，戏园子亦受到一定的损坏。后来在修建时把戏台改成椭圆形的，而观众的座席也改成单人的座椅了。

吉祥戏院的火热又带起了周围一些饮食业的兴起，如"馄饨侯"。

当年卖馄饨的都是挑着挑儿串胡同。馄饨挑儿是特制的，一头是点着的炉子，上面放着汤锅；另一头是个小柜子，柜子里各个抽屉里分别放着佐料、碗筷和馄饨皮、馅。卖馄饨的挑着挑儿，走街串巷地叫卖，碰到想吃的，便停下来现包现煮一碗。

由于有时散戏较晚，听众难免有些感到肚饥，而演员们演出下来卸了装，大多也想吃点可口的食品。于是就有了在东华门外摆摊经营夜宵的。当时在北京讲究早点用炒肝儿、包子，夜宵是喝馄饨就烧饼。在吉祥戏院左近摆馄饨摊的就有七八家。但当时他们各做各的买卖，相互间井水不犯河水。一直到了20世纪50年代的公私合营时，这几家馄饨摊儿凑在一起商量着成立了一个合作组，推举一个侯姓的摊主为组长，挂牌经营，由此诞生了被评为"中华老字号"的"馄饨侯"。不过，这就是另外一个话题了……

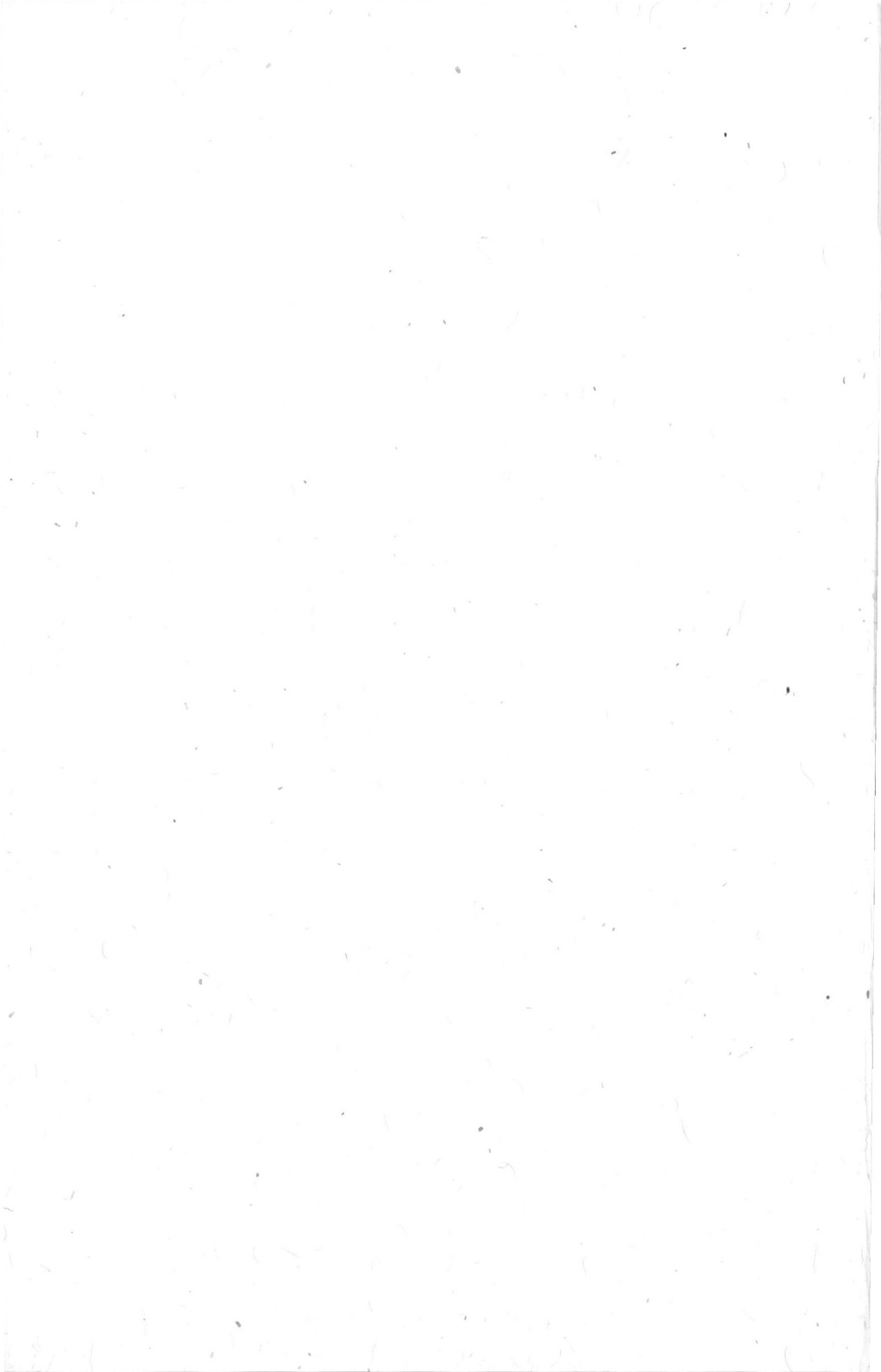